LE MYSTÈRE DE LA PATIENCE

Le Monde de Sophie
roman sur l'histoire de la philosophie
Éditions du Seuil, 1995

Jostein Gaarder

LE MYSTÈRE
DE LA PATIENCE

TRADUIT PAR HÉLÈNE HERVIEU

ILLUSTRATIONS DE
SOPHIE DUTERTRE

ÉDITIONS DU SEUIL
27, rue Jacob, Paris VIe

Titre original : *Kabalmysteriet*
Éditeur original : H. Aschehoug & Co. (W. Nygaard), Oslo
ISBN original : 82-03-16330-0
© original : H. Aschehoug & Co. (W. Nygaard), Oslo, 1990

ISBN 2-02-025834-X

© Éditions du Seuil, mars 1996, pour la traduction française

TABLE

PIQUE

C Œ U R

Il y a six ans déjà, je me trouvais devant les ruines du vieux temple de Poséidon au cap Sounion, à contempler la mer Égée. Cela fera bientôt cent cinquante ans que Hans le boulanger est arrivé dans cette île mystérieuse de l'océan Atlantique. Et il y a exactement deux cents ans que Frode a fait naufrage entre le Mexique et l'Espagne.

Je suis obligé de retourner aussi loin en arrière pour comprendre pourquoi Maman s'est enfuie à Athènes...

J'aurais préféré tant qu'à faire penser à autre chose, mais je sais que je dois essayer de tout noter avant que l'enfant en moi ne disparaisse définitivement.

Je me suis installé devant la fenêtre du salon à Hisøy et je peux voir dehors les arbres perdre leur feuillage. Les feuilles tourbillonnent dans l'air et se déposent sur les trottoirs pour former un vague tapis. Une petite fille s'amuse à marcher parmi les marrons qui tombent et rebondissent sur les clôtures des jardins.

C'est comme si tout partait en morceaux.

Quand je pense au jeu de patience de Frode, j'ai l'impression que la nature elle-même avait reculé ses limites.

PIQUE

AS DE PIQUE

...un soldat allemand à bicyclette survint sur le chemin...

Le grand voyage au pays des philosophes commença à Arendal, vieille ville maritime sur la côte sud. Nous avons fait la traversée entre Arendal et Hirtshals sur le *Boléro* et je n'ai pas grand-chose à raconter de notre voyage au Danemark et en Allemagne. A part le parc d'attractions de Legoland et le port de Hambourg, très impressionnant, nous n'avons guère vu que des autoroutes et des fermes. Ce n'est qu'en arrivant au pied des Alpes que tout a commencé.

Nous nous étions mis d'accord, mon père et moi : je ne ferais pas la tête pendant les longues étapes et lui n'aurait pas le droit de fumer en conduisant. En revanche il y aurait de longues pauses-cigarette. Ces pauses sont ce dont je me souviens le mieux avant notre arrivée en Suisse.

A chaque fois, mon père commençait par faire un petit discours sur ce qui lui était passé par la tête pendant qu'il conduisait et que j'étais moi plongé dans la lecture du *Journal de Mickey* ou en train de faire des patiences sur la banquette arrière. La plupart du temps, cela avait un rapport avec Maman. Sinon, il en revenait à ses sujets de prédilection et là, il était intarissable.

Par exemple, les robots. Il avait passé de longues années en mer et, une fois à terre, il s'était mis à s'y intéresser, persuadé que la science parviendrait un jour à fabriquer des hommes artificiels. Il n'entendait pas par là ces espèces de robots en métal dont les lumières rouges et vertes clignotent et qui parlent avec une voix d'outre-tombe. Pas du tout. Mon père croyait vrai-

♠

ment que la science réussirait un jour à créer de toutes pièces des êtres pensants comme nous. Il allait encore plus loin : il croyait au fond que tous les hommes étaient fabriqués artificiellement.

– Nous sommes des marionnettes vivantes, voilà tout, disait-il parfois.

En général, il faisait ce genre de déclarations après un verre ou deux.

Au parc de Legoland, il regarda longtemps les petits bonshommes en Lego. Je lui demandai s'il pensait à Maman, mais il se contenta de secouer la tête et répondit :

– Tu te rends compte, Hans-Thomas, si tous ces personnages prenaient vie ? Tu imagines un peu la scène, s'ils se mettaient tous à se balader entre ces maisons de plastique ? Qu'est-ce qu'on ferait, je te le demande ?

– Tu dis n'importe quoi, dis-je simplement, parce que je voyais mal les autres papas faire ce genre de réflexions.

J'avais bien envie de lui réclamer une glace. Je m'étais aperçu en effet qu'il fallait profiter de ses divagations pour lui demander quelque chose. Car comme il avait mauvaise conscience d'aborder ce genre de sujets avec son fils, il essayait ensuite de se racheter. C'était le coup classique. Mais avant que j'aie pu en placer une, il enchaînait déjà :

– Tout bien considéré, nous ne sommes que des personnages de Lego en chair et en os…

Je compris que pour ma glace c'était gagné, car il allait se mettre à philosopher.

Nous devions aller jusqu'à Athènes, mais ce n'étaient pas des grandes vacances comme les autres. A Athènes – ou du moins quelque part en Grèce –, nous allions essayer de retrouver Maman. Mais ce n'était pas joué d'avance, car même si on la retrouvait, rien ne disait qu'elle accepterait de rentrer avec nous en Norvège. On peut toujours tenter le coup, disait mon père, car ni lui ni moi ne supportions l'idée d'avoir à passer sans elle le reste de notre vie.

Maman nous avait plaqués quand j'avais quatre ans. C'est sans doute pour ça que je continuais à l'appeler *Maman*. Mon père et moi avions appris à mieux nous connaître et un jour je n'ai plus eu envie de l'appeler *Papa*.

Maman voulait parcourir le monde pour savoir qui elle était. Mon père et moi étions d'accord sur le principe que lorsqu'on est la maman d'un garçon de quatre ans, il vaut mieux avoir déjà réglé ce genre de problèmes. Mais pourquoi lui fallait-il à tout prix *s'en aller* pour savoir qui elle était? Pourquoi ne pouvait-elle réfléchir à tout ça sur place, ici à Arendal? Elle aurait très bien pu se contenter d'une balade à Kristiansand. J'ai un petit conseil à donner à quiconque veut savoir qui il est, c'est surtout de ne pas bouger, sinon il risque fort de se perdre pour de bon.

Impossible de me rappeler de quoi Maman avait l'air, cela faisait tellement d'années qu'elle était partie... Tout ce que je savais, c'est qu'elle était beaucoup plus jolie que les autres femmes. C'est en tout cas ce que répétait mon père. Et il ajoutait que plus une femme est jolie, plus elle a du mal à savoir qui elle est.

Je n'avais pas cessé de rechercher Maman depuis le jour de sa disparition. Chaque fois que je traversais la place du marché d'Arendal, je croyais l'apercevoir. Ou quand j'allais chez Grand-Mère à Oslo, je scrutais tous les visages sur l'avenue Karl-Johan. Mais je ne la voyais jamais. Jusqu'au jour où mon père me montra un magazine de mode grec. C'était bien Maman sur la couverture et à l'intérieur! A en juger par les photos, il était clair qu'elle n'avait toujours pas réglé son problème. Ce n'étaient pas vraiment des photos de Maman. De toute évidence, elle essayait de ressembler à quelqu'un d'autre. Cela nous fit beaucoup de peine, à mon père et à moi.

Le magazine en question était entré dans la maison grâce à la tante de mon père qui revenait de vacances en Crète. Là-bas, la photo de Maman en couverture était affichée dans tous les kiosques à journaux et il avait suffi de quelques drachmes pour se la procurer. C'est assez comique quand on y pense.

Nous avions passé des années à chercher Maman ici, alors que là-bas elle s'exposait, souriante, au regard de tous les passants.

« Mais qu'est-ce qui a bien pu lui passer par la tête ? » se demanda mon père en se grattant la tête. Il prit pourtant la peine de découper les photos et les accrocha dans la chambre à coucher. Autant avoir des photos de quelqu'un qui ressemblait à Maman que pas de photos du tout.

Et un jour il prit la décision de partir en Grèce la chercher.

– Il faut essayer de la ramener à la maison, Hans-Thomas, de gré ou de force. Sinon je crains fort qu'elle ne se noie défi-nitivement dans cet univers-là.

Je ne comprenais pas très bien ce qu'il entendait par là. J'avais souvent entendu dire qu'on pouvait se noyer dans une robe trop grande, mais je ne savais pas qu'on pouvait se noyer dans une aventure. J'ai appris depuis que c'est un danger dont nous devons tous nous méfier.

Quand on s'est arrêtés sur l'autoroute tout près de Hambourg, mon père s'est mis à disserter sur son propre père.

La clé de l'histoire, c'est que mon père est fils de « boche ». Je n'ai plus honte de le dire, car je sais maintenant que ces enfants-là sont au fond comme les autres enfants. Mais ça me va bien de dire ça, moi qui n'ai pas souffert de vivre sans père dans une petite ville du Sud de la Norvège.

C'était sans doute parce que nous nous trouvions en Alle-magne que toutes ces histoires à propos de son grand-père et sa grand-mère lui sont revenues en mémoire.

Tout le monde sait qu'il n'était pas facile de trouver de la nourriture pendant la dernière guerre. Grand-Mère aussi le savait le jour où elle a pris son vélo pour aller à Froland cueillir des airelles sauvages. Elle avait tout juste dix-sept ans. Le pro-blème, c'est que son vélo a crevé.

Cette balade pour aller cueillir des airelles a été détermi-nante pour moi. Il peut sembler étrange que l'événement le plus important de ma vie se soit produit plus de trente ans avant ma naissance, mais si Grand-Mère n'avait pas crevé ce dimanche-là, mon père n'aurait jamais vu le jour et, partant, moi non plus.

Grand-Mère a donc crevé à Froland, avec son panier rempli d'airelles. Bien sûr elle n'avait pas de rustines, mais même si elle en avait eu, elle n'aurait pas su s'en servir.

C'est alors qu'un soldat allemand à bicyclette survint sur le chemin. Bien qu'il fût allemand, il n'avait pas particulièrement l'esprit à faire la guerre. Au contraire, il se montra très poli envers la jeune fille qui ne pouvait plus rentrer chez elle avec ses airelles. Et il avait des rustines, lui.

Si Grand-Père avait été un infâme scélérat, comme l'étaient, n'est-ce pas, tous les Allemands postés en Norvège à cette époque, il ne se serait pas arrêté. Mais la question n'est pas là. Grand-Mère aurait bien sûr dû l'ignorer et refuser l'aide de la puissance belligérante ennemie.

Là où l'affaire se corse, c'est que le soldat allemand se prit peu à peu d'affection pour l'infortunée jeune fille. A dire vrai, il fut la cause de son infortune, mais bien des années plus tard...

Arrivé à ce moment de son récit, mon père avait l'habitude d'allumer une cigarette.

Et l'Allemand plaisait aussi à Grand-Mère. C'était justement la bêtise à ne pas faire. Non seulement elle remercia Grand-Père d'avoir réparé son vélo, mais elle accepta de se laisser raccompagner jusqu'à Arendal, ce en quoi elle se montra évidemment aussi stupide que désobéissante. Et elle accepta de revoir l'adjudant Ludwig Messner...

Ma grand-mère devint ainsi la fiancée d'un soldat allemand. On ne choisit malheureusement pas toujours les gens dont on tombe amoureux. Elle aurait dû refuser de le revoir avant de s'éprendre de lui pour de bon, mais elle n'écouta que son cœur et cela lui coûta cher.

Grand-Père et Grand-Mère continuèrent à se rencontrer en secret. Le faire ouvertement revenait à être mis au ban de toute la bonne société. Aux yeux des braves gens, la seule façon possible de lutter contre l'occupation allemande était de se garder de tout contact avec elle.

Au cours de l'été 1944, Ludwig Messner fut renvoyé en Allemagne pour défendre le IIIe Reich sur le front de l'Est. Il n'eut pas même le temps de dire au revoir à Grand-Mère. Dès l'instant où il monta dans le train à Arendal, il disparut à jamais de sa vie. Malgré d'innombrables tentatives pour retrouver sa trace à la fin de la guerre, elle n'entendit plus jamais parler de lui et elle finit par se persuader qu'il avait été tué par les Russes.

La balade à vélo à Froland et tout ce qui s'ensuivit, Grand-Mère aurait peut-être pu l'oublier si elle ne s'était pas retrouvée enceinte. Cela se passa juste avant le départ de Grand-Père pour le front de l'Est, mais elle-même ne s'en rendit compte que plusieurs semaines plus tard.

La suite de l'histoire, mon père appelle ça la barbarie humaine – à ce moment-là de son récit, il allumait toujours une deuxième cigarette. Mon père naquit juste avant la Libération en mai 1945. Dès la fin de la guerre, Grand-Mère fut arrêtée par des Norvégiens qui mirent en quarantaine les Norvégiennes ayant fréquenté des soldats allemands. Elle était loin d'être la seule dans ce cas, mais on s'en prenait surtout à celles qui avaient eu un enfant avec un nazi. Grand-mère était sortie avec Grand-Père parce qu'elle était amoureuse de lui, non parce qu'il était nazi. D'ailleurs Grand-Père n'était pas nazi.

Avant d'être surpris au saut du lit et renvoyé sur-le-champ en Allemagne, il avait eu l'intention de s'enfuir en Suède avec Grand-Mère. La seule chose qui les avait arrêtés, c'était la rumeur selon laquelle les gardes suédois tiraient sur les déserteurs allemands qui tentaient de passer la frontière.

Les gens d'Arendal se jetèrent sur Grand-Mère et la tondirent. Ils la frappèrent et lui donnèrent des coups de pieds, alors qu'elle venait de mettre au monde un petit bébé... Tout bien considéré, Ludwig Messner avait eu de meilleures manières avec elle.

♠

Sans l'ombre d'un cheveu sur le crâne, Grand-Mère fut obligée de partir chez oncle Trygve et tante Ingrid. Finie la vie à Arendal. Trop dangereuse. Comme elle était aussi chauve qu'un vieillard, elle dut porter un bonnet, alors qu'on était au printemps et qu'il faisait chaud. Mais comme sa mère était restée à Arendal, cinq ans après la guerre, elle finit par retourner chez elle avec mon père sur les bras.

Ni ma grand-mère ni mon père ne cherchent à excuser ce qui s'est passé à Froland. Le seul point litigieux, c'est l'ampleur du châtiment. Question intéressante, par exemple : à combien de membres d'une même famille doit-on faire expier une faute ? Certes, Grand-Mère n'était pas tout à fait innocente dans l'histoire, elle n'a d'ailleurs jamais prétendu le contraire, mais comment justifier de punir aussi l'enfant ?

J'ai souvent pensé à tout ça. Mon père est venu au monde à cause d'un « péché » grave. Mais ne descendons-nous pas tous d'Adam et d'Ève ? Je sais que ma comparaison ne tient pas debout. Dans un cas, il s'agissait de pommes, dans l'autre d'airelles sauvages. Mais, dans les deux cas, c'est un serpent* qui fut l'agent de la tentation.

De toute façon, toutes les mères savent bien qu'on ne peut pas passer sa vie à regretter d'avoir eu un enfant une fois qu'il est là. Alors pourquoi lui en vouloir ? Je pense qu'un gosse de boche a lui aussi le droit d'aimer la vie. Mais, sur ce point, mon père et moi divergeons.

Mon père a eu une enfance de boche, c'est-à-dire que les autres enfants ont continué à le maltraiter, alors que les adultes avaient fini par laisser enfin tranquilles celles qui avaient servi de « putains » aux Allemands. C'est fou comme les enfants apprennent vite la méchanceté des adultes ! Mon père eut donc une enfance difficile. A l'âge de dix-sept ans, il finit par craquer et s'engagea dans la marine. Il revint sept ans plus tard après avoir fait la connaissance de Maman à

---

* Jeu de mots en norvégien : *slange* désigne aussi bien un serpent qu'une chambre à air.

Kristiansand. Ils s'installèrent à Hisøy dans une vieille maison où je naquis le 29 février 1972. Ainsi je suis moi aussi lié à ce qui s'est passé à Froland et qu'on peut appeler ici le « péché originel ».

Après une telle enfance et de longues années passées en mer, mon père avait pris l'habitude de se réconforter grâce à l'alcool. Un peu trop souvent à mon avis. Il prétendait qu'il buvait pour oublier, ce en quoi il se trompait, car après un verre ou deux il se mettait toujours à reparler de ma grand-mère et de son enfance. Parfois il pleurait. Je crois que les boissons alcoolisées lui rafraîchissaient plutôt la mémoire.

Arrivé près de Hambourg, il termina son récit en disant :

– Et puis Maman est partie. Elle était professeur de danse quand tu étais au jardin d'enfants. Ensuite elle est devenue mannequin. Elle allait souvent à Oslo, parfois à Stockholm. Un jour, elle n'est pas revenue. Son seul message fut une lettre où elle racontait qu'elle avait trouvé du travail à l'étranger et qu'elle ne savait pas quand elle rentrerait. C'est ce qu'on dit quand on s'absente une semaine ou deux. Mais ça va faire maintenant huit ans qu'elle est partie…

Je connaissais cette histoire par cœur.

– C'est drôle, Hans-Thomas, il faut toujours qu'il y ait quelqu'un qui *manque* dans ma famille. Il y en a toujours un qui s'égare. Ce doit être une malédiction qui pèse sur nous.

Je fus effrayé par le mot malédiction, mais en y repensant, je dus reconnaître qu'il avait un peu raison.

A nous deux, il nous manquait un père, un grand-père, une épouse et une maman. Mon père devait penser la même chose. Quand Grand-Mère était encore petite fille, son père était mort écrasé par un arbre et elle avait dû grandir sans papa. Cela expliquait peut-être pourquoi Grand-Mère était tombée amoureuse et avait attendu un enfant d'un soldat allemand qui devait mourir peu après à la guerre. Et cet enfant, sans père lui non plus, c'est peut-être à cause de cela qu'il a épousé une femme partie brutalement à Athènes pour savoir qui elle était vraiment.

DEUX DE PIQUE

*... Dieu dans le ciel s'amuse bien de voir
que les hommes ne croient pas en lui...*

A la frontière suisse, nous nous sommes arrêtés dans une étrange station-service avec une seule pompe à essence. D'une maison verte sortit un homme si petit qu'on aurait dit un nain ou un lilliputien. Mon père déplia une grande carte et lui demanda quelle route il nous conseillait de prendre pour franchir les Alpes et rejoindre Venise.

Le nain répondit d'une petite voix aiguë tout en montrant l'itinéraire sur la carte. Il ne parlait que l'allemand, mais mon père traduisit et dit qu'il nous conseillait de passer la nuit dans un village nommé Dorf.

Tout en parlant il gardait les yeux fixés sur moi, comme si j'étais le premier enfant au monde. Je devais lui plaire parce que nous avions exactement la même taille tous les deux. Nous nous apprêtions à redémarrer, quand il nous rejoignit en brandissant une petite loupe dans un étui vert.

– Prends ça, dit-il d'une voix comme s'il avait le hoquet (mon père se chargeait de la traduction). Je l'ai un jour taillée dans un vieux morceau de verre que j'ai trouvé dans le ventre d'un chevreuil blessé. Crois-moi, mon garçon, tu peux en avoir besoin à Dorf. Car il faut que tu saches une chose : j'ai compris, au premier regard, que tu pourrais avoir besoin d'une petite loupe au cours de ton voyage.

Je commençais à me demander si Dorf était si petit qu'il faille une loupe pour le trouver. Mais j'acceptai son cadeau en le remerciant et montai dans la voiture. En serrant sa main, j'avais été frappé de la sentir plus petite et surtout plus froide que la mienne.

Mon père baissa sa vitre et lui fit un geste de la main. Le nain, lui, agita ses deux petits bras.

27

– Vous venez d'Arendal, *nicht wahr?* lança-t-il, tandis que mon père faisait démarrer la Fiat.

– Tout juste, répondit mon père en s'éloignant.

Plus tard je demandai :

– Au fait, comment a-t-il su que nous venions d'Arendal ?

– Ce n'est pas toi qui le lui as dit ? s'étonna mon père en me regardant dans le rétroviseur.

– Pas du tout !

– Mais si, insista-t-il. En tout cas, ce n'est pas moi.

Je savais quand même ce que je disais. Et je ne vois pas comment je le lui aurais dit, puisque je ne parle pas un traître mot d'allemand !

– Pourquoi était-il si petit ? demandai-je un peu plus tard sur l'autoroute.

– Tu me poses vraiment la question ? Eh bien, ce type est aussi petit parce que c'est un homme artificiel. C'est un magicien juif qui l'a fabriqué, il y a quelques siècles.

Il voulait me faire marcher.

– Alors il a plusieurs siècles, dis-je.

– Tu ne t'en doutais pas ? continua mon père. Les hommes artificiels ne vieillissent pas. C'est le seul avantage qu'ils aient sur nous. Mais c'est important, puisque cela revient à dire qu'ils ne mourront jamais.

Pendant qu'on roulait, je sortis ma loupe pour voir si mon père avait des poux dans les cheveux. Non, il n'en avait pas, mais en revanche que de vilains poils dans la nuque !

Après la frontière suisse, nous avons vu un panneau indiquant la sortie pour Dorf. Nous avons pris un chemin qui grimpait jusqu'aux sommets des Alpes. Quelques chalets ici et là parmi les arbres et rien d'autre.

La nuit approchait, je tombais de sommeil. J'étais sur le point de m'endormir pour de bon, quand mon père s'arrêta.

– Pause-cigarette ! s'écria-t-il.

Nous sommes sortis respirer l'air pur de la montagne. Il

♠

faisait nuit noire. Le ciel au-dessus de nos têtes ressemblait à un tapis illuminé de milliers de minuscules lampes, chacune de mille watts au moins.

Mon père alla sur le bas-côté soulager sa vessie. Il revint vers moi, alluma une cigarette et me dit, un doigt pointé vers le ciel :

– Nous ne sommes que des fourmis, mon garçon, de vulgaires personnages de Lego qui essaient de ramper d'Arendal à Athènes à bord d'une vieille Fiat. Ah! Et sur un petit pois... Au-delà, c'est-à-dire au-delà de cette terre microscopique sur laquelle nous vivons, Hans-Thomas, il existe des milliards de galaxies. Chacune d'elles compte plusieurs milliards d'étoiles. Et Dieu seul sait combien il existe de corps célestes!

Il fit tomber sa cendre de cigarette et reprit :

– Je crois que nous ne sommes pas seuls, mon garçon, oh que non! L'univers regorge de vie. Le seul problème, c'est qu'on ne saura jamais si nous sommes les seuls êtres vivants ou non. Les galaxies sont comme des îles désertes sans liaison par bateau...

On pouvait reprocher plein de choses à mon père, mais je ne m'ennuyais jamais quand je discutais avec lui. Il n'aurait jamais dû rester graisseur sur un bateau. Si ça n'avait tenu qu'à moi, l'État lui aurait versé une pension fixe à titre de philosophe. Comme il l'avait constaté un jour lui-même : « Nous avons des ministères pour tout, sauf pour la philosophie! » Ce qui revient à dire que de grands États considèrent qu'ils peuvent s'en passer.

Avec cette lourde hérédité, je faisais de mon mieux pour participer aux conversations philosophiques qu'il m'imposait dès qu'il cessait de parler de Maman.

– Même si l'univers est grand, me hasardai-je, cela ne veut pas dire nécessairement que cette terre soit un petit pois.

Il haussa les épaules, jeta son mégot et alluma une nouvelle cigarette. Au fond, peu lui importait ce que pensaient les autres de la vie et des étoiles. Il avait son avis là-dessus. Aussi se contenta-t-il de dire :

♠

— D'où sortons-nous, hein ? Je veux dire, des gens comme nous, Hans-Thomas... T'es-tu jamais posé la question ?

Bien sûr que si, mais je savais que ma réponse ne l'intéressait pas. Je le laissai donc poursuivre. Depuis le temps, je le connaissais, mon père !

— Tu sais ce que ta grand-mère a dit un jour ? Elle avait lu dans la Bible que Dieu dans le ciel s'amuse bien de voir que les hommes ne croient pas en lui.

— Pourquoi ça ? demandai-je, car c'était toujours plus facile de poser des questions que d'y répondre.

— Écoute, commença-t-il. Si Dieu nous a créés, nous sommes donc d'une certaine façon des êtres artificiels à ses yeux. Nous faisons des discours, nous nous disputons, nous ne sommes jamais d'accord, nous nous quittons et nous mourons. Tu comprends ? Nous nous croyons très forts car nous savons fabriquer la bombe atomique et des fusées pour aller sur la Lune, mais personne ne se demande d'où on vient. On se contente d'être sur terre et de répondre présent à l'appel.

— Et ça fait bien rire Dieu ?

— Eh pardi ! Si nous étions, nous, capables de créer un être artificiel, Hans-Thomas, et que cet individu se mette à faire de grands discours sur la Bourse ou le tiercé – sans se poser la seule et unique question digne d'être posée, à savoir celle de son origine – ah, on trouverait ça du plus grand comique, non ?

Il partit en effet d'un grand éclat de rire et reprit :

— Nous aurions dû lire un peu plus la Bible. Après avoir créé Adam et Ève, Dieu resta dans le jardin d'Éden à les espionner. C'est vraiment à prendre au pied de la lettre : il se cacha derrière des buissons et observa leurs moindres faits et gestes. Tu comprends ? Il était tellement intrigué par ce qu'il avait créé ! Je ne cherche pas à le calomnier, crois-moi, je peux le comprendre.

Il écrasa son mégot, marquant ainsi la fin de cette pause-cigarette. Je trouvai que j'avais quand même de la chance d'avoir trente à quarante pauses comme ça avant la Grèce.

Une fois dans la voiture, je sortis la loupe que le mystérieux nain m'avait donnée et décidai d'observer la nature d'un peu plus près. Si je m'allongeais dans un champ pour examiner une fourmi ou une fleur, je pourrais peut-être voler quelque secret à la nature. Ce serait un beau cadeau de Noël pour mon père que de ramener un peu de paix dans son âme...

Nous avons continué notre ascension dans les Alpes et sommes enfin arrivés au village de Dorf.

– Tu dors, Hans-Thomas ? demanda mon père au bout d'un moment.

J'étais bien sûr à deux doigts de m'endormir au moment où il me posa cette question. Pour ne pas mentir, je répondis que non, ce qui eut pour effet de me réveiller encore plus.

– Tu sais, je me demande si le nain ne nous a pas raconté des histoires.

– Tu crois que la loupe n'était pas dans le ventre d'un chevreuil ? grommelai-je.

– Dis donc, tu es drôlement fatigué, Hans-Thomas ! Mais non, je veux parler du chemin ! Pourquoi diable nous a-t-il entraînés dans ce bled paumé ? L'autoroute aussi passait par les Alpes. Ça va bientôt faire quarante kilomètres que je n'ai pas vu une seule maison, et encore moins un hôtel !

J'étais si épuisé que je n'avais même pas la force de répondre. Je me dis seulement que j'étais digne de figurer dans le livre des records au titre de celui qui aimait le plus son papa. Il n'aurait vraiment pas dû être graisseur. Il aurait dû avoir la permission de faire des discours sur les mystères de la vie et les anges dans le ciel. Mon père m'avait suffisamment répété que les anges sont beaucoup plus intelligents que les hommes ! Certes, pas autant que Dieu, mais eux comprennent du moins tout ce que nous autres hommes pouvons saisir sans même avoir à y réfléchir.

– Mais pourquoi nous a-t-il fait passer par Dorf ? reprit mon père. Je te parie qu'il nous a attirés dans un village de nains !

Ce sont les derniers mots que j'ai entendus avant de m'endormir. Je rêvai d'un village plein de nains, très gentils, qui parlaient tous en même temps de tout et n'importe quoi. Personne ne savait cependant où ils se trouvaient très exactement ni d'où ils venaient.

Je crois encore me souvenir que mon père m'a porté hors de la voiture et m'a mis au lit. L'air sentait le miel. Et une voix de femme disait :

– *Ja, ja. Aber natürlich, mein Herr!*

TROIS DE PIQUE

... quelle drôle d'idée de planter des petits cailloux
au fin fond de la forêt...

Quand je me suis réveillé le lendemain matin, j'ai compris que nous étions arrivés à Dorf. Mon père dormait encore à côté de moi. Il était un peu plus de huit heures, mais il n'avait pas eu son compte de sommeil, c'était clair. Quelle que soit l'heure à laquelle il se couche, il prend toujours un petit verre avant l'extinction des feux. « Un petit verre », c'est son expression à lui, car en fait il peut tout aussi bien s'agir de grands, très grands verres, et rarement d'un seul...

La fenêtre donnait sur un grand lac. Je m'habillai tout de suite et descendis au rez-de-chaussée où je croisai une femme si grosse et si aimable qu'elle voulut absolument me faire la conversation sans même connaître un seul mot de norvégien.

– Hans-Thomas... répéta-t-elle plusieurs fois, ce qui indiquait que mon père avait dû faire les présentations quand il m'avait porté endormi dans la chambre.

J'arpentai la pelouse devant le lac et essayai une balançoire de taille démentielle : elle était si grande que j'atteignais la limite des toits et pouvais voir tout le village et le paysage environnant.

Je commençai à trouver le temps long. Mon père piquerait certainement une crise en découvrant Dorf à la lumière du jour. On aurait dit un village de poupées : au pied des sommets enneigés se lovaient quelques petites boutiques dans des ruelles étroites. Du haut de ma balançoire, le village semblait tout droit sorti de Legoland ! La pension n'était plus qu'un tout petit bâtiment blanc de trois étages avec des volets roses et de minuscules fenêtres en verre teinté.

J'avais largement eu le temps de tout voir quand mon père m'appela enfin pour prendre le petit déjeuner.

La salle à manger était digne du livre des records elle aussi : il y avait à peine la place d'y mettre quatre tables et bien sûr mon père et moi étions les seuls clients. Il y avait bien un grand restaurant à côté de la salle à manger, mais il était fermé.

Mon père avait mauvaise conscience d'avoir dormi plus longtemps que moi, aussi sautai-je sur l'occasion pour demander de la limonade à la place du lait. Il céda, mais en profita à son tour pour commander un « demi ». Ça peut paraître bizarre, mais ce qu'on lui servit ressemblait plutôt à du vin rouge. Je compris que nous ne partirions pas avant le lendemain matin.

Mon père m'expliqua que nous habitions une *Gasthaus*, ce qui signifie une « maison d'hôtes » mais, à part les fenêtres, je ne vis aucune différence avec une pension. Elle s'appelait *Schöner Waldemar* et le lac, le Waldemarsee. Il devait probablement s'agir du même Waldemar !

– Il nous a bien eus, dit mon père après avoir bu sa première gorgée de la journée.

Il voulait parler du nain, bien sûr. « Waldemar », c'était peut-être lui ?

– Nous avons fait un détour ? demandai-je.

– Un détour, dis-tu ? D'ici, on est aussi loin de Venise que de la station-service. En kilomètres, s'entend. En d'autres termes, toute cette route, c'était pour du beurre.

– Tonnerre de Brest ! m'écriai-je.

Depuis que je vivais seul avec mon père, j'avais fini par adopter certaines de ses expressions de marin.

– Il ne me reste que quinze jours de vacances, poursuivit-il, et il ne faut pas s'imaginer qu'on tombera comme ça sur Maman dès qu'on débarquera à Athènes.

– Alors pourquoi ne repartons-nous pas aujourd'hui ? lui demandai-je, car il n'était pas le seul à avoir envie de retrouver Maman...

– Comment sais-tu qu'on ne repart pas aujourd'hui ?

A quoi bon répondre ? Je me contentai de montrer son verre du doigt.

♠

Il partit d'un grand éclat de rire et son rire était si communicatif que la grosse dame se mit à rire aussi, sans savoir au juste de quoi on parlait.

— Nous sommes arrivés vers une heure du matin, expliqua-t-il. Il faut bien une journée pour récupérer.

Je haussai les épaules. Mais comme je me plaignais sans cesse qu'on roulait souvent d'une traite, j'étais mal placé pour le critiquer. Je me permis d'émettre quelques doutes quant à sa « récupération » qui, j'en étais sûr, consisterait surtout à vider quelques verres.

Mon père sortit chercher nos affaires dans le coffre de la voiture : il n'avait même pas eu le courage hier soir de prendre sa brosse à dents.

Quand le chef eut mis un peu d'ordre dans la voiture, il fut décrété que nous ferions une vraie balade. Notre hôtesse nous indiqua une montagne avec un superbe point de vue, mais c'était un peu loin pour y aller et revenir à pied, surtout que la journée était déjà bien avancée.

Mon père eut alors une de ses idées de génie : comment descendre à pied d'une montagne sans en faire la montée ? Eh bien, il suffisait dans un premier temps de s'assurer qu'il y avait bien une route qui menait au sommet. Ce que la patronne nous confirma, mais en ajoutant qu'elle n'en voyait pas l'intérêt puisqu'une fois en bas nous serions bien obligés d'aller rechercher la voiture là-haut.

— Mais non, expliqua mon père, nous allons monter en taxi et nous redescendrons à pied.

Ce que nous avons fait. On a appelé un taxi. Le chauffeur a d'abord cru à une plaisanterie. Mais mon père a agité quelques billets d'argent suisse et la voiture a démarré comme une flèche.

La dame connaissait mieux la région que le nain de la station-service ! La montagne et le panorama au sommet étaient vraiment magnifiques, ce qui, croyez-moi, n'est pas un faible compliment de la part d'un Norvégien…

Tout au fond de la vallée, on pouvait apercevoir un petit

plan d'eau avec quelques maisons microscopiques : c'était Dorf et le lac de Waldemar.

On avait beau être en plein été, le vent, là-haut sur les sommets, nous transperçait. Nous nous trouvions beaucoup plus haut par rapport au niveau de la mer que le point culminant en Norvège. J'avoue que cela me fit de l'effet, mais mon père, lui, était déçu car il avait manigancé toute cette excursion dans le seul espoir d'apercevoir la Méditerranée. Qui sait s'il ne s'était pas même imaginé *voir* ce que Maman faisait en Grèce ?

— Lorsque j'étais en mer, se mit-il à raconter, c'était tout le contraire : je restais des heures sur le pont sans voir le moindre bout de terre à l'horizon.

J'essayai de me représenter le tableau.

— Au fond, c'était beaucoup mieux. Je me sens toujours à l'étroit quand je ne peux pas voir la mer.

Nous avons commencé la descente, en suivant un chemin qui serpentait dans une forêt. Ici aussi, ça sentait bon le miel.

Puis nous avons fait une halte dans un champ et j'ai sorti ma loupe tandis que mon père fumait une cigarette. J'ai vu une fourmi en train de grimper sur une petite tige, mais je ne pouvais pas vraiment l'examiner, car elle ne voulait pas rester immobile. Alors j'ai fait tomber la fourmi et j'ai observé la tige. Elle avait fière allure une fois agrandie par ma loupe, mais je ne suis pas devenu plus savant pour autant.

Soudain, quelque chose bougea dans le feuillage. Mon père sursauta comme s'il craignait d'être assailli par de dangereux bandits. Mais ce n'était qu'un inoffensif chevreuil. L'animal nous regarda quelques secondes dans les yeux avant de disparaître dans la forêt. Il suffisait de voir la mine décomposée de mon père pour comprendre qu'ils avaient eu aussi peur l'un que l'autre. Depuis ce jour j'ai toujours comparé mon père à un chevreuil, mais que cela reste entre nous, hein ?

Même avec un verre de vin dans le nez, mon père était plein d'énergie. Nous avons couru comme des fous jusqu'à ce que nous découvrions une clairière, jonchée de mystérieux

♠

cailloux blancs. Il devait y en avoir au moins une centaine, tous ronds et lisses, de la taille d'un morceau de sucre.

Mon père se gratta la tête d'un air dubitatif :

– Tu crois qu'ils poussent ici ? demandai-je.

Il secoua la tête.

– Ça sent le sang humain par ici, Hans-Thomas.

– Mais quelle drôle d'idée de planter des petits cailloux au fin fond de la forêt...

Il ne répondit pas tout de suite, mais je compris qu'il était de mon avis.

S'il y avait une chose qui irritait mon père, c'était de ne pas pouvoir tout expliquer. Sur ce point, il me faisait un peu penser à Sherlock Holmes, toujours sur la brèche pour résoudre les affaires les plus insolites.

– On dirait un cimetière, finit-il par dire. Chaque petite pierre est à une place bien précise au centimètre carré près...

Je n'aurais pas été surpris s'il m'avait raconté que les habitants de Dorf enterraient ici de minuscules bonshommes de Lego, mais même mon père n'alla pas jusque-là.

– Oh, sans doute des petits garçons qui jouent à enterrer des coccinelles, ajouta-t-il, à défaut d'une meilleure explication.

– C'est possible, dis-je à plat ventre en train d'examiner un de ces cailloux à la loupe. Mais en tout cas ce ne sont pas les coccinelles qui ont poli ces cailloux blancs.

Mon père eut un petit rire forcé. Il passa un bras autour de mes épaules et nous avons continué à descendre, mais plus lentement cette fois.

Finalement, nous nous sommes trouvés devant un chalet.

– Tu crois que quelqu'un habite là ? demandai-je.

– Évidemment ! répondit mon père.

– Comment le sais-tu ?

Il montra du doigt la cheminée d'où sortait un peu de fumée.

Au pied du chalet nous avons bu l'eau d'un ruisseau qui sortait d'un tuyau. Mon père appelait ça une source !

...ce que j'avais entre les mains était un petit livre...

Nous sommes rentrés à Dorf tard dans l'après-midi.
– Un bon dîner ne nous fera pas de mal, dit mon père.
Le restaurant était ouvert, ce qui nous évita de manger à l'étroit dans la ridicule salle à manger. Quelques habitants de Dorf étaient attablés autour d'une chope de bière.

Nous avons mangé des saucisses et de la choucroute suisse avec en dessert une sorte de tarte aux pommes avec de la chantilly.

Le clou du repas fut naturellement pour mon père de « goûter à l'eau-de-vie des Alpes », comme il disait. Je ne voyais pas l'intérêt de rester là à le regarder s'enivrer et préférai monter dans la chambre en emportant une bouteille de limonade à la framboise. Je relus encore une fois les magazines emportés de Norvège. Je commençais à les connaître par cœur. Puis je fis quelques patiences. Mais, par deux fois, le jeu fut bloqué dès le départ à cause d'une donne catastrophique. Alors autant redescendre au restaurant.

J'espérais parvenir à faire monter mon père avec moi avant qu'il ne fût trop ivre pour me raconter ses aventures du vaste monde. Mais il n'avait visiblement pas fini de goûter à cette fameuse eau-de-vie. De plus, le voilà qui se mettait à parler en allemand avec les gens du village !
– Va donc faire un petit tour en ville ! me lança-t-il.
Je ne trouvai pas très chic de sa part de me laisser tomber comme ça, mais avec le recul j'ai bien fait de l'écouter. Je crois que je suis né sous une meilleure étoile que lui.

Le « tour en ville » me prit exactement cinq minutes. Elle était si petite, cette ville. En gros, elle se composait d'une unique rue qui s'appelait – vous vous en seriez doutés – la Waldemarstrasse. Ils manquaient vraiment d'imagination par ici !

J'en voulais à mon père d'être resté là-bas à trinquer avec les gens du village. Ah, cette eau-de-vie des Alpes... Pour sûr, ça sonnait mieux que le mot « alcool » ! Mon père avait un jour plaisanté en prétendant qu'il n'était pas en assez bonne santé pour se permettre d'arrêter de boire. J'avais dû répéter plusieurs fois la formule dans ma tête avant de la comprendre. D'habitude les gens disent le contraire, mais mon père ne faisait rien comme tout le monde ! Ah, il n'était pas fils de boche pour rien.

Tous les magasins du village étaient fermés, et pourtant une camionnette rouge s'arrêta pour approvisionner l'épicerie. Une petite fille lançait une balle contre un mur, un vieil homme sur un banc fumait sa pipe à l'ombre d'un arbre. Et c'était tout ! Le village avait beau avoir de jolies maisons de poupée, je m'ennuyais à mourir dans ce bled paumé. En tout cas, je ne voyais vraiment pas l'intérêt d'avoir une loupe dans un trou pareil !

Heureusement que nous partions le lendemain ! Nous avions prévu d'arriver en Italie en fin d'après-midi ou dans la soirée. Puis de passer par la Yougoslavie pour arriver en Grèce, et là, enfin, nous retrouverions peut-être Maman. Rien que d'y penser, j'avais comme une boule dans la gorge.

Je traversai la rue pour aller regarder la vitrine d'une petite boulangerie. C'était le dernier magasin. A côté d'un plat garni de gâteaux rassis se trouvait un bocal avec un seul poisson rouge. Le rebord du bocal était ébréché : il manquait un gros morceau de verre. A la réflexion, il correspondait à peu près à la taille de ma loupe. Je voulus vérifier et, sortant la loupe de son étui, je pus constater qu'elle était juste un peu plus petite que le morceau de verre manquant.

Le poisson rouge tournait en rond dans son bocal ; il devait se nourrir de miettes de gâteaux. Je me dis qu'un chevreuil avait peut-être voulu le manger et mordu dans le bocal à la place ?

Tout à coup le soleil couchant éclaira la petite vitrine et fit scintiller le bocal de verre. Le poisson n'était pas seulement

♠

rouge, mais orange, jaune et vert. L'eau prit les couleurs du poisson, le bocal aussi, on aurait dit une véritable palette de peintre ! Plus j'observais le poisson, le verre du bocal et l'eau, plus j'oubliais où j'étais. Je finis même par croire que c'était moi qui étais dans le bocal et que le poisson rouge, à l'extérieur, me regardait.

J'étais tellement absorbé que je n'avais pas remarqué la présence d'un vieil homme aux cheveux blancs derrière le comptoir. D'un geste de la main, il me fit signe d'entrer.

Bizarre que cette boulangerie soit ouverte si tard ! J'essayai de voir si mon père n'était pas sorti du restaurant, mais il ne devait pas avoir terminé de « goûter » à son eau-de-vie. Alors j'ouvris la porte de la boulangerie et entrai.

– *Grüss' Gott !* lançai-je d'un ton solennel, histoire de placer la seule expression que je connaisse en suisse allemand et qui veut dire « Salut à Dieu » ou quelque chose comme ça.

Je vis tout de suite que j'avais à faire à un brave homme.

– Norvégien ! dis-je en me frappant la poitrine pour lui faire comprendre que c'était tout ce que je savais.

Le vieil homme se pencha au-dessus du large comptoir en marbre et me regarda droit dans les yeux.

– *Wirklich ?* dit-il. Moi aussi, j'ai vécu en Norvège. Oh, il y a bien, bien longtemps. Maintenant ai-je presque mon norvégien tout oublié.

Il se retourna et ouvrit un vieux réfrigérateur. Il en sortit une bouteille de limonade qu'il décapsula et posa sur le comptoir.

– *Und du* aimes limonade, *nicht wahr ?* Tiens, *mein* jeune ami. C'est un *sehr* bon limonade.

Je portai la bouteille à mes lèvres et bus quelques gorgées. Elle avait bien meilleur goût que celle du *Schöner Waldemar*. Elle devait être à la poire.

Le vieil homme aux cheveux blancs se pencha à nouveau vers moi et chuchota :

– Alors, c'était bon ?

– Délicieux, dis-je.

– *Jawohl,* chuchota-t-il à nouveau. C'est une *sehr* bonne limonade. Mais il y a encore une autre limonade ici à Dorf. Encore meilleure. Mais cette limonade-là ne se vend pas au comptoir. *Verstehst du?*

Je fis signe que oui. Il avait une drôle de manière de chuchoter qui me faisait presque un peu peur. Mais ses yeux bleus avaient une expression de bonté qui ne pouvait mentir.

– Je viens d'Arendal, dis-je. Mon père et moi allons en Grèce pour tâcher de trouver Maman. Elle s'est malheureusement un peu fourvoyée dans le monde de la mode.

A ce moment précis, il me jeta un regard sévère.

– *Sagst du* Arendal, mon ami? Fourvoyée? Elle n'est pas la seule à qui arrive ce genre de mésaventure. Moi aussi j'ai quelques années dans cette terrible et grise *Stadt* vécu. Mais qui s'en souvient encore?

Voulait-il parler de Grimstad? C'était juste à côté d'Arendal, mon père et moi y allions souvent en bateau l'été.

– C'est… c'est pas très loin d'Arendal, balbutiai-je.

– Non, non. Je savais bien qu'un jeune Valet un jour ici à Dorf viendrait. Pour chercher le trésor, mon ami. Désormais est le trésor plus à moi seulement.

J'entendis soudain mon père m'appeler. A sa voix, je compris qu'il avait plus qu'apprécié l'eau-de-vie des Alpes.

– Merci beaucoup pour la limonade, dis-je. Mais il faut que je m'en aille, mon père me cherche.

– *Vater, ja. Aber natürlich,* mon ami. Attends *doch* une seconde! Pendant que tu le poisson regardais, ai-je plaque de brioches au four mis. J'ai vu, tu avais la loupe. Alors ai-je compris que tu le vrai Valet étais. Tu vas *verstehen, mein Sohn,* tu vas *verstehen…*

Le vieux boulanger disparut dans l'arrière-boutique et reparut avec quatre brioches toutes fraîches qu'il fourra dans un sac en papier. Il me le tendit et dit gravement:

– Seulement une importante chose dois-tu promettre. Tu vas la plus grosse brioche garder et en dernier manger, quand tu tout seul seras. Et tu devras jamais rien raconter. *Verstehst du?*

♠

– Bon, d'accord, dis-je. Merci encore !

Et me revoilà dans la rue. Tout alla si vite que je ne me rappelle rien d'autre si ce n'est que je retrouvai mon père à mi-chemin.

Je lui racontai que je m'étais fait offrir une limonade et quatre brioches par un vieux boulanger qui dans sa jeunesse avait été à Grimstad. Mon père crut que je lui racontais des histoires, mais il mangea quand même une des brioches sur le chemin. J'en pris deux moi-même et gardai la plus grosse dans le sac.

Mon père s'endormit dès qu'il fut au lit. Mais j'eus du mal à trouver le sommeil, car je n'arrêtais pas de penser au vieux boulanger et à son poisson rouge. Je finis par avoir un petit creux et allai chercher la dernière brioche. Je m'assis dans un fauteuil et, toujours dans l'obscurité, mordis dedans.

Je sentis soudain que mes dents heurtaient quelque chose de dur. Alors j'ai ouvert la brioche pour en extirper quelque chose de la taille d'une boîte d'allumettes. Comme mon père ronflait tranquillement, j'ai allumé la lampe au-dessus du fauteuil.

Ce que j'avais entre les mains était un petit livre. Sur la couverture on pouvait lire *La Limonade pourpre et l'Île enchantée.*

Je le feuilletai. Malgré sa taille lilliputienne, il comportait plus d'une centaine de pages imprimées avec de minuscules caractères. J'ouvris à la première page et tentai de déchiffrer les premières lignes mais c'était impossible. C'est alors que je me suis souvenu de la loupe donnée par le nain à la station-service. Je fouillai dans les poches de mon pantalon, sortis la loupe de son étui vert et la posai au-dessus des premières lettres du texte. Elles restaient minuscules, mais en mettant carrément le nez dessus, je pouvais enfin les distinguer les unes des autres.

CINQ DE PIQUE

...j'entendis le vieil homme marcher dans le grenier...

Mon cher fils – laisse-moi t'appeler ainsi –, je suis là à écrire l'histoire de ma vie en sachant qu'un jour tu viendras dans ce village. Peut-être passeras-tu devant la boulangerie de la Waldemarstrasse et t'arrêteras-tu pour regarder le bocal au poisson rouge. Tu ne sauras pas pourquoi tu es venu, mais moi je sais que tu es venu à Dorf afin de poursuivre l'histoire de la limonade pourpre et de l'île enchantée.

Nous sommes en janvier 1946 et je suis encore un homme jeune. Quand tu me rencontreras dans trente ou quarante ans, je serai un vieil homme aux cheveux gris. J'écris aussi pour être lu quand je ne serai plus.

Le papier sur lequel j'écris est comme un canot de sauvetage, ô mon fils inconnu. Un canot de sauvetage peut affronter le vent et la tempête et dériver longtemps avant d'atteindre un port lointain. Mais mon canot à moi suit de tout autres courants. Il vogue vers le Levant d'où l'on ne revient pas.

Comment reconnaîtrai-je que c'est toi qui vas poursuivre l'histoire ? Je le saurai quand tu t'approcheras de moi, mon fils. Je verrai que tu portes le signe.

Je t'écris en norvégien pour être sûr que tu comprennes, mais aussi pour que les gens de Dorf ne puissent pas lire l'histoire des nains. Le secret de l'île enchantée ferait vite le tour du village, mais après qu'adviendrait-il de ce secret ? Une nouvelle, même si elle fait sensation, est vite reléguée aux oubliettes, non ? Justement, l'histoire des nains ne devra jamais se brûler aux feux des projecteurs. Mieux vaut qu'une seule personne connaisse le secret des nains plutôt que tous les hommes l'apprennent pour l'oublier aussitôt.

♠

Je fais partie de ceux qui, après la Seconde Guerre mondiale, ont cherché un endroit où vivre. La moitié de l'Europe n'était plus qu'un vaste camp de réfugiés. Toute une partie du monde se trouvait dorénavant sous le signe du bouleversement. Mais nous n'étions pas seulement des réfugiés politiques, nous étions aussi des âmes errantes à la recherche de notre identité.

Je dus pour ma part quitter l'Allemagne et me construire une nouvelle existence, mais, en tant que sous-officier de l'armée du IIIe Reich, je n'avais guère le choix.

Je ne me trouvais pas seulement dans une nation brisée, mais mon cœur avait aussi laissé un amour dans ton pays du Nord. Tout autour de moi n'était plus que ruines et désolation.

Je savais que je ne pourrais plus vivre en Allemagne, mais je ne pouvais pas retourner non plus en Norvège. Alors je réussis à franchir les montagnes pour passer en Suisse.

J'errai quelques semaines ici et là, jusqu'à ce que je rencontre à Dorf un vieux boulanger du nom d'Albert Klages.

Ce jour-là je redescendais de la montagne, affamé et assoiffé, comme on l'est après plusieurs jours de marche solitaire, quand je vis soudain un village au fond dans la vallée. La faim me donna des ailes et je courus comme un fou à travers la forêt. J'eus juste le temps d'apercevoir un vieux chalet, d'entendre le bourdonnement des abeilles et de sentir une bonne odeur de lait et de miel avant de tomber évanoui.

Je crois que le vieux boulanger me porta à l'intérieur de son chalet. Quand je me réveillai, je découvris un vieil homme en train de fumer sa pipe dans un fauteuil à bascule. A peine me vit-il soulever les paupières qu'il se précipita à mon chevet.

– Te voilà de retour à la maison, mon cher fils, dit-il d'une voix rassurante. Je savais bien que tu finirais par frapper à ma porte, pour chercher le trésor, mon garçon.

Je dus sans doute me rendormir car lorsque je me réveillai à nouveau, j'étais seul dans le chalet. Je me levai et sortis. Le vieil homme était assis à une table de pierre où trônait un splendide bocal en verre. A l'intérieur nageait un beau poisson rouge.

Bien entendu, je trouvais étrange qu'un petit poisson venu de

♣

l'océan puisse apparemment se plaire au milieu des montagnes, au centre de l'Europe. C'était un morceau d'océan, transporté au beau milieu des Alpes suisses.

— *Grüss' Gott!* lançai-je.

Il se retourna et leva les yeux vers moi.

— Je m'appelle Ludwig, dis-je.

— Et moi, Albert Klages, répondit-il.

Il retourna au chalet et revint avec du lait, du pain, du fromage et du miel.

Indiquant de la main la vallée, il me raconta que le village s'appelait Dorf et qu'il possédait là-bas une petite boulangerie.

Je vécus quelques semaines chez le vieil homme. Puis un jour je l'accompagnai à sa boulangerie. Albert m'apprit à faire des brioches, des bretzels et toutes sortes de gâteaux. Je savais depuis longtemps que les Suisses étaient doués pour la pâtisserie.

Je donnais surtout un coup de main à Albert quand il s'agissait de vider les lourds sacs de farine.

Mais j'étais jeune et cherchais aussi à nouer d'autres amitiés dans le village. En allant par exemple à l'auberge *Schöner Waldemar.*

Je crois que les gens s'étaient habitués à moi. Ils avaient compris que j'avais servi dans l'armée allemande, mais se gardaient bien de poser des questions sur mon passé.

La conversation tomba un jour sur la façon si chaleureuse qu'avait eue Albert de m'accueillir.

— Il est un peu cinglé, dit le paysan Fritz André.

— Rappelle-toi, c'était pareil avec l'ancien boulanger! renchérit le vieux marchand Heinrich Albrechts.

Quand je me hasardai à demander ce qu'ils voulaient dire par là, ils se contentèrent de répondre de façon évasive. J'avais bu quant à moi plusieurs verres de vin et me sentais passablement éméché.

— Si vous ne me donnez pas une réponse claire sur-le-champ, vous avez intérêt à retirer les calomnies sur celui qui cuit le pain que vous mangez! m'écriai-je.

Il ne fut plus question d'Albert ce soir-là. Mais, quelques semaines plus tard, Fritz remit la question sur le tapis :

– Tu n'aurais pas une idée ? D'où viennent-ils, tous ses poissons rouges ? me demanda-t-il.

J'avais observé que je les intéressais tout particulièrement depuis que je partageais le toit du vieux boulanger.

Je répondis ce que je croyais être la vérité :

– Il n'en a qu'un... et il a dû l'acheter à Zurich !

Le paysan et le marchand éclatèrent de rire.

– Eh ! Il en a toute une collection, s'exclama le paysan. Un jour que mon père rentrait de la chasse, il a surpris Albert qui avait sorti tous ses poissons rouges au soleil pour leur faire prendre l'air, et crois-moi, mon petit, y en avait !

– De mémoire d'homme il n'a jamais quitté le village, intervint le marchand, je suis bien placé pour le savoir puisqu'on a à peu près le même âge.

– Il y en a qui pensent que c'est un sorcier, chuchota le paysan. Il ne ferait pas seulement du pain et des gâteaux, qu'ils disent, mais il *fabriquerait* ces poissons rouges lui-même. En tout cas une chose est sûre : c'est pas dans le lac de Waldemar qu'il les a pêchés !

Je finis par les croire et me demander si Albert ne détenait pas réellement un terrible secret. Les premières phrases qu'il m'avait dites me trottaient toujours dans la tête : « Te voilà de retour à la maison, mon cher fils. Je savais bien que tu finirais par frapper à ma porte, pour chercher le trésor, mon garçon. »

Je ne voulais surtout pas blesser le vieil homme en lui rapportant tous ces commérages. S'il détenait vraiment un secret, je l'apprendrais bien un jour, en temps et lieu voulus.

J'avais longtemps cru que tous ces bruits couraient sur le vieil homme parce qu'il habitait à l'écart au-dessus du village, mais je dois reconnaître que sa maison avait quelque chose de bizarre.

Dès qu'on entrait, on se trouvait dans la pièce principale avec la cheminée et le coin-cuisine. Deux portes conduisaient respectivement à sa chambre et à la petite pièce qu'il me donna à mon arrivée. Ce n'était pas très haut de plafond, pourtant le chalet, vu de loin, laissait imaginer un vaste grenier. J'avais même aperçu une petite ouverture dans le toit d'ardoises.

♠

Fait étrange, Albert ne mentionnait jamais le grenier. Il n'y allait jamais non plus. Ce qui fait que le seul nom d'Albert suffit bientôt à m'évoquer ce grenier mystérieux.

Un soir, je rentrai plus tard qu'à l'accoutumée et j'entendis le vieil homme marcher dans le grenier. Je fus tellement surpris – et sans doute effrayé – que je sortis tout de suite sous prétexte d'aller chercher de l'eau. Je traînai le plus possible et quand je revins Albert avait repris sa place habituelle dans le fauteuil à bascule et fumait tranquillement sa pipe.

– Tu rentres bien tard aujourd'hui, dit-il.

Je sentais bien qu'il avait autre chose en tête.

– Vous étiez dans le grenier?... hasardai-je.

Maintenant encore je me demande comment j'ai osé lui poser une telle question.

Il sursauta. Mais très vite il se reprit et me regarda avec la même bienveillance qu'au premier jour, celui où il m'avait recueilli à moitié mort d'épuisement.

– Tu es fatigué, Ludwig? demanda-t-il.

Je fis non de la tête. On était samedi soir. Nous pourrions faire la grasse matinée jusqu'à ce que le soleil nous réveille.

Il se leva et remit quelques bûches sur le feu.

– Dans ce cas, nous allons rester ensemble cette nuit, dit-il.

... une limonade au goût absolument incomparable...

J'étais sur le point de m'endormir sur la loupe et le Livre. Je comprenais que je m'étais lancé dans la lecture d'une grande aventure, mais en quoi tout cela me concernait-il ? Je déchirai un bout du sac en papier et m'en servis comme marque-page.

Je me rappelais avoir déjà vu un ouvrage de ce genre à la librairie Danielsen, sur la place du marché d'Arendal : c'était un minuscule livre d'aventures présenté avec une cassette. Mais les caractères étaient si gros qu'il n'y avait guère plus de quinze ou seize mots par page. Dans ces conditions, on comprend que l'aventure tournait vite court.

Il était déjà un peu plus d'une heure du matin quand je glissai la loupe dans une poche de mon pantalon, le Livre dans l'autre et retournai au lit.

Mon père me réveilla à l'aube. Il fallait vite reprendre la route, sinon on aurait à peine le temps d'atteindre Athènes qu'il faudrait déjà rentrer à la maison. Il était de mauvaise humeur car j'avais laissé plein de miettes de brioche par terre.

Des miettes de brioche ! pensai-je. Je n'avais donc pas rêvé. Je sautai dans mon pantalon et sentis quelque chose de dur dans les deux poches. Je lui dis que j'avais eu une subite fringale en pleine nuit et que j'avais fini la dernière brioche. Et comme je n'avais pas voulu allumer, j'avais laissé toutes ces miettes.

Nous avons rapidement mis toutes les affaires dans la voiture avant de descendre prendre le petit déjeuner. Je jetai un coup d'œil dans la salle de restaurant vide : ainsi, c'était là qu'autrefois Ludwig venait boire un pot avec ses amis.

Puis, le petit déjeuner fini, nous avons quitté l'auberge du *Schöner Waldemar*. En passant devant la boulangerie, mon père

♠

me demanda si c'était là que j'avais eu les brioches. Je n'eus pas le temps de répondre que déjà le vieux boulanger était sur le pas de la porte et agitait la main en guise d'au revoir. Il saluait aussi mon père qui répondit à son salut.

Une fois sur l'autoroute, je sortis prudemment la loupe et le Livre de mes poches et poursuivis ma lecture. Mon père me demanda à plusieurs reprises ce que j'étais en train de faire : je lui répondis une fois que je vérifiais s'il n'y avait pas de puces ou de poux sur la banquette arrière, puis une autre fois que je pensais à Maman.

Albert retourna s'asseoir dans son fauteuil à bascule, bourra sa pipe avec un peu de tabac qu'il prit d'une vieille boîte, et l'alluma.

– Je suis né ici à Dorf en 1881, commença-t-il. J'étais le plus jeune d'une famille de cinq enfants. Cela explique sans doute l'attachement tout particulier que j'avais à l'égard de ma mère. Il était de tradition ici à Dorf que les enfants restent à la maison avec leur mère jusqu'à l'âge de sept, huit ans, et qu'ensuite ils accompagnent et aident leur père dans les travaux des champs ou de la forêt.

Je me souviens de longues journées où je traînais à la cuisine, fourré dans les jupes de ma mère. La famille ne se retrouvait au complet que le dimanche. Ce jour-là, nous faisions une grande balade, préparions un repas plus raffiné et, le soir, jouions aux dés.

Puis le malheur vint s'abattre sur notre famille. J'avais à peine quatre ans quand ma mère fut atteinte de tuberculose. Pendant plusieurs années la maladie s'est installée à la maison. Je n'étais naturellement pas en état de tout comprendre, mais je revois encore ma mère souvent obligée de s'asseoir pour se reposer, puis finissant par rester au lit pendant des semaines. Je m'asseyais alors à ses côtés et lui racontais des histoires que j'inventais.

Je la surpris un jour courbée en deux au-dessus de l'évier, en proie à une terrible quinte de toux. Quand je vis que c'était du sang qu'elle crachait, je devins comme fou et cassai tout ce qui me tombait sous la main : assiettes, chopes, verres, n'importe quoi. Ce dut être la première fois que je compris vraiment qu'elle allait mourir.

♠

Je me souviens aussi que, tôt un dimanche matin, bien avant que les autres ne soient réveillés, mon père entra dans ma chambre.

– Albert, dit-il, nous avons à parler tous les deux, tu sais, ta mère n'a plus longtemps à vivre.

– Elle ne va pas mourir! criai-je, fou de douleur. Tu mens!

Mais il ne mentait pas. Nous eûmes quelques mois de sursis. Je n'avais rien d'un poltron, mais je ne pensais pas devoir affronter la mort aussi tôt. Je vis ma mère devenir de jour en jour plus pâle et plus maigre. La fièvre ne la quittait plus.

Mais ce dont je me souviens le mieux, c'est l'enterrement. Mes frères et moi nous avions dû emprunter des vêtements de deuil à des amis dans le village. Je fus le seul à ne pas pleurer : j'en voulais tellement à ma mère de nous abandonner que je ne pus verser une seule larme. Depuis ce jour, je continue à penser que le meilleur remède contre le chagrin est la colère...

Le vieil homme leva les yeux vers moi comme s'il savait que moi aussi je traînais un lourd chagrin.

– C'est ainsi que mon père se retrouva avec cinq bouches à nourrir, poursuivit-il. Au début, ça allait à peu près, car en plus de son travail à la ferme, mon père avait accepté de travailler au village comme postier. Dorf comptait à cette époque environ deux à trois cents personnes. Ma sœur aînée, qui avait treize ans à la mort de ma mère, s'occupa du ménage. Les autres aidèrent à la ferme et moi, qui n'étais d'utilité pour personne, je passai la plupart de mon temps à traîner. Souvent, j'allais pleurer sur la tombe de ma mère : je ne lui avais toujours pas pardonné d'être morte.

Puis mon père se mit à boire, d'abord seulement en fin de semaine, puis tous les jours. Son travail à la poste s'en ressentit, puis la ferme commença à péricliter. Mes deux frères partirent pour Zurich avant d'avoir atteint leur majorité et moi je restai là sans trop savoir quoi faire.

En grandissant, je subis beaucoup de railleries parce que mon père avait souvent « un coup dans le nez », comme ils disaient. On le ramena plus d'une fois complètement ivre à la maison. J'étais le plus malheureux dans l'histoire. Maman était morte et j'avais l'impression que c'était toujours moi qui devais payer les pots cassés.

Enfin je me fis un ami : Hans le boulanger. C'était un vieil homme aux cheveux blancs qui, aussi loin qu'on s'en souvienne, avait toujours tenu la boulangerie du village, bien qu'il n'ait pas grandi à Dorf. C'est pourquoi on l'avait toujours considéré comme un étranger et tenu à l'écart. Comme il était plutôt du genre discret, personne ne pouvait se vanter de vraiment le connaître.

Hans le boulanger avait été marin dans sa jeunesse, mais avait fini après de longues années passées en mer par s'établir comme boulanger dans le village. Les rares fois où il se promenait en bras de chemise dans sa boulangerie, on pouvait apercevoir quatre énormes tatouages sur ses bras. Je vous jure que cela faisait de l'effet. Il devait bien être le seul homme de tout le village à être tatoué !

Je me souviens surtout d'un tatouage où une femme était assise sur une grande ancre. En dessous était écrit : MARIA. Toutes sortes d'histoires circulaient sur ce prénom. Certains disaient que c'était le prénom d'une fiancée, mais qu'elle était morte de tuberculose avant d'avoir vingt ans, d'autres prétendaient qu'il avait tué une Allemande du nom de Maria et que c'était pour ça qu'il s'était réfugié en Suisse...

Comment Albert pouvait-il savoir que moi aussi je m'étais enfui en laissant une femme derrière moi ? Il ne pensait quand même pas que je l'avais tuée ?

Mais il ajouta :

— Il y en eut aussi pour dire que Maria était le nom d'un bateau sur lequel il avait navigué et que ce bateau avait sombré quelque part au large de l'Atlantique.

Albert se leva pour aller chercher du pain et du gruyère. Puis il posa deux verres et une bouteille de vin sur la table.

— Je ne t'ennuie pas au moins, avec mes histoires ? demanda-t-il.

Je secouai énergiquement la tête et il reprit son récit :

— En bon garnement que j'étais, je passais des heures à regarder la vitrine du boulanger dans la Waldemarstrasse. J'avais souvent faim, et je trouvais que la simple vue des différents pains et gâteaux me rassasiait un peu. Et puis un jour, Hans le boulanger me fit signe d'entrer et me donna un gros morceau de pain aux raisins. Depuis

♠

ce jour, il devint mon ami. Et c'est là que commence ma propre histoire, Ludwig.

Je passais des journées entières dans la boulangerie. Mon caractère solitaire ne lui avait pas échappé. Si j'avais faim, il me donnait un morceau d'un pain qui sortait du four ou me faisait goûter un délicieux gâteau ; un jour, il ouvrit même une bouteille de limonade rien que pour moi. En échange, je lui rendais de petits services, mais ça, c'était bien des années avant. J'avais à peine treize ans quand je devins son apprenti. Mais auparavant il s'était passé déjà bien d'autres choses, j'étais devenu son fils...

L'année où je devins boulanger, mon père mourut et je peux dire qu'avec l'alcool il avait creusé lui-même sa tombe. Jusqu'à son dernier souffle, il n'arrêta pas de répéter qu'il allait enfin retrouver Maman au ciel. Mes deux sœurs s'étaient entre-temps mariées dans une autre ville ; quant à mes deux frères, je n'ai plus jamais entendu parler d'eux...

Albert remplit nos verres de vin. Il alla près de la cheminée et vida sa pipe, la rebourra de tabac et l'alluma. De gros nuages de fumée flottèrent un instant dans la pièce.

– ... Hans le boulanger et moi-même, nous nous soutenions mutuellement. Un jour, il vint réellement à mon secours. Quatre ou cinq mauvais garçons s'étaient jetés sur moi devant la boulangerie et me rouaient de coups de poing. C'est du moins le souvenir que j'en ai. J'en avais l'habitude. N'étais-je pas orphelin de mère avec un père ivrogne ? Mais ce jour-là, Hans se précipita hors de la boulangerie et, ah, Ludwig ! je n'oublierai jamais cette scène : il me délivra et leur flanqua à chacun une bonne correction. Oh, il n'y alla pas de main morte et le fait est que depuis ce jour-là plus personne n'osa s'en prendre à moi.

Eh oui, cette bagarre marqua vraiment un tournant dans ma vie. Hans le boulanger me fit entrer dans sa boutique, il brossa sa veste blanche et ouvrit une bouteille de limonade qu'il posa sur le comptoir en marbre.

– Allez, bois ! m'ordonna-t-il.

J'obéis et trouvai que j'avais largement été consolé de mon agression.

– C'était bon ? me demanda-t-il avant même que j'aie eu le temps d'avaler la première gorgée.

– Oh, merci beaucoup, dis-je simplement.

– Mais si tu trouves cette limonade bonne, continua-t-il, et sa voix se mit à trembler, je te promets qu'un jour je te ferai goûter une limonade au goût absolument incomparable...

Je pensais naturellement qu'il plaisantait, mais je me suis souvenu de cette promesse faite sur un ton si solennel et dans des circonstances particulières. Son visage était encore échauffé par la bagarre. Non, Hans le boulanger n'était pas homme à plaisanter...

Albert Klages se racla la gorge et toussa. Je crus que c'était à cause de la fumée, mais je pense aussi qu'il était assez excité. Il me regarda de ses yeux sombres et profonds :

– Tu es fatigué, mon garçon ? Veux-tu que nous reparlions de tout ça un autre soir ?

Je bus une gorgée de vin et secouai la tête.

– Je n'avais guère plus de douze ans à cette époque, poursuivit-il d'un ton pensif. La vie continuait, monotone, à la seule différence que personne n'osait plus lever la main sur moi. Je passais des journées entières chez le boulanger. Parfois nous parlions, d'autres fois il me donnait juste un morceau de gâteau et me renvoyait dans la rue. Il pouvait tout aussi bien rester silencieux pendant des heures que me raconter ses aventures du temps où il était marin. Grâce à lui, j'ai ainsi beaucoup appris sur les pays étrangers.

C'était toujours moi qui venais lui rendre visite. Jamais je ne le rencontrais par hasard. Sauf un jour d'hiver où je m'amusais à jeter des pierres dans le lac de Waldemar gelé et où il surgit tout à coup devant moi :

– Eh, tu grandis Albert..., dit-il.

– J'aurai treize ans en février, répondis-je.

– Oh ! Cela devrait aller... Dis-moi, crois-tu que tu es assez grand pour garder un secret ?

– J'emporterai avec moi dans la tombe tous les secrets que tu voudras bien me confier.

– C'est bien ce que je pensais. C'est plus important que tu n'imagines, mon garçon, car je n'en ai plus pour très longtemps.

♠

– J'espère bien que si ! répondis-je vivement.

Mais je sentis le froid m'envahir et mon sang se glacer. C'était la deuxième fois dans ma courte vie que la mort prévenait de son passage.

Il prêta à peine attention à mes paroles et déclara :

– Tu sais où j'habite, Albert. Je veux que tu viennes chez moi ce soir.

... une mystérieuse planète....

J'avais fait un tel effort pour lire ce long passage que j'en avais mal aux yeux. Les lettres étaient si minuscules que j'en arrivais à me demander si je n'inventais pas toute l'histoire.

Je contemplai un moment les hautes montagnes qui bordaient la route tout en pensant à Albert qui avait perdu sa mère et dont le père avait toujours un verre dans le nez.

— Nous approchons du fameux tunnel du Saint-Gothard, dit mon père au bout d'un moment. Je crois qu'il passe juste à travers le massif montagneux que tu aperçois là devant.

Il ajouta que ce tunnel du Saint-Gothard était le plus long du monde : il faisait plus de seize kilomètres et avait été ouvert ces dernières années. Plus de cent ans auparavant, il y avait un tunnel ferroviaire à cet endroit ; bien avant encore, des moines et des contrebandiers faisaient ici du trafic entre l'Allemagne et l'Italie.

— Comme tu vois, nous ne sommes pas les premiers à passer par ici, conclut-il.

Il avait à peine fini sa phrase que nous entrions dans le long tunnel.

Cela prit un bon quart d'heure. De l'autre côté, la première ville que nous rencontrâmes s'appelait Airolo.

— Oloria, dis-je.

C'était un petit jeu que je pratiquais régulièrement depuis le Danemark. Je m'amusais à lire à l'envers tous les noms de lieux sur les panneaux indicateurs pour voir s'ils ne cachaient pas quelque chose comme un mot secret. Ça marchait parfois : « Roma » par exemple donnait « amor », ce qui allait plutôt bien avec cette ville.

« Oloria », ce n'était pas mal non plus, on aurait dit le nom d'un pays magique. Et en fermant les yeux à demi, ça pouvait être ici.

Nous avons continué notre route en descendant dans une vallée avec des petites fermes et des murets de pierre, et traversé une rivière du nom de Ticino. C'est mon père qui la vit le premier, dès qu'il s'agit d'eau, c'est lui le champion ! Il avait les larmes aux yeux, ce qui ne lui était pas arrivé depuis les quais de Hambourg.

Il freina, se gara au bord de la route et bondit hors de la voiture pour admirer la rivière argentée qui coulait au creux de la vallée.

Le temps de descendre à mon tour, il avait déjà allumé une cigarette :

— Nous voici enfin arrivés à l'océan, mon garçon. Je reconnais l'odeur des algues et du varech.

C'était mon père tout craché de sortir ce genre de phrases au moment où l'on s'y attendait le moins. Je trouvais quand même qu'il y allait un peu fort. Il me fit presque peur, car il n'ajouta rien. Comme s'il n'avait rien de plus à dire : on était arrivés à l'océan.

Moi, je savais qu'on était en Suisse et, même sans être un crack en géographie, que ce pays n'a aucune côte et que les hautes montagnes sont une preuve que la mer n'est pas tout près.

— Tu es fatigué ? demandai-je.

— Pas du tout, répondit-il en montrant encore une fois du doigt la rivière. Je crains tout simplement de ne jamais t'avoir parlé du trafic maritime en Méditerranée. Il faut remédier à ça sur-le-champ.

Je tombai des nues et mon père s'en aperçut, car il crut bon d'ajouter :

— Ne t'en fais pas, Hans-Thomas. Il n'y a pas de pirates par ici.

Il fit un geste pour m'indiquer les montagnes et poursuivit :

— Nous venons de passer le massif du Saint-Gothard. C'est là que la plupart des grands fleuves prennent leur source,

♠

comme le Rhin, le Rhône ou encore le Ticino qui viendra alimenter le Pô pour se jeter avec lui dans la mer Adriatique.

Je commençai à saisir pourquoi il avait tout à coup décidé de me parler de l'océan, mais il reprit en m'indiquant à nouveau les montagnes, comme pour ajouter à ma confusion :

— J'ai dit que le Rhône prenait sa source ici, eh bien, ce fleuve traverse Genève et coule en France avant de se jeter dans la Méditerranée, à quelques dizaines de kilomètres à l'ouest de Marseille. Quant au Rhin, lui, il serpente à travers l'Allemagne et la Hollande avant de se jeter dans la mer du Nord. Tous ces fleuves boivent leur première gorgée ici dans les Alpes.

— Il y a des bateaux qui naviguent sur ces fleuves ? demandai-je, pour l'aider dans son exposé.

— Retiens bien ça, mon garçon. Ils ne naviguent pas seulement *sur*, mais aussi *entre* les fleuves.

Il avait allumé une deuxième cigarette.

— En partant du Rhin par exemple, tu peux accéder au Rhône, à la Seine et à la Loire entre autres et aussi à tous les grands ports de la mer du Nord, de l'océan Atlantique et de la Méditerranée.

— Mais ces fleuves sont séparés par de hautes montagnes ! dis-je.

— Bien sûr, mais les montagnes n'ont jamais été un obstacle tant qu'on peut circuler entre elles.

— De quoi veux-tu parler ? l'interrompis-je.

Sa manière de parler par énigmes m'irritait parfois prodigieusement.

— Des canaux ! Savais-tu que tu peux circuler en bateau de la mer Baltique jusqu'à la mer Noire sans jamais approcher l'océan Atlantique ou la Méditerranée ?

Je me contentai de secouer la tête.

— Tu peux même arriver jusqu'à la mer Caspienne, loin à l'intérieur de l'Asie, chuchota-t-il tout excité.

— C'est vraiment possible ? demandai-je.

— Et comment ! Aussi vrai que le tunnel du Saint-Gothard existe. Ça aussi, c'est extraordinaire quand tu y penses !

Je restai là à regarder la rivière et je finis par sentir moi aussi une vague odeur d'algues et de varech.

– Mais qu'est-ce qu'on vous apprend à l'école, Hans-Thomas ? demanda mon père.

– A rester bien sagement assis. C'est même tellement difficile qu'il nous faut des années avant d'y arriver.

– Je vois. Tu crois vraiment que tu aurais chahuté si le professeur vous avait parlé des voies maritimes en Europe ?

– Peut-être que non.

La pause-cigarette terminée, nous avons repris la route en suivant le Ticino. Nous sommes passés par Bellinzona, une grande ville avec trois châteaux médiévaux. Mon père me fit un petit discours sur les croisades au Moyen Age, puis reprit :

– Tu sais, Hans-Thomas, que je m'intéresse beaucoup à l'univers, aux planètes, mais surtout aux planètes habitées.

Je n'avais rien à répondre. Je connaissais ses goûts par cœur.

– Sais-tu, poursuivit-il, qu'on vient justement de découvrir une mystérieuse planète où vivent des millions d'êtres intelligents qui se promènent partout sur deux jambes et observent la planète à travers des lentilles optiques ?

Je dus avouer que je n'en avais jamais entendu parler.

– Cette modeste planète est desservie par un réseau compliqué de routes où des petits futés roulent dans des engins de couleurs variées.

– C'est vrai ?

– *Yes, sir!* Toujours sur cette planète, ces « reptiles » énigmatiques ont construit d'énormes immeubles de plus de cent étages. Et sous ces constructions ils ont creusé de longs tunnels qu'ils parcourent dans des engins électriques glissant le long de rails.

– T'en es sûr ? demandai-je.

– Tout à fait sûr, oui.

– Mais... pourquoi n'ai-je jamais entendu parler de cette planète ?

– Eh bien, dit mon père, la première raison, c'est que ça ne fait pas si longtemps qu'on l'a découverte, et la deuxième raison, c'est que j'ai peur d'être le seul à l'avoir découverte.

♠

– Elle est où ?

Mon père appuya sur la pédale du frein et se gara sur le bas-côté.

– *Ici*, dit-il en tapant la paume de sa main sur le tableau de bord. La voilà, la mystérieuse planète dont je parlais, Hans-Thomas. Nous sommes ces petits futés qui parcourent la terre à bord d'une Fiat rouge.

Je boudai quelques instants, vexé de m'être fait avoir aussi bêtement. Mais, à la réflexion, c'était vrai que cette planète était incompréhensible en soi, et je lui pardonnai bien volontiers de m'avoir joué ce tour.

– Les gens seraient devenus complètement fous si les astronomes avaient découvert une *autre* planète habitée. Le problème, c'est qu'ils trouvent tout naturel de vivre sur cette planète-ci, conclut-il.

Il se tut un bon moment et je retournai à la lecture secrète du Livre.

J'avais du mal à ne pas confondre les différents boulangers qui s'étaient succédé à Dorf. Ludwig, essayais-je de retenir, est celui qui a écrit le Livre et Albert celui qui lui avait raconté son enfance et sa rencontre décisive avec Hans le boulanger.

HUIT DE PIQUE

...comme un tourbillon venu de lointaines contrées...

Albert Klages porta le verre à ses lèvres et but une gorgée de vin.

Quand j'examinai son visage ridé, j'eus du mal à l'imaginer en petit garçon livré à lui-même après la mort de sa mère. J'essayai surtout de me représenter l'amitié qui l'avait lié à Hans le boulanger.

J'avais moi-même été seul et abandonné quand j'étais arrivé à Dorf. Celui qui m'avait accueilli était donc passé par les mêmes épreuves que moi.

Albert reposa le verre sur la table et attisa un peu le feu avant de reprendre :

– Tous les habitants du village savaient que Hans le boulanger vivait dans un petit chalet au-dessus de Dorf. Les langues allaient bon train, mais personne n'était jamais entré chez lui. Aussi rien d'étonnant à ce que j'aie l'estomac un peu noué quand il me demanda de venir lui rendre visite ce soir d'hiver-là. J'étais le tout premier à avoir le privilège d'entrer dans la maison de cet étrange boulanger...

Au-dessus des montagnes, à l'est, se levait la pleine lune et les premières étoiles brillaient déjà dans le ciel.

En grimpant la dernière côte, je me souvins des paroles de Hans lorsqu'il avait promis de me faire goûter un jour une limonade « au goût incomparable », m'avait-il dit. Elle n'avait rien à voir, prétendait-il, avec celle qu'il m'avait offerte après la bagarre dans la rue. Cela avait-il un lien avec son fameux secret ?

J'aperçus la maison dans laquelle tu te trouves aujourd'hui, Ludwig.

J'acquiesçai et le vieux boulanger poursuivit :

– Je passai devant le point d'eau, traversai la cour recouverte de neige et frappai à la porte. J'entendis Hans le boulanger me crier : « Entre donc, mon fils ! »

N'oublie pas que je n'avais que douze, treize ans à l'époque. J'habitais toujours chez mon père à la ferme. Cela faisait une drôle d'impression d'être appelé « mon fils » par quelqu'un d'autre.

J'entrai et me trouvai plongé dans un autre monde. Hans le boulanger se balançait dans un grand fauteuil à bascule et la pièce était remplie de toute une collection de bocaux en verre avec des poissons rouges. La lumière faisait danser les couleurs de l'arc-en-ciel dans le moindre recoin de la pièce.

Mais il y avait bien d'autres choses que les poissons rouges. Je restai fasciné devant tant d'objets inconnus. Il me fallut des années avant d'arriver à mettre un nom sur tout ce que j'avais vu : des petits bateaux dans des bouteilles, des coquillages, des statues de Bouddha, des pierres précieuses, des boomerangs, des poupées africaines, de vieux poignards, des épées, couteaux, pistolets, des poufs persans, des tapis indiens en laine de lama… Je remarquai plus particulièrement une étrange figurine de verre. Elle avait une petite tête pointue et six jambes. C'était comme un tourbillon venu de lointaines contrées. J'avais peut-être entendu parler de toutes ces choses, mais tout cela se passait bien avant que l'on ait vu les premières photos. L'atmosphère de ce chalet n'avait rien à voir avec ce que j'avais imaginé. Je n'étais plus chez Hans le boulanger, mais chez un vieux loup de mer. A différents endroits de la pièce brûlaient des lampes à huile. Elles ressemblaient peu aux lampes à pétrole que je connaissais ; elles devaient être aussi un souvenir de sa vie de marin.

Le vieil homme m'invita à prendre place dans un fauteuil près du feu. Tu es assis sur ce même fauteuil aujourd'hui, Ludwig.

Avant je fis un tour dans la petite pièce et jetai un coup d'œil à tous ses poissons rouges. Certains étaient rouges, jaunes, orange, d'autres verts, bleus, violets. Je n'en avais vu qu'un seul auparavant : sur une petite table de l'arrière-boutique dans la boulangerie. Souvent j'étais resté à le regarder s'ébattre dans l'eau, tandis que Hans mettait les pains au four.

– C'est incroyable, tous les poissons rouges que tu as ! m'exclamai-je. Comment as-tu fait pour les attraper ?

Il partit d'un grand rire clair et me dit :

– Chaque chose en son temps, mon garçon. Dis-moi, est-ce que ça te dirait de devenir un jour boulanger à Dorf quand je ne serai plus là ?

J'avais beau n'être qu'un enfant, j'y avais souvent pensé, car je n'avais que Hans et sa boulangerie au monde. Maman était morte, Papa ne me demandait plus jamais d'où je venais et où j'allais, et tous mes frères et sœurs avaient quitté Dorf.

– J'ai déjà décidé de rester dans le métier de la boulangerie, répondis-je sur un ton très solennel.

– C'est bien ce que je pensais, dit le vieil homme, pensif. Hum! Il faudra aussi que tu prennes bien soin de mes poissons. Mais ce n'est pas tout. Tu deviendras le gardien du secret de la limonade pourpre.

– De la limonade pourpre ?

– Oui. Et de tout ce qui va avec, mon garçon.

– Mais c'est quoi au juste, cette limonade pourpre ?

Il haussa ses sourcils blancs et chuchota :

– Il faut la goûter, mon garçon.

– Mais elle a quel goût ?

Il secoua la tête en soupirant :

– Une limonade a habituellement un goût d'orange, de poire ou de framboise et c'est tout. Mais la limonade pourpre n'a rien à voir avec ça. Elle a tous les goûts réunis, ceux que tu connais déjà, sans compter le goût de fruits que tu n'as encore jamais goûtés de ta vie.

– Ça doit être drôlement bon, dis-je.

– Oh! C'est bien autre chose que bon. On a d'habitude le goût de la limonade dans la bouche, sur la langue et le palais, puis ça descend dans la gorge. Avec la limonade pourpre, la saveur remonte aussi dans le nez et gagne toute la tête avant de se propager dans les jambes et dans les bras.

– Je crois que t'essaies de me faire marcher, dis-je.

– Ah, tu crois ça ?

Le vieil homme eut l'air vraiment surpris. Je choisis alors une question à laquelle il me paraissait plus facile de répondre.

– Mais cette couleur pourpre, c'est quoi exactement ?

Hans trouva la question très drôle.

— Tu en poses des questions, toi! Mais c'est peut-être mieux ainsi, même si ce n'est pas toujours facile de répondre. Je vais te *montrer* la limonade, tu comprendras pourquoi.

Hans le boulanger se leva et ouvrit une porte qui donnait dans une petite chambre à coucher. Dans cette pièce aussi il y avait un grand bocal avec un poisson rouge. Le vieil homme tira une échelle de dessous le lit et l'appuya contre le mur. J'aperçus alors une trappe qui était fermée par un gros cadenas.

Le boulanger grimpa sur l'échelle et ouvrit la trappe du grenier avec la clé glissée dans une poche de sa chemise.

— Viens par ici, mon garçon, me dit-il. Ça fait bien cinquante ans que personne d'autre que moi n'est monté dans ce grenier.

Je le suivis au grenier.

Par une petite ouverture dans le toit, la clarté de la lune pénétrait à flots. De vieilles malles et des horloges de bateaux disparaissaient sous une épaisse couche de poussière et de toiles d'araignée. Ce n'était pas seulement la lune qui éclairait le grenier de sa lumière bleutée, une lueur aux couleurs de l'arc-en-ciel brillait aussi.

Hans s'arrêta tout au fond du grenier et me désigna du doigt un coin sombre. Et là, dans ce coin mansardé, il y avait une vieille bouteille posée par terre. Il émanait de cette bouteille une lumière si éblouissante que je dus mettre la main devant mes yeux. Le verre de la bouteille était transparent, mais le liquide à l'intérieur était à la fois rouge, jaune, vert et violet!

Hans le boulanger souleva la bouteille. Le contenu brillait comme un diamant liquide.

— Qu'est-ce que c'est? chuchotai-je embarrassé.

Le vieux boulanger me jeta un regard sévère :

— Voilà, mon garçon, la limonade pourpre. Ce sont les dernières gouttes qui existent encore au monde.

— Et ça, qu'est-ce que c'est? demandai-je en montrant une boîte contenant un vieux jeu de cartes à jouer toutes sales.

Elles tombaient presque en poussière. Celle du dessus était le huit de pique, dont j'avais du mal à distinguer le chiffre à moitié effacé.

♠

Il mit un doigt devant sa bouche et chuchota :

— C'est le jeu de cartes de Frode, Albert.

— Frode ?

— Oui, Frode. Mais je te parlerai de lui un autre soir. Viens, on va redescendre avec cette bouteille.

Le vieil homme traversa le grenier en tenant la bouteille dans une main. Il ressemblait à un lutin avec une lanterne. La seule différence était que cette lanterne diffusait une lumière tantôt rouge, verte, jaune ou bleue. Elle jetait des taches de couleur ici et là comme de minuscules feux follets.

Une fois dans le salon, Hans posa la bouteille devant le feu. Tous les objets se teintèrent d'une des couleurs de la limonade pourpre. La statue de Bouddha devint verte, un vieux revolver bleu, un boomerang rouge sang.

— Alors c'est vraiment ça, la fameuse limonade pourpre ? demandai-je encore une fois.

— Les dernières gouttes, oui. Et c'est aussi bien ainsi, car c'est une boisson si délicieuse qu'elle en deviendrait dangereuse si l'on se mettait à la vendre.

Il se leva pour aller chercher un petit verre où il versa quelques gouttes. Elles restèrent au fond à briller comme des cristaux de neige.

— Ça devrait suffire, dit-il.

— Je n'en aurai pas plus ? demandai-je tout surpris.

Le vieil homme secoua la tête :

— Tu en auras au moins senti la saveur. Le goût d'une seule goutte de cette limonade persiste pendant plusieurs heures.

— Alors je peux boire une goutte maintenant et une autre demain matin, proposai-je.

Hans le boulanger secoua la tête.

— Non, non ! Une goutte maintenant et jamais plus. Tu trouveras ça si bon que tu voudras voler le reste, c'est pourquoi je devrai l'enfermer à nouveau dans le grenier dès que tu seras parti. Quand je t'aurai raconté l'histoire de Frode et de son jeu de patience, tu me remercieras de ne pas t'avoir donné toute la bouteille.

— Et toi, tu as déjà goûté à cette limonade ?

– Une fois, oui. Mais ça fait cinquante ans.

Hans le boulanger se leva et alla porter la précieuse bouteille dans la petite chambre à coucher.

Lorsqu'il revint, il posa sa main sur mon épaule et dit :

– Maintenant bois, mon garçon ! C'est le plus grand moment de ta vie. Tu t'en souviendras toujours, mais sache que cet instant ne se reproduira jamais.

Je levai mon verre et bus la goutte scintillante. Une vague de plaisir me submergea aussitôt. Je reconnus d'abord toutes les saveurs familières, puis des milliers d'autres se propagèrent dans mon corps.

Hans avait dit vrai. Cela commençait par le bout de la langue avec un goût de fraise, de framboise, de pomme, de banane. Puis les saveurs se propageaient dans les bras et les pieds. L'extrémité de mon petit doigt avait un goût de miel, un de mes orteils celui de la confiture de poires, le bas du dos celui de la crème anglaise. Mon corps tout entier était envahi par le parfum de ma mère. C'était une odeur que j'avais oubliée, mais qui m'avait tellement manqué.

Une fois la première tempête de saveurs passée, j'eus l'impression d'abriter le monde entier dans mon corps, oui, j'étais à moi seul le corps du monde entier. Les forêts, les lacs, les montagnes, les champs faisaient partie de mon propre corps. Et, même morte, Maman se trouvait quelque part en moi...

En regardant la statue du Bouddha, je crus la voir rire. Je tournai alors mes yeux vers les deux épées accrochées au mur et les vis se battre entre elles. Au-dessus d'une armoire, se trouvait une bouteille avec un bateau à l'intérieur. Je l'avais tout de suite remarquée en entrant dans le chalet : eh bien j'eus l'impression d'être moi-même sur ce vieux navire, en partance vers une île luxuriante par-delà l'horizon.

– Alors, c'était bon ? dit une voix.

Hans le boulanger se pencha vers moi et me passa la main dans les cheveux.

– Mmm... parvins-je à dire.

Que pouvais-je répondre d'autre ?

Je reste incapable de décrire plus précisément le goût de la limonade pourpre, ou alors il faudrait dire qu'elle avait toutes les saveurs du monde. Tout ce que je sais, c'est que j'ai toujours les larmes aux yeux en y repensant.

...il voyait toujours des choses étranges
que personne d'autre ne voyait...

Mon père avait vainement essayé d'engager la conversation à plusieurs reprises pendant que j'étais en train de lire l'histoire de la limonade pourpre, mais comment interrompre une lecture si passionnante ? Par politesse, je jetai de temps à autre un regard par la fenêtre lorsque mon père commentait le paysage.

– Splendide, disais-je.

Ou encore :

– Magnifique !

Alors que j'étais en train de découvrir le grenier de Hans le boulanger, mon père me signala que tous les panneaux et les noms le long de la route étaient écrits en italien. Nous étions en effet arrivés dans la partie italienne de la Suisse. Les noms n'étaient pas les seuls à avoir changé : la vallée que nous traversions offrait à nos regards des fleurs et des arbres typiquement méditerranéens.

Mon père, qui a beaucoup voyagé, voulut faire son petit commentaire sur la végétation.

– Du mimosa ! s'écria-t-il. Des magnolias ! Des rhododendrons ! Des azalées ! Des cerisiers japonais !

Nous avons vu plusieurs palmiers aussi, et cela bien avant de passer la frontière italienne.

– Nous approchons de Lugano, dit mon père, au moment où je reposais le Livre.

Je lui proposai de passer la nuit ici, mais il refusa.

– Nous étions d'accord pour passer d'abord la frontière. Ce n'est plus très loin et nous avons tout l'après-midi devant nous.

Moyennant quoi nous avons fait une longue pause à Lugano. Nous avons flâné d'abord dans les rues et les nombreux jardins et parcs de la ville. J'avais emmené ma loupe et jouai à l'apprenti

♠

botaniste pendant que mon père s'achetait un journal anglais et fumait une cigarette.

Je trouvai deux arbres qui étaient très différents : l'un avait de grandes fleurs rouges et l'autre de toutes petites fleurs jaunes. Et pourtant, malgré la forme différente de leurs fleurs, les deux arbres devaient faire partie de la même famille. Car en étudiant leurs feuilles à la loupe, je trouvai que les nervures et les fibres étaient presque identiques.

Le chant d'un rossignol nous surprit, il était si mélodieux, si léger que j'avais presque envie de pleurer. Mon père aussi fut impressionné, mais lui, ça le fit rire.

Il faisait si chaud que j'eus droit à deux glaces, sans même avoir dû faire philosopher mon père pour les obtenir. J'essayai de forcer un gros cafard à grimper le long de mon bâton d'esquimau pour mieux pouvoir le regarder à la loupe, mais il avait visiblement une peur panique de son observateur.

– Ils sortent de partout dès que le thermomètre dépasse les trente degrés, dit mon père.

– Et ils s'enfuient dès qu'ils voient un bâtonnet d'esquimau, fis-je.

Avant de reprendre la route, mon père acheta un jeu de cartes. Il en achète comme d'autres achètent des revues. Il n'aime pas spécialement jouer aux cartes, il ne fait pas de patiences non plus, alors que moi, oui. Mais il a ses raisons.

Mon père travaille comme graisseur sur le grand chantier naval d'Arendal. Dans sa vie, il y a d'un côté son travail, de l'autre ses préoccupations d'ordre métaphysique. Les étagères de la maison sont couvertes de livres rafistolés qui traitent de différentes questions philosophiques. Cela dit, il a aussi un passe-temps tout à fait normal, enfin, normal, ça dépend de ce qu'on entend par là.

Il y a des gens qui collectionnent des pierres, des pièces de monnaie, des timbres, des papillons. Mon père aussi est à sa façon un collectionneur, mais lui fait la collection des jokers. Il a commencé à s'y intéresser bien avant ma naissance, à l'époque où il était en mer, je crois. Il en possède un plein tiroir.

La plupart du temps, il obtenait ses jokers en priant les gens qu'il voyait en train de jouer de bien vouloir lui en donner un. Il osait s'adresser à de parfaits inconnus attablés à la terrasse d'un café ou sur un quai : il disait qu'il avait une passion pour les jokers qu'il collectionnait et qu'il serait très heureux s'ils acceptaient de lui en céder un dont ils ne se servaient pas. Généralement il en obtenait un tout de suite, mais parfois certains le prenaient pour un cinglé. D'autres refusaient poliment ou l'envoyaient balader. J'avais alors l'impression d'être un petit gitan qui accompagnait son père pour mendier.

Je m'étais naturellement demandé quel intérêt il pouvait bien trouver à une telle collection. Il se flattait d'avoir un joker de presque tous les jeux de cartes qu'il croisait sur sa route. Autant collectionner les cartes postales de toutes les villes du monde ! Il était clair qu'il ne pouvait pas collectionner une autre carte que le joker. Certainement pas le neuf de pique ou le roi de trèfle, car vous vous imaginez demander en pleine partie à des joueurs de vous donner le roi de trèfle ou le neuf de pique ?

L'astuce, c'est que le plus souvent il y a deux jokers dans un jeu de cartes, parfois même trois ou quatre, mais la règle, c'est deux. En outre il n'y a pas beaucoup de jeux qui nécessitent un joker, et si c'est le cas, un seul fait largement l'affaire. Mais je crois que mon père avait une autre raison, plus profonde, de s'intéresser aux jokers.

Le joker, en fait, c'était lui. Il était rare qu'il l'avoue aussi clairement que ça, mais je savais que c'était la carte à laquelle il s'était depuis toujours identifié.

Un joker est un bouffon qui ne ressemble à personne. Il n'est ni pique, ni cœur, ni trèfle, ni carreau. Ce n'est ni un huit, ni un neuf, ni un roi ou un valet. Il n'entre dans aucune catégorie. On le glisse dans un jeu de cartes, mais ce n'est pas sa vraie famille. C'est pourquoi on peut aussi l'enlever sans trop souffrir de sa disparition.

Je crois que mon père s'est identifié au joker en grandissant à Arendal comme enfant de boche, mais aussi comme philosophe. Il disait qu'il voyait toujours des choses étranges que personne d'autre ne voyait.

Quand mon père a acheté ce jeu de cartes à Lugano, ce n'était donc pas pour s'en servir, mais par curiosité, histoire de voir quelle tête aurait le joker de ce jeu de cartes-là. Il a ouvert tout de suite le paquet et en a sorti les jokers.

— C'est bien ce que je pensais, dit-il. Je ne l'ai jamais vu auparavant.

Il fourra le joker dans sa poche de chemise. C'était le moment d'intervenir :

— Je peux avoir le jeu de cartes ?

Là-dessus, mon père me tendit le reste du jeu. C'était une loi tacite : chaque fois que mon père achetait un jeu de cartes et gardait le joker, j'avais le droit de récupérer les autres cartes, à condition de les demander avant qu'il n'ait eu le temps de s'en débarrasser. C'est ainsi que je dois avoir environ une centaine de jeux de cartes. Comme j'étais fils unique et que je n'avais plus de Maman à la maison, j'aimais bien faire des patiences. Cela dit, je n'avais rien d'un collectionneur et je commençais à trouver que j'en avais trop. Aussi mon père avait-il pris l'habitude de prendre le joker et de jeter le reste des cartes. Ça lui était aussi naturel que d'éplucher une banane et d'en jeter la peau.

— A la poubelle ! lui arrivait-il de dire quand il séparait le bon grain de l'ivraie et jetait le reste du jeu dans une corbeille à papier.

Quand je n'en voulais pas, il se débarrassait parfois des cartes d'une manière un peu plus intelligente : en trouvant des enfants à qui ça faisait plaisir et en les leur donnant sans commentaire. Il payait par cette action son tribut à l'humanité, en l'occurrence les joueurs qu'il avait croisés un jour et qu'il avait si souvent dépouillés d'un joker. Je trouvais finalement que l'humanité ne perdait pas au change.

Au moment de repartir, mon père me confia qu'il trouvait la nature aux alentours si belle qu'il avait envie de faire un petit détour. Alors, au lieu de suivre l'autoroute de Lugano jusqu'à Côme, nous avons longé le lac de Lugano et passé la frontière italienne à la moitié du lac.

J'eus tôt fait de comprendre pourquoi mon père avait choisi cette route. En quittant le lac de Lugano, nous sommes tombés sur un lac beaucoup plus grand avec une intense circulation maritime : le lac de Côme. La première ville s'appelait Menaggio, Oigganem, dis-je. Puis nous avons longé le lac pendant des dizaines de kilomètres avant d'arriver à Côme dans la soirée.

Mon père n'arrêtait pas de me citer le nom de tous les arbres qu'il voyait :

– Des pins, des cyprès, des oliviers, des figuiers...

Je me demandais bien où il avait appris tout ça. J'en connaissais certains, mais d'autres ne me disaient rien du tout, il aurait très bien pu dire n'importe quoi.

Au milieu de tout cet étalage de connaissances, je m'étais replongé dans le Livre. J'avais hâte de savoir comment Hans le boulanger avait pu se procurer la limonade pourpre. Ou encore d'où venaient tous ses poissons rouges.

Avant de reprendre ma lecture, j'avais pris soin de commencer une patience pour justifier en quelque sorte mon silence. J'avais promis au vieux boulanger de Dorf que le Livre resterait un secret entre nous.

DIX DE PIQUE

*...telles des îles inaccessibles que la voile de ce bateau
ne me permettait pas d'atteindre...*

Quand je rentrai à la maison cette nuit-là, tout mon corps était encore imprégné de limonade pourpre. Une odeur de cerise à un lobe d'oreille ou un parfum de lavande caressant mon coude. Ou encore sur un genou le martèlement acide de la rhubarbe.

La lune avait disparu, mais une myriade d'étoiles – petits grains tombés d'un sablier magique – continuait à scintiller dans le ciel au-dessus des montagnes.

Je pensai que j'étais un être minuscule sur la terre. Mais désormais, grâce à la limonade pourpre, je ressentais dans mon corps tout entier que cette planète était ma maison.

Je commençais à comprendre pourquoi la limonade pourpre était une boisson dangereuse : elle éveillait une soif que l'on ne pouvait apaiser. J'avais déjà envie d'en reprendre.

J'aperçus mon père dans la Waldemarstrasse. Il sortait en titubant du *Schöner Waldemar*. J'allai au-devant de lui et lui racontai que j'avais été dans la maison du boulanger. Il en fut si furieux qu'il me flanqua une bonne paire de gifles.

Par contraste avec la soirée si heureuse, cette gifle me fit encore plus mal et je me mis à pleurer. Alors mon père aussi éclata en sanglots et implora mon pardon. Je ne répondis pas et rentrai à la maison avec lui.

Les dernières paroles de mon père, avant que l'alcool ne lui fasse perdre toute lucidité, furent que Maman était un ange et l'alcool une malédiction du diable.

Tôt le lendemain matin, je repassai devant la boulangerie. Ni Hans ni moi ne fîmes allusion à la limonade pourpre. Elle ne semblait pas à sa place ici dans le village – elle appartenait à un tout autre monde. Mais nous partagions dorénavant tous les deux un grand secret.

J'aurais été profondément embarrassé s'il m'avait demandé de garder le secret, mais le vieux boulanger savait qu'il n'avait pas besoin de poser la question.

Hans alla dans l'arrière-boutique mettre au four la pâte pour les bretzels et je m'assis sur un escabeau pour contempler son poisson rouge. Je ne me lassais pas de regarder ses si belles couleurs. Il tournait dans son bocal en tous sens et faisait de petits sauts hors de l'eau comme mû par une force intérieure. Sur son corps étaient accrochés des petits coquillages vivants. Ses yeux ressemblaient à deux points noirs lumineux qui ne s'éteignaient jamais. Seule sa bouche s'ouvrait et se fermait sans cesse.

Chaque animal, aussi infime soit-il, est un être unique, pensai-je. Ce poisson rouge dans son bocal de verre n'avait droit qu'à une vie. Cette vie un jour prendra fin, elle ne recommencera jamais. J'allais m'en aller – comme je le faisais après avoir rendu ma petite visite rituelle de la matinée à Hans le boulanger –, lorsque le vieil homme se tourna vers moi et me dit :

– Tu viendras ce soir, Albert ?

Je fis oui de la tête, sans rien dire. Aussi ajouta-t-il :

– Je ne t'ai pas encore parlé de l'île… et j'ignore combien de jours il me reste à vivre.

Je me retournai et me jetai à son cou.

– Tu n'as pas le droit de mourir, m'écriai-je. Tu n'auras jamais le droit de mourir !

– Toutes les personnes âgées doivent avoir le droit de mourir un jour, répondit-il en serrant fort mes épaules d'enfant. Mais c'est bon de savoir que quelqu'un prendra la relève et continuera là où le vieux s'est arrêté.

Ce soir-là, Hans m'attendait déjà devant son chalet, au point d'eau.

– Je l'ai déjà mise en lieu sûr, dit-il.

Je compris qu'il voulait parler de la limonade pourpre.

– Est-ce que je pourrai en reprendre un autre jour ?

Le vieil homme fronça les sourcils :

– Jamais, non, jamais !

♠

Sa voix était ferme et autoritaire à présent. Mais je savais qu'il avait raison. J'avais compris que je ne toucherais plus jamais à cet étrange breuvage.

– La bouteille va rester dans le grenier, continua-t-il. Et il faudra attendre une bonne cinquantaine d'années avant de la descendre à nouveau. Un homme viendra ce jour-là frapper à ta porte – et ce sera à son tour de goûter au nectar doré. Il en reste assez pour plusieurs générations. Et un jour, oui, un jour, la rivière merveilleuse coulera directement dans le pays du Levant. Comprends-tu, mon fils? Ou est-ce que je m'exprime avec des termes trop adultes?

Je répondis que je comprenais et nous sommes entrés dans le chalet renfermant tous ses trésors des quatre coins du monde. Comme la veille, nous avons pris place autour du feu. Deux verres étaient posés sur la table. Hans le boulanger nous versa du jus de myrtilles d'une vieille carafe.

– Je suis né à Lubeck par une froide nuit d'hiver en janvier 1811, commença-t-il. C'était pendant les guerres napoléoniennes. Mon père aussi était boulanger, mais je voulus d'abord être marin et voir du pays. En vérité, j'y fus forcé. Nous étions huit enfants et la modeste boulangerie de mon père suffisait à peine à nourrir autant de bouches. J'avais tout juste seize ans, en 1827, quand je m'embarquai sur un grand navire à Hambourg, un trois-mâts de la ville norvégienne d'Arendal, baptisé *Maria*.

Le *Maria* devint mon foyer et ma vie pendant plus de quinze ans. Un jour d'automne 1842, nous quittâmes Rotterdam à destination de New York. L'équipage était compétent, mais cette fois-là le compas et l'octant avaient dû nous jouer un mauvais tour. Nous sommes partis beaucoup trop au sud dès la sortie de la Manche. Nous avons dû entrer dans le golfe du Mexique. Comment tout cela a-t-il pu se produire, c'est toujours resté une énigme pour moi.

Après six, sept semaines de navigation en haute mer, nous aurions dû logiquement arriver à bon port, mais aucune terre n'était en vue. Peut-être nous trouvions-nous alors quelque part dans le triangle des Bermudes. Un matin, le vent se leva, une tempête se préparait. Il devint de plus en plus violent, se transformant en un véritable ouragan.

Je ne saurais dire ce qui se passa exactement. Du naufrage, il ne me reste que quelques vagues souvenirs, car tout arriva très vite. Je me souviens seulement que le vaisseau se coucha sur le flanc et que nous avons pris l'eau. Un de mes camarades est tombé par-dessus bord et a disparu dans les flots. C'est tout. Quand je repris connaissance, j'étais dans un canot de sauvetage. L'océan s'était calmé.

Combien de temps suis-je resté évanoui, je ne l'ai jamais su. Quelques heures, quelques jours peut-être. C'est dans ce canot que j'ai retrouvé la notion du temps. J'ai fini par comprendre que le navire avait sombré corps et biens. On ne retrouva ni l'épave ni l'équipage, j'étais le seul survivant du naufrage.

Le canot avait un petit mât et je trouvai une vieille toile de voile sous les planches à l'avant du bateau. Je hissai la voile et tentai de naviguer en me guidant au soleil et à la lune. Je pensais être quelque part au large de la côte est de l'Amérique et j'essayais de garder le cap plein ouest.

C'est ainsi que je dérivai pendant une semaine sur l'océan sans apercevoir le moindre mât de navire, avec pour seule nourriture quelques biscuits et de l'eau.

Je me souviens particulièrement bien de la dernière nuit. Les étoiles scintillaient dans le ciel, telles des îles inaccessibles que la voile de ce bateau ne me permettait pas d'atteindre. Étrange de penser que je me trouvais sous les mêmes étoiles que mon père et ma mère restés à Lubeck. Nous avions beau les voir, nous étions à des années-lumière. Peu importe aux étoiles de savoir comment nous vivons sur cette terre.

Bientôt mon père et ma mère apprendraient avec consternation que le *Maria* avait sombré corps et biens.

Tôt le lendemain, alors que la nuit se retirait et que l'aurore pointait au-dessus de l'horizon, j'aperçus une petite tache au loin. Je crus tout d'abord à une simple poussière dans l'œil, mais j'eus beau me frotter les yeux et pleurer, rien n'y fit, la petite tache noire restait là, indélogeable. Je compris que ce devait être une île.

J'essayai de manœuvrer pour m'en approcher, mais je me heurtai à un violent courant cernant cette petite île invisible. Je donnai du mou à la voile, et je sortis une paire de grosses rames puis, tournant le dos au but, je glissai les rames dans les fourches.

Je ramai sans discontinuer, avec l'impression de faire du surplace. Devant moi s'étendait l'océan infini qui allait être ma tombe si je ne parvenais pas à atteindre l'île. Cela faisait presque vingt-quatre heures que j'avais bu ma dernière ration d'eau. Je poursuivis mes efforts pendant des heures, mes paumes étaient quasiment en sang, il fallait absolument que j'échoue sur le rivage de cette île.

En me retournant, après quelques heures d'efforts intenses, je vis que l'île avait des contours beaucoup plus distincts. J'aperçus une lagune avec des palmiers. Mais j'étais loin d'être arrivé et le plus difficile restait à faire.

Enfin je fus récompensé de mes efforts. Le soir venu, je pus atteindre la lagune et entendre le doux bruit du canot s'échouant sur une plage.

Je descendis et tirai le canot sur la grève. Après toutes ces journées passées en mer, c'était merveilleux de sentir la terre ferme sous ses pieds.

Je mangeai mes derniers biscuits avant de hisser le canot entre les palmiers. Je voulais surtout essayer de trouver de l'eau.

En échouant sur cette île des mers du Sud, j'avais certes la vie sauve, mais je n'étais pas optimiste pour autant. L'île devait être inhabitée et elle avait l'air affreusement petite. D'où je me tenais, je pouvais déjà apercevoir la courbe du rivage. J'avais l'impression de voir l'île de part en part.

Les arbres étaient rares. Cependant j'entendis un oiseau perché tout en haut d'un palmier. Jamais je n'en avais entendu de semblable auparavant. Peut-être était-ce dû au fait que j'étais si heureux de ne pas être tout seul sur cette île. Après tant d'années passées à naviguer, je pouvais jurer que ce n'était pas un oiseau des mers.

Je laissai le canot et voulus d'abord m'approcher de l'oiseau en suivant un petit sentier. L'île me parut alors grandir au fur et à mesure que j'avançais. Je découvris d'autres arbres et d'autres chants d'oiseaux plus avant dans l'île. La flore et les arbustes étaient différents de tout ce que j'avais pu voir jusqu'ici.

De la plage, je n'avais aperçu que sept ou huit palmiers, mais le sentier que je suivais serpentait entre de hauts rosiers et m'entraînait vers une petite palmeraie plus à l'intérieur de l'île.

Je hâtai le pas pour la rejoindre au plus vite afin de connaître exactement l'étendue de l'île. Au pied de ces palmiers, je compris qu'ils marquaient l'entrée d'une forêt dense. En me retournant, je pouvais encore voir la lagune où j'avais échoué. A droite et à gauche brillait l'océan Atlantique sous la forte intensité de la lumière.

Sans réfléchir davantage, je m'enfonçai parmi les arbres feuillus : il me fallait absolument savoir où cette forêt s'arrêtait. De l'autre côté, je tombai sur des pentes à pic aussi bien à droite qu'à gauche. Et la mer avait disparu.

VALET DE PIQUE

... comme des écorces de châtaigne lisses...

J'avais tellement lu le Livre que je commençais à voir double. Aussi le glissai-je sous les revues, puis je regardai le lac de Côme.

J'essayai de trouver le lien qui pouvait exister entre la loupe et le livre lilliputien que le boulanger de Dorf avait dissimulé dans une brioche. N'était-ce pas un mystère en soi de pouvoir écrire un livre avec une écriture si minuscule ?

La nuit commençait à tomber lorsque nous sommes arrivés à Côme à l'extrémité du lac. Cela ne voulait pas dire qu'il était déjà tard dans la soirée, car à cette époque de l'année le soleil se couchait beaucoup plus tôt en Italie qu'en Norvège. Plus nous descendions dans le Sud, plus la nuit tombait vite, le soleil se couchant presque chaque jour une heure plus tôt.

Nous traversions cette ville fort animée quand on alluma les réverbères, ce qui nous permit d'apercevoir un parc d'attractions. Ce dut être la seule fois où je me battis vraiment pour imposer ma volonté :

– Allons dans ce parc, commençai-je par dire.

– On verra, dit mon père qui cherchait un endroit où passer la nuit.

– On ne verra rien, dis-je, nous *irons* dans ce parc.

Il finit par céder. A condition que nous trouvions d'abord un hôtel pour la nuit. Et il exigea une bière avant de poursuivre les négociations. Donc plus question de se rendre en voiture au parc d'attractions.

Par chance, nous nous sommes décidés pour un hôtel à deux pas du parc. Mini Hotel Baradello, c'était son nom.

– Olledarab Letoh Inim, dis-je.

Mon père me demanda pourquoi je m'étais mis à parler arabe. Je lui montrai l'enseigne de l'hôtel et ça le fit rire.

♠

Nos affaires montées, mon père but sa bière et nous nous sommes dirigés vers le parc. En chemin, il disparut dans une boutique pour s'acheter deux petites bouteilles d'alcool.

Le parc n'était pas trop décevant, mais les seules attractions où je pus entraîner mon père furent le train-fantôme et la grande roue. Quant à moi, je m'en donnai à cœur joie dans les montagnes russes avec loopings.

Du haut de la grande roue, nous avons vu toute la ville et une bonne partie du lac de Côme. Une fois tout là-haut, la grande roue s'immobilisa, nous ballottant d'avant en arrière, pour prendre d'autres passagers. Nous flottions entre ciel et terre quand j'aperçus un homme tout petit qui levait les yeux vers nous. Je me mis debout et, montrant l'homme du doigt, m'écriai :

— C'est encore lui !

— Qui ça ? demanda mon père.

— Le nain, dis-je, celui qui m'a donné la loupe à la station-service.

— N'importe quoi ! dit mon père tout en regardant en bas aussi.

— C'est lui, insistais-je. Il porte exactement le même chapeau et tu vois bien que c'est un nain.

— Il y a des nains dans toute l'Europe, Hans-Thomas. Et des chapeaux également ! Allez, rassieds-toi !

J'aurais juré que c'était le même nain. En outre, c'est nous qu'il regardait. Quand la roue redescendit, il courut derrière un stand et disparut.

J'avais perdu toute envie de m'amuser. Mon père me demanda si je voulais monter dans les autotamponneuses, mais je déclinai poliment son offre.

— J'ai juste envie de me promener et de regarder, dis-je.

Ce que je ne lui confiai pas, c'est que j'étais à la recherche du nain.

Il eut peut-être quelques soupçons, car il n'arrêta pas de me proposer de monter dans toutes sortes de manèges et de machines.

♠

A plusieurs reprises, alors que nous nous baladions parmi toutes les attractions, mon père se détourna rapidement et but le plus discrètement qu'il put quelques gorgées d'une de ses petites bouteilles. Je crois qu'il aurait préféré faire ça pendant que j'étais dans le train-fantôme ou sur un autre manège.

En plein milieu du parc se dressait une tente sur laquelle était écrit SIBYLLA, ce qui donnait :

— Allybis, dis-je.

— Que dis-tu ? demanda mon père.

— Là ! dis-je en lui montrant le nom du doigt.

— Sibylla, lut mon père. Cela signifie diseuse de bonne aventure. Tu as peut-être envie de connaître ta destinée, qui sait ?

Pour ça oui, pas d'hésitation, je me précipitai à l'intérieur de la tente.

Devant l'entrée se trouvait une très jolie fille de mon âge. Elle avait de longs cheveux noirs, des yeux noirs. C'était vraisemblablement une Tsigane. Elle était si belle que j'en avais l'estomac noué.

La fille, elle, s'intéressait plutôt à mon père. Elle leva les yeux vers lui et lui demanda dans un anglais plus qu'approximatif :

— *Will you see your future, sir ? Only five thousand lire.*

Mon père défroissa un billet, me montra du doigt et donna l'argent à la fille. A ce moment-là, une vieille dame sortit sa tête de la tente : c'était elle, la diseuse de bonne aventure. Je fus un peu déçu que ce ne soit pas la fille.

On me poussa gentiment à l'intérieur de la tente. Une lampe rouge pendait du plafond. La voyante s'assit devant une table ronde où était posée une boule de cristal et à côté un bocal en verre avec un petit poisson argenté dedans. Il y avait aussi un jeu de cartes sur la table.

Elle m'indiqua un tabouret où je m'assis. Si je n'avais pas su que mon père m'attendait à la sortie de la tente, une petite bouteille à la main, je n'en aurais pas mené large.

— *Do you speak english, my dear ?* demanda-t-elle pour commencer.

— *Of course*, dis-je.

Elle prit le paquet de cartes dont elle tira une carte. C'était le valet de pique. Elle le posa sur la table, puis me demanda de tirer vingt cartes, de les garder et de glisser le valet de pique dans cette pile. Elle retourna une à une les vingt et une cartes en me regardant droit dans les yeux.

Elle posa les cartes en trois rangées de chacune sept cartes. Elle me montra du doigt la rangée supérieure en me disant qu'elle représentait le passé, celle du milieu le présent et celle du bas l'avenir. Le valet de pique réapparut dans la rangée du milieu, placé à côté d'un joker.

— *Amazing,* murmura-t-elle. *A very special spread.*

Ce fut à peu près tout. J'en vins à me demander si ces cartes étaient si spéciales qu'elles l'avaient hypnotisée, mais au bout d'un moment elle retrouva l'usage de la parole :

Elle montra du doigt le valet de pique dans la rangée du milieu et examina attentivement les cartes autour.

— *I see a growing boy,* dit-elle, *he is far away from home.*

Jusqu'ici rien qui fût de nature à m'impressionner. Pas besoin d'être diseuse de bonne aventure pour savoir que je n'étais pas de Côme. Elle ajouta :

— *Are you not happy, my dear?*

Je ne répondis pas et la dame se tourna à nouveau vers ses cartes.

Elle m'indiqua la rangée des cartes qui représentaient le passé. Le roi de pique se trouvait là, au milieu d'autres piques.

— *Many sorrows and obstacles in the past,* dit-elle.

Elle prit le roi de pique et déclara que c'était mon père. Il avait eu une enfance difficile, poursuivit-elle. Puis elle dit une foule de choses dont je ne compris que la moitié. Elle employa plusieurs fois le mot « *grandfather* ».

— *But where is your mother, dear son?*

Je lui dis qu'elle était à Athènes, mais je regrettai sur-le-champ mes propos, car je l'avais aidée et elle pourrait encore plus facilement me bluffer.

— *She has been away for a very long time,* poursuivit la femme en m'indiquant la rangée de cartes tout en bas.

L'as de cœur était tout à droite, loin du valet de pique.

— *I think this is your mother,* dit-elle. *She is a very attractive woman… wearing beautiful clothes… in a foreign country far away from the land in the North.*

Elle continua ainsi à me lire les cartes, mais je ne comprenais que la moitié de ce qu'elle me racontait. Quand elle aborda mon avenir, ses yeux de Tsigane se mirent à briller comme des écorces de châtaigne lisses.

— *I have never seen a spread like this…* répéta-t-elle encore.

Elle montra du doigt le joker qui était placé à côté du valet de pique et dit :

— *Many great surprises. Many hidden things, my boy.*

Là-dessus, elle se leva et rejeta nerveusement sa tête en arrière. Ses derniers mots furent :

— *And it is so close…*

La séance était finie. La voyante m'accompagna jusqu'à la sortie de la tente, puis elle se dirigea vers mon père et lui chuchota quelques mots, d'une profonde vérité sans doute, à l'oreille. Je la rejoignis et c'est alors qu'elle posa sa main sur ma tête en disant :

— *This is a very special boy, sir… Many secrets. God knows what he will bring.*

Je crois que mon père réprimait un fou rire. Était-ce pour mieux se contenir qu'il glissa à la voyante un autre billet ?

Quand nous nous fûmes assez éloignés de la tente, je vis qu'elle ne nous quittait pas des yeux.

— Elle a tiré les cartes, dis-je.

— Ah bon ? Tu as pensé à demander le joker, j'espère ?

— Ça va pas, non ? répondis-je d'un ton sec. (Je trouvais que poser une telle question, c'était comme jurer en pleine église.) Qui c'est les Gitans, eux ou nous ?

Mon père trouva ça désopilant. Je compris à son rire qu'il avait vidé les deux mini-bouteilles.

Une fois rentrés à l'hôtel, je le fis parler, et il me raconta des aventures du bout du monde.

Pendant des années il avait navigué sur un pétrolier entre

les Indes et l'Europe. Il avait fini par connaître comme sa poche le golfe du Mexique et des villes comme Rotterdam, Hambourg et Lubeck. Mais le bateau voyageait aussi les cales à vide et mon père put ainsi découvrir des ports aux quatre coins du monde. Nous étions déjà passés par Hambourg, avions marché toute une demi-journée dans la zone portuaire. Nous devions arriver le lendemain dans un autre port où mon père était allé quand il était encore tout jeune garçon. C'était Venise. Et dès notre arrivée à Athènes, il avait déjà prévu de visiter Le Pirée.

Avant d'entreprendre ce long voyage, je me rappelle lui avoir demandé pourquoi nous ne prenions pas l'avion. Nous aurions eu plus de temps pour chercher Maman à Athènes. Mais mon père m'expliqua que tout le but de ce voyage était précisément de revenir avec elle et que ce serait plus facile de la pousser dans une Fiat et de l'embarquer que d'aller dans une agence de voyages et de lui acheter un billet d'avion.

Je le soupçonnais plutôt de ne pas être sûr de la trouver et de ne pas vouloir gâcher toutes ses vacances. Mon père avait toujours rêvé d'aller à Athènes, mais quand il avait fait escale au Pirée il n'avait pas eu la permission du capitaine de visiter la vieille ville, située pourtant à quelques kilomètres seulement du port. A mon avis, on aurait dû dégrader le capitaine au rang de simple mousse.

Beaucoup de gens vont à Athènes pour visiter les temples grecs. Pour mon père, c'était avant tout le désir de voir la patrie des grands philosophes.

Que Maman nous ait laissé tomber, mon père et moi, c'était une chose, mais qu'en plus elle ait choisi de s'enfuir à Athènes, ça, c'était le comble. Si, pour savoir qui elle était au juste, elle avait besoin de venir à Athènes, ils auraient vraiment pu faire le voyage ensemble. Après quelques histoires croustillantes de sa vie de marin, mon père s'endormit et je restai les yeux ouverts dans mon lit à repenser au Livre et au curieux boulanger de Dorf.

Je m'en voulais d'avoir caché le Livre dans la voiture, car je n'en saurais pas davantage cette nuit sur les aventures de Hans le boulanger après le naufrage.

Avant de m'endormir, je songeai à Ludwig, Albert et Hans le boulanger. Tous avaient eu une enfance difficile avant de devenir boulangers à Dorf. Ce qui les liait les uns aux autres, c'était le secret de la limonade pourpre et de tous les poissons rouges. Hans avait mentionné un certain Frode qui était en possession d'un mystérieux jeu de cartes...

Peut-être me trompais-je, mais j'avais le sentiment que tout cela était lié au naufrage de Hans le boulanger.

... ces papillons chantaient comme des oiseaux...

Tôt le lendemain matin, mon père me réveilla, ce qui n'était pas dans ses habitudes. Finalement, les bouteilles achetées hier sur le chemin du parc d'attractions devaient être toutes petites.

– Nous allons à Venise aujourd'hui, dit-il, nous partons au lever du soleil.

Au moment où je sautai du lit, mon rêve de la nuit me revint en mémoire : j'avais rêvé du nain et de la voyante. Lui n'était qu'une figurine en cire dans le tunnel du train-fantôme qui avait soudain pris vie parce que la Tsigane aux yeux noirs l'avait fixé intensément dans ce fameux train. Dans les profondeurs et les ténèbres de la nuit, le nain avait réussi à s'échapper du tunnel, et errait depuis en Europe avec la crainte chevillée au corps que quelqu'un le reconnaisse et le ramène dans le tunnel du train-fantôme où il redeviendrait un simple personnage de cire.

Mon père était prêt à partir avant même que j'aie pu chasser ce drôle de rêve de mon esprit et enfiler mon pantalon. J'avais très envie de connaître Venise, car nous verrions là-bas pour la première fois la Méditerranée. C'était une mer que je ne connaissais pas et mon père n'y était pas retourné depuis qu'il avait été marin. Nous devions ensuite passer par la Yougoslavie pour arriver à Athènes.

Nous sommes descendus dans la salle à manger où nous avons avalé ce petit déjeuner insipide qu'on sert partout au sud des Alpes. Avant sept heures, nous étions dans la voiture, et le soleil pointait juste à l'horizon quand on démarra. Mon père mit ses lunettes de soleil et dit :

– Nous allons sans doute avoir cet astre éblouissant devant nous toute la matinée.

♠

La route de Venise passe par la célèbre plaine du Pô, une des vallées les plus fertiles du monde grâce à l'eau des Alpes, qui est d'une incomparable pureté.

A certains moments, nous voyions des vergers débordants d'orangers et de citronniers, l'instant d'après nous étions entourés de cyprès, d'oliviers ou de palmiers. Dans des régions plus humides, nous roulions le long de grandes rizières sous des allées de peupliers. Des pensées sauvages rouges poussaient sur le bord du chemin et leur couleur était si vive que je devais parfois me frotter les yeux.

C'était encore le petit matin quand nous sommes passés au-dessus des torrents, et nous avons aperçu une vallée si colorée qu'un peintre aurait dû se servir de tous les tons de sa palette en même temps pour tenter de rendre une telle variété de teintes.

Mon père gara la voiture sur le côté de la route et sortit fumer une cigarette, tout en rassemblant ses idées pour son petit discours habituel.

– Tout ça repousse chaque année, Hans-Thomas. Tomates, citrons, artichauts, noisettes, sans parler des herbes sauvages. Peux-tu seulement comprendre d'où la terre brune tire une telle force pour faire pousser tout ça ?

Il restait là à contempler la nature. Puis il dit :

– Ce qui m'impressionne le plus, c'est que tout est parti à l'origine d'une seule et même cellule. Il y a plusieurs milliards d'années de cela est apparue une petite graine qui s'est divisée. Avec les années, cette petite graine s'est transformée en éléphants, en pommiers, en framboises, en orangs-outans. Est-ce que tu peux comprendre ça, Hans-Thomas ?

Je fis non de la tête, et le voilà reparti pour un tour. J'eus droit à tout un exposé sur l'origine des espèces végétales et ani-males. Pour finir il me montra du doigt un papillon qui venait de s'envoler d'une fleur bleue et m'expliqua que ce papillon pouvait vivre ici dans cette vallée du Pô parce que le dessin de ses ailes ressemblait à des yeux d'animaux sauvages.

Les rares fois où mon père se contentait de fumer au lieu de m'assommer avec ses cours de philosophie, j'en profitais pour sortir ma loupe et me livrer à quelques expériences biologiques. J'en avais aussi besoin pour progresser dans le Livre quand j'étais à l'arrière de la voiture. Je trouvais que la nature et le Livre recelaient autant de secrets l'un que l'autre.

Pendant des kilomètres, mon père resta silencieux au volant. Je savais qu'il pouvait à n'importe quel moment m'asséner une ou deux vérités sur notre planète ou sur Maman qui nous avait plaqués un beau jour, mais pour l'instant, rien ne me paraissait plus important que de poursuivre ma lecture.

J'étais soulagé de n'avoir finalement pas échoué sur une île minuscule perdue au milieu de l'océan. Mais ce n'était pas tout. Cette île semblait cacher un secret insondable : je continuais à trouver qu'elle grandissait au fur et à mesure que j'avançais, comme si au moindre de mes pas elle se déployait dans toutes les directions. Elle s'étirait de tous côtés comme si elle puisait en elle-même sa propre étendue.

Je m'enfonçai dans l'île, mais bientôt le sentier se divisa en deux et je dus choisir le chemin à prendre. Je pris celui de gauche, qui peu après se divisa lui aussi en deux. Je restai toujours à gauche.

Le chemin serpentait à présent dans une gorge. D'énormes tortues rampaient parmi des buissons, certaines mesurant jusqu'à deux mètres de long. J'avais entendu dire qu'il en existait de cette taille, mais c'était la première fois que j'en voyais de mes propres yeux. L'une d'elles sortit la tête de sa carapace et me regarda comme si elle voulait me souhaiter la bienvenue sur l'île.

Je poursuivis mon exploration toute la journée. Je découvrais de nouvelles forêts et vallées ainsi que des hauts plateaux, mais je ne vis plus jamais la mer. Je me trouvais dans un paysage magique, un labyrinthe à l'envers où jamais aucun chemin ne rencontrait de mur.

Tard dans l'après-midi, je débouchai sur une sorte de plaine avec un grand lac qui brillait sous le soleil. Je me précipitai au bord du lac et bus jusqu'à plus soif. C'était la première fois depuis plusieurs semaines que je buvais autre chose que de l'eau du canot !

Cela faisait également belle lurette que je ne m'étais pas lavé. J'enlevai vite ma vareuse de marin et je me jetai à l'eau. Quel bain rafraîchissant après avoir marché tout l'après-midi dans la chaleur étouffante des tropiques ! Je me rendis soudain compte que j'avais le visage brûlé par le soleil, après toutes ces journées passées à ramer nu-tête dans le canot de sauvetage.

Je plongeai plusieurs fois assez profondément et, en ouvrant les yeux sous l'eau, je vis des myriades de petits poissons de toutes les couleurs de l'arc-en-ciel. Certains étaient verts comme des plantes aquatiques, d'autres bleus comme des pierres précieuses, d'autres avaient des reflets rouges, jaunes et orange. Tous portaient une rayure multicolore.

Je remontai à la surface et me séchai au soleil du soir. La faim me tenaillait. J'aperçus un arbuste garni de baies jaunes grosses comme des fraises. Je n'en avais jamais vu de semblables, mais supposai qu'elles étaient comestibles. Leur goût hésitait entre la noisette et la banane. J'en mangeai à satiété, réenfilai mon costume de marin et finis par m'endormir, épuisé, sur la rive de ce grand lac.

Tôt le lendemain matin, avant l'aube, je me réveillai, reprenant conscience des événements.

J'avais survécu au naufrage ! pensai-je. Je pris à ce moment la pleine mesure de ma chance. C'était comme une seconde naissance.

A gauche du lac se dressaient des collines couvertes de pins. Le sol était tapissé d'une herbe jaune et de clochettes de fleurs se balançant dans la brise légère du matin.

Avant que le soleil ne se soit levé, j'avais découvert une source. De là non plus, je ne pouvais voir l'océan. Mes yeux embrassaient un vaste pays, grand comme un continent. J'étais déjà allé en Amérique du Nord et du Sud, mais je n'étais sur aucun de ces continents-là. Il n'y avait pas trace d'être humain.

Je restai au sommet de la colline jusqu'au lever du soleil à l'est. Rouge comme une tomate, mais scintillant comme une irisation de l'air, il monta au-dessus d'une steppe loin là-bas. L'horizon était si bas que le soleil me parut plus grand et plus rouge que jamais auparavant – oui, même sur l'océan.

♠

Était-ce le même soleil qui brillait au-dessus de la maison de mes parents, chez moi, à Lubeck?

Toute la matinée, je passai d'un paysage à l'autre. Quand le soleil fut haut dans le ciel, je descendis dans une vallée couverte de rosiers jaunes. D'énormes papillons voletaient de fleur en fleur. Certains avaient une envergure comparable à celle des corbeaux, mais ils étaient infiniment plus beaux. Tous avaient une belle couleur bleu nuit, avec sur les ailes deux grandes étoiles rouge sang. On aurait dit des fleurs vivantes, comme si certaines fleurs de l'île s'étaient détachées de la colline et avaient appris l'art de voler. Étrangement, ces papillons chantaient comme des oiseaux. Ils produisaient une douce mélodie évoquant le moment où tous les bois d'un grand orchestre accordent leur instrument avant un concert. De temps en temps, ils m'effleuraient de leurs ailes en une tendre caresse de velours au parfum sucré et capiteux.

La vallée était traversée par une rivière de fort débit. Je décidai de la suivre pour ne plus tourner en rond dans l'île. Je finirai bien à un moment ou à un autre par atteindre la mer, pensai-je. Mais ce n'était pas si simple, car vers la fin de l'après-midi, la large vallée se resserra pour finir au pied d'un massif montagneux.

C'était à n'y rien comprendre, car en principe une rivière ne peut pas se retourner et couler en sens inverse. En descendant dans la gorge profonde, je m'aperçus que la rivière poursuivait son cours dans une galerie souterraine creusée sous la roche. J'atteignis l'entrée de cette grotte et y jetai un coup d'œil. L'eau s'y accumulait avant de former un canal souterrain.

Au pied de la montagne, au bord de l'eau, sautaient d'énormes crapauds. Ils avaient la taille de lapins et faisaient un bruit d'enfer quand ils coassaient tous en même temps. Je n'aurais jamais imaginé non plus que la nature puisse créer des crapauds de cette taille.

Quelques lézards bien gras et des bêtes encore plus grosses rampaient dans l'herbe humide. J'en avais déjà vu mais jamais de cette taille; leurs couleurs surtout étaient vraiment extraordinaires. Sur cette île, les reptiles étaient à la fois rouges, jaunes et bleus.

Je me rendis compte qu'on pouvait très bien descendre dans la grotte. Il suffisait de se faufiler par en dessous pour voir où cela menait.

A l'intérieur de la montagne régnait une lumière bleu-vert profond. La surface de l'eau tremblait à peine. Ici aussi j'aperçus quelques bancs de poissons rouges dans l'eau aussi claire que du cristal.

Plus en avant dans le tunnel, je perçus un faible clapotement. Plus j'avançais, plus le son s'amplifiait jusqu'à ressembler à des roulements de tambours. Je compris qu'on approchait d'une cascade souterraine.

Il était temps pour moi de faire demi-tour. Mais au moment de découvrir la chute, une violente lumière envahit la galerie. Je levai les yeux et découvris une ouverture dans une anfractuosité de la roche. J'entrepris de grimper jusqu'à ce modeste trou et j'aperçus alors un paysage éblouissant qui me coupa le souffle.

Je parvins tout juste à me glisser au-dehors. En me relevant, je découvris une vallée si luxuriante que je ne regrettai plus l'océan.

Sur le chemin qui descendait dans la vallée, je remarquai divers arbres fruitiers : des pommiers, des orangers... J'y vis des fruits et des baies que je ne connaissais pas. Les arbres les plus grands portaient des fruits allongés qui avaient l'allure de prunes. D'autres arbres plus petits portaient des fruits verts de la taille de tomates.

Le sol était couvert de fleurs, toutes plus belles les unes que les autres. Il y en avait à clochettes, à collerette... De petits rosiers avec une couronne serrée de roses naines de couleur pourpre poussaient partout. Des abeilles de la taille de nos moineaux bourdonnaient au-dessus de ces arbustes. Leurs ailes, dans la violente lumière de ce soleil d'après-midi, avaient l'éclat et la transparence du verre. Je sentis une forte odeur de miel.

Je continuai à descendre dans la vallée. Et c'est là que j'aperçus les « moluques »...

Les abeilles et les papillons m'avaient fait écarquiller les yeux, mais ils avaient beau être plus grands et plus beaux que ceux des espèces connues en Allemagne, ils n'en restaient pas moins des abeilles et des papillons. Même chose pour les crapauds et les reptiles. Mais là – je vis d'énormes animaux blancs qui ne ressem-

♠

blaient à rien de ce que je pouvais connaître, à tel point que je dus me frotter les yeux à plusieurs reprises pour m'assurer que je ne rêvais pas.

C'était un troupeau de douze à quinze bêtes, aussi grandes que des chevaux ou des vaches, mais avec une peau épaisse et blanchâtre qui faisait penser au mouton, mais un mouton à six pattes... Leur tête était plus petite et plus pointue que celle des chevaux ou des vaches. De temps à autre, ils relevaient la tête vers le ciel et lançaient un « Brasch, Brasch ! ».

Je n'avais pas peur. Ces animaux avaient l'air aussi doux et stupide que nos bonnes vaches laitières. Il était clair que je me trouvais dans un pays qui n'était sur aucune carte. Et ça, c'était aussi terrifiant que de rencontrer un homme sans visage...

Lire ces lettres minuscules me prenait naturellement beaucoup plus de temps que de lire un livre à la typographie normale. Il fallait chaque fois faire un effort énorme pour déchiffrer chaque lettre avant de la rattacher aux autres lettres pour former un mot. L'après-midi était déjà bien avancé quand j'en arrivai aux animaux à six pattes sur l'île enchantée. Mon père quittait justement l'autoroute.

— Nous allons dîner à Vérone, dit-il.

— Enorev, rectifiai-je, ayant lu le panneau.

Tandis que nous approchions du centre-ville, mon père me raconta la triste histoire de Roméo et Juliette qui ne purent s'aimer librement parce qu'ils appartenaient à deux familles ennemies. Les jeunes amoureux, qui durent payer de leur vie leur amour interdit, avaient vécu ici, à Vérone, il y a plusieurs siècles.

— Ça fait un peu penser à Grand-Père et Grand-Mère, dis-je.

Mon père se mit à rire, il n'y avait jamais songé auparavant.

A Vérone nous avons mangé des *antipasti* et une pizza à la terrasse d'un restaurant. Avant de reprendre la route, nous avons flâné un peu dans les rues et mon père a acheté dans un kiosque à journaux un jeu de cartes avec cinquante-deux femmes nues. Il ne fut pas long à trouver le joker, mais cette fois-ci il garda le reste des cartes.

A mon avis, il s'était imaginé que les femmes seraient quand même un peu plus habillées que ça et il était plutôt gêné. En tout cas, il fourra vite le tout dans sa poche de chemise.

– C'est incroyable qu'il y ait autant de femmes, se dit-il comme à lui-même.

Il fallait bien qu'il trouve quelque chose à dire.

C'était naturellement une lapalissade, vu que la moitié de la population mondiale est constituée de femmes. Il voulait dire « autant de femmes *nues* », car dans ce cas il est vrai que le nombre est beaucoup plus restreint.

Si c'était là le fond de sa pensée, j'étais tout à fait d'accord avec lui. Je trouvais que c'était un peu osé de rassembler cinquante-deux femmes nues dans un même jeu de cartes. D'ailleurs, c'était une mauvaise idée, car on ne peut pas jouer avec un jeu où il n'y a que des dames. Certes le roi de pique ou le quatre de trèfle étaient indiqués en haut à gauche mais on risquait avec un tel jeu de cartes de se rincer l'œil au lieu de se concentrer pour bien jouer.

Le seul homme dans tout le jeu de cartes, c'était le joker. C'était une sculpture grecque ou romaine représentant un satyre avec des cornes de bouc. Lui aussi était nu, mais comme le sont la plupart des sculptures antiques.

En remontant dans la voiture, je continuais de songer à ce drôle de jeu de cartes.

– Tu ne t'es jamais demandé s'il ne valait pas mieux épouser une nouvelle femme plutôt que de passer la moitié de ta vie à essayer de retrouver celle qui ne sait pas qui elle est ? demandai-je à brûle-pourpoint.

Il partit d'abord d'un grand éclat de rire et finit par dire :

– Je reconnais que c'est un mystère et non des moindres. Cinq milliards de personnes vivent sur cette planète, mais une fois qu'on en a choisi une, on ne voudrait l'échanger pour rien au monde.

♠

Il ne fut plus question du jeu de cartes. Les cinquante-deux femmes nues avaient beau tout faire pour attirer l'attention, il manquait, de l'avis de mon père, une carte essentielle. Et c'est cette carte que nous étions partis chercher à Athènes.

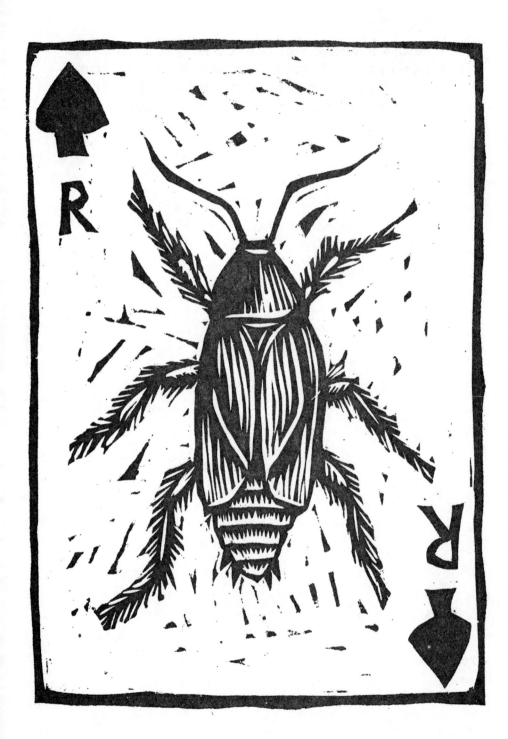

ROI DE PIQUE

... une rencontre du quatrième type...

Arrivés à Venise en fin d'après-midi, nous avons laissé la voiture dans un immense parking avant de pouvoir entrer dans la ville proprement dite, car Venise n'a pas une seule vraie rue. En revanche, cette ville compte cent quatre-vingts canaux, plus de quatre cent cinquante ponts et plusieurs milliers de bateaux à moteur et de gondoles.

Devant le parking, nous avons pris un bateau-taxi jusqu'à l'hôtel sur le Grand Canal qui, comme son nom l'indique, est le plus grand canal de Venise. Mon père avait déjà réservé la chambre depuis Côme.

Nous nous sommes débarrassés de nos bagages dans la chambre d'hôtel la plus petite et la plus moche qu'on ait eue de tout le voyage, puis nous sommes sortis nous promener le long des canaux en passant par quelques-uns des innombrables ponts de cette ville sur l'eau.

Nous devions y rester deux nuits. Je savais que cela représentait une grande tentation pour mon père de voir ce que Venise avait à lui offrir en matière de boissons fortes...

Après avoir dîné sur la place Saint-Marc, je parvins à convaincre mon père de nous offrir un tour en gondole, aussi petit soit-il. Mon père indiqua sur la carte où il désirait aller et le gondolier se mit à manœuvrer. Je ne fus déçu que sur un point : il ne chanta pas un seul couplet. Ce n'était pas grave, car j'ai toujours trouvé que ces chansons de gondoliers faisaient surtout penser à des miaulements de chat...

Pendant qu'on glissait sur l'eau et qu'on allait passer sous un pont, un visage que je connaissais bien nous jeta un regard du haut du parapet du pont. J'étais prêt à jurer que c'était le nain de la station-service, mais cette fois je fus très contrarié de

♠

le revoir à l'improviste, car je compris que nous étions suivis dans les règles de l'art.

— Le nain! m'écriai-je en me levant brusquement et le montrant du doigt.

Je comprends mieux aujourd'hui que mon père se soit emporté, car la gondole fut à deux doigts de se renverser.

— Assieds-toi! m'ordonna mon père.

Une fois de l'autre côté du pont, il se retourna quand même et leva la tête lui aussi, mais le nain avait disparu comme par enchantement — exactement comme au parc d'attractions de Côme.

— J'ai bien vu que c'était lui, dis-je en me mettant à pleurnicher.

Moi aussi, j'avais eu peur de tomber à l'eau. De plus, j'étais sûr que mon père ne me croyait pas.

— Je t'ai déjà dit que tu as trop d'imagination, Hans-Thomas, dit-il.

— Mais c'était un nain, je t'assure, insistai-je.

— Pourquoi pas, mais ce n'était pas le même, protesta-t-il, alors qu'il n'avait même pas eu le temps de voir le bout de son nez.

— Tu crois peut-être que toute l'Europe est truffée de nains?

Il n'était pas mécontent de sa phrase et eut un petit sourire de satisfaction :

— C'est possible, tu sais. Nous sommes tous en fait de drôles de nains. Nous aussi sommes d'étranges petites créatures qui surgissons à l'improviste sur les ponts de Venise.

Le gondolier — toujours impassible — nous déposa sur une place où des petits restaurants servaient en terrasse. Mon père m'offrit de la glace et une limonade et commanda du café avec ce qu'il appela « Vecchia Romagna ». Je ne fus pas étonné de voir arriver avec le café une boisson brune servie dans un verre élégant qui pouvait faire penser à un bocal à poisson rouge.

Après deux ou trois verres de ce genre, mon père me regarda droit dans les yeux et je crus qu'il s'était décidé à me confier le plus grand secret de toute sa vie.

– Tu te souviens encore de notre jardin à Hisøy ? commença-t-il.

Je ne voulus pas m'abaisser à répondre à une question aussi idiote à laquelle il n'attendait aucune réponse.

– Eh bien, continua-t-il, il s'agit de bien me suivre maintenant, Hans-Thomas. Imaginons que tu ailles dans le jardin un beau matin et que tu tombes nez à nez avec un Martien au milieu des pommiers. Disons qu'il est un peu plus petit que toi, mais tu es libre de choisir si la soucoupe volante est jaune ou verte.

Je me sentis obligé de hocher la tête en signe d'assentiment, je n'avais de toute façon rien à dire quand il s'était mis un sujet en tête.

– L'extraterrestre te regarde attentivement – comme on regarde les habitants d'une autre planète -, poursuivit mon père. Toute la question est de savoir comment toi tu réagirais.

J'allais lui dire que je l'aurais invité à son premier petit déjeuner sur notre planète Terre, mais, au lieu de ça, je répondis que je pousserais probablement un cri de guerre apache.

Mon père acquiesça, visiblement satisfait de ma réponse. Mais ce n'était que le début.

– Tu ne crois pas que tu aurais envie de savoir d'où viennent cette soucoupe volante et ce petit bonhomme ?

– Bien sûr, dis-je.

Il releva la tête et jeta un coup d'œil sur toutes les personnes autour de nous sur la place. Puis il me demanda :

– T'es-tu jamais rendu compte que tu es toi-même un Martien ?

Je m'étais attendu à toutes sortes d'élucubrations de sa part, mais ça, c'était le bouquet.

– Ou un Terrien, si tu préfères, reprit-il. Peu importe le nom que nous donnons à la planète sur laquelle nous vivons. L'important, c'est que tu es toi aussi un individu sur deux pattes qui passe son temps à ramper sur une planète dans l'univers.

– Exactement comme le Martien ! répliquai-je.

Mon père me fit signe que oui. Et il ajouta :

— Même si tu ne risques pas de tomber sur un Martien dans ton jardin, un jour il peut arriver que tu tombes sur toi-même. Le jour où ça t'arrivera, tu pousseras peut-être aussi ton cri d'Indien. Ce serait la moindre des choses, car ce n'est pas tous les jours que l'on prend conscience d'être l'habitant en chair et en os d'une planète qui est une petite île perdue dans l'univers.

Je comprenais ce qu'il entendait par là, mais je ne trouvai rien à ajouter.

— Tu te souviens du film *La Rencontre*, qu'on a vu ensemble ?

Je hochai la tête. C'était un film un peu fou qui racontait l'histoire de gens découvrant un jour une soucoupe volante.

— Voir un vaisseau spatial d'une autre planète, cela s'appelle une rencontre du premier type. Si l'on voit des êtres sur deux jambes sortir du vaisseau, c'est une rencontre du deuxième type. L'année suivante, nous avons vu un autre film...

— Et ça s'appelait *Rencontre du troisième type*.

— Exactement. Parce qu'ils ont *approché* des étranges humanoïdes venus d'un autre système solaire. C'est cette rencontre directe avec l'inconnu que l'on appelle une rencontre du troisième type. D'accord ?

— D'accord, dis-je.

Il regarda longuement la place avec tous ces cafés, puis reprit :

— Mais toi, Hans-Thomas, tu as fait l'expérience d'une rencontre du quatrième type.

Je dus avoir l'air d'un point d'interrogation vivant.

— Car tu es toi-même un être mystérieux qui vit sur une planète, dit mon père en appuyant sur chacun de ses mots.

Il posa d'un geste ferme sa tasse de café sur la table avec un bruit si sec que lui comme moi fûmes surpris qu'elle résiste au choc.

— *Tu es* cette mystérieuse créature et tu la connais de l'intérieur.

J'étais assez abasourdi, mais je savais que mon père avait raison.

♠

– Tu devrais vraiment être appointé par l'État comme philosophe, dis-je simplement, et ces mots me venaient du fond du cœur.

En rentrant à l'hôtel ce soir-là, notre attention fut attirée par un gros cafard noir sur le sol de la chambre. Il était si gros qu'il faisait du bruit avec sa carapace en avançant.

Mon père se pencha au-dessus de lui, et dit :

– *Sorry*, camarade, mais tu ne pourras pas passer la nuit ici. Nous avons réservé une chambre double et il n'y a pas de place pour trois personnes. D'ailleurs, c'est nous qui réglons la chambre.

Je crus qu'il était devenu complètement fou, mais il me dévisagea et ajouta :

– Il est trop gros pour que nous puissions le tuer. Il est si énorme qu'il mérite le terme d'individu, et les individus, on ne peut pas les tuer d'un simple coup de pied, même si leur présence nous est désagréable.

– Alors on va le laisser se balader dans la chambre pendant qu'on dort ?

– Mais non ! Nous allons gentiment lui montrer la sortie.

Et c'est ce que nous fîmes. Mon père entreprit de chasser le cafard hors de la chambre. Il plaça d'abord toutes les valises et les sacs de manière à former un long couloir sur le plancher. Puis il se mit à le chatouiller sur le dos avec une allumette pour le décider à avancer. Au bout d'une demi-heure, le cafard sortit sur le palier. Mon père trouva qu'il s'était donné assez de mal et ne raccompagna pas son hôte indésirable jusqu'à la réception.

– Et voilà, le tour est joué, dit-il en refermant la porte derrière lui.

Il s'allongea sur le lit et s'endormit sur-le-champ.

Je laissai la lumière allumée au-dessus du lit et poursuivis la lecture du Livre, dès que je fus assuré que mon père avait rejoint le pays des rêves.

TRÈFLE

AS DE TRÈFLE

... des personnages comme ceux qu'on trouve
sur les cartes à jouer...

J'étais resté tout l'après-midi dans ce jardin exubérant lorsque j'aperçus deux silhouettes d'êtres humains dans le lointain. Je sentis mon cœur battre à tout rompre.

J'étais sauvé, pensai-je. Peut-être étais-je quand même arrivé en Amérique.

Tout en m'approchant d'elles, il me vint à l'esprit que nous ne pourrions sans doute guère nous comprendre. Je ne parlais qu'allemand et quelques mots d'anglais et de norvégien appris après quatre années passées à bord du *Maria*, mais les habitants de cette île parlaient certainement une autre langue.

Au fur et à mesure que j'avançais vers eux, je pus voir qu'ils s'affairaient dans un petit champ cultivé. Je découvris aussi qu'ils étaient plus petits que moi. Étaient-ce des enfants ?

Lorsque je fus plus près, je vis qu'ils ramassaient des racines de couleur claire qu'ils mettaient dans un panier. Ils se retournèrent brusquement et me dévisagèrent. C'étaient deux hommes assez trapus, aucun d'eux ne m'arrivait plus haut que la poitrine. Tous deux avaient les cheveux bruns et une peau brillante et sombre. Ils portaient des uniformes bleu foncé tout à fait identiques. La seule différence était que l'un avait trois énormes boutons noirs à sa veste d'uniforme et l'autre seulement deux.

– *Good afternoon*, commençai-je en anglais.

Les petits hommes posèrent à terre les outils qu'ils tenaient à la main et me regardèrent droit dans les yeux.

– *Do you speak english ?* essayai-je encore.

Les deux petits hommes se contentèrent de secouer la tête et de faire de grands moulinets avec leurs bras.

Alors, comme mû par un réflexe, je les saluai dans ma langue maternelle et là, celui qui avait trois boutons à la veste me répondit dans un allemand parfait :

— Si tu as plus de trois signes, tu l'emportes sur nous. Mais nous te prions instamment de nous épargner.

J'étais si abasourdi que je ne savais quoi répondre. Au fin fond d'une île déserte, perdue dans l'océan Atlantique, j'obtenais une réponse dans ma propre langue maternelle ! Mais qu'entendaient-ils par les trois signes ?

— Je viens en paix, dis-je à tout hasard.

— Cela vaut mieux pour toi, sinon le Roi va te punir.

Le roi ! pensai-je. Je n'étais donc pas en Amérique du Nord.

— J'aimerais beaucoup m'entretenir avec votre Roi, répliquai-je.

L'homme aux deux boutons sur la veste vint se mêler à notre conversation.

— Avec quel Roi aimerais-tu parler ?

— Est-ce que ton ami n'a pas dit que le roi allait me punir ?

L'homme aux deux boutons se tourna vers l'homme qui en avait trois et il lui dit : « C'est bien ce que je pensais, il ne connaît pas les règles du jeu. » L'homme aux trois boutons leva la tête vers moi :

— Il n'y a pas qu'un Roi, dit-il.

— Ah bon, combien y en a-t-il ?

Les deux hommes ricanèrent. Je compris qu'ils jugeaient mes questions vraiment idiotes.

— Il y en a un pour chaque couleur, soupira l'homme aux deux boutons, sur un ton un peu résigné.

Je fus à nouveau frappé par leur taille vraiment minuscule : en fait, ils n'étaient guère plus grands que des nains, mais leur corps était normalement proportionné. J'avais cependant l'impression que ces sortes de Lilliputiens devaient être un peu arriérés.

J'allais demander combien il y avait de couleurs pour en déduire le nombre de rois que comptait l'île, mais j'abandonnai la question et en posai une autre :

— Comment s'appelle le plus grand Roi ?

♣

Ils échangèrent de nouveau un regard et secouèrent la tête.

— Crois-tu qu'il se moque de nous? demanda l'homme aux deux boutons.

— Je ne sais pas, répondit celui aux trois boutons, mais nous sommes obligés de lui répondre.

Celui qui avait deux boutons chassa une mouche qui s'était posée sur sa joue rebondie et dit:

— Dans la règle, un Roi noir bat un Roi rouge, mais il arrive aussi qu'un Roi rouge ait le droit de piquer un Roi noir.

— Mais c'est brutal, tout ça!

— Que voulez-vous, ce sont les règles.

Soudain nous avons entendu au loin un bruit d'objet qu'on casse: on aurait dit du verre brisé. Les deux nains se tournèrent du côté du bruit.

— Quels imbéciles! s'écria celui aux deux boutons. Ils cassent plus de la moitié de ce qu'ils construisent.

Tandis qu'ils me tournaient le dos, j'eus le temps de faire une découverte inquiétante: deux trèfles étaient dessinés dans le dos de celui qui avait deux boutons à sa veste et l'autre en portait trois. C'était exactement des personnages comme ceux qu'on trouve sur les cartes à jouer. Du même coup, toute la conversation que je venais d'avoir avec eux me parut un peu moins insensée.

Quand ils me firent face à nouveau, je me décidai à essayer une autre tactique.

— Vous êtes nombreux ici sur l'île? demandai-je.

Mais cette question sembla les plonger dans la plus grande perplexité.

— Qu'est-ce qu'il a à nous poser toutes ces questions? dit l'un.

— Oui, il ne manque pas de culot, répondit l'autre.

Je trouvais que cette conversation était pire que si nous ne nous étions pas compris du tout, car j'avais beau entendre tout ce qu'ils disaient, impossible d'en comprendre le sens. Il aurait mieux valu nous parler par signes!

— Combien êtes-vous? me hasardai-je à demander encore une fois, car je commençais à perdre patience.

— Tu vois bien que nous sommes Deux et Trois, répondit celui qui avait le signe du Trois de Trèfle sur le dos. S'il te faut des lunettes, tu n'as qu'à en parler à Frode, car il est le seul à maîtriser l'art de tailler le verre.

— Mais au fait, tu es combien, toi ? demanda l'autre.

— Hein ? Mais je suis tout seul ! dis-je.

Celui qui avait deux boutons se tourna vers son compagnon et émit un sifflement.

— L'As ! s'exclama-t-il.

— Alors nous avons perdu, répondit l'autre tout penaud. Il aurait battu même le Roi.

Il sortit une fiole de sa poche intérieure et but une longue rasade d'un breuvage scintillant avant de la passer à l'autre qui en but lui aussi.

— Mais est-ce que l'As n'est pas une dame ? s'écria celui qui avait trois boutons.

— Pas nécessairement, répondit l'autre. Il n'y a que la Dame qui soit toujours une dame. Il peut venir d'un autre jeu de cartes.

— Absurde ! Il n'en existe pas. Et l'As est une dame.

— Tu as peut-être raison. Mais il faudrait qu'il ait quatre boutons pour nous prendre.

— Nous oui, mais pas notre Roi. C'est clair. Il veut nous faire passer pour des idiots !

Ils continuèrent à vider la petite bouteille et leurs yeux devinrent de plus en plus troubles et vides. Tout d'un coup, le corps de celui qui avait deux boutons fut parcouru d'un violent tremblement. Il me regarda fixement dans les yeux et dit :

— LE POISSON ROUGE NE TRAHIT PAS LE SECRET DE L'ÎLE, MAIS LE LIVRE DE LA BRIOCHE, OUI !

Puis ils s'allongèrent tous deux par terre et, chacun pour soi, murmurèrent de façon désordonnée : « Rhubarbe... mangue... baies de cure... dattes... citron... hounia... chuca... noix de coco... banane... »

Ils citèrent encore d'autres noms de fruits et de baies dont la plupart m'étaient inconnus. Pour finir, ils roulèrent sur le dos et s'endormirent sur-le-champ.

♣

Je tentai de les secouer en leur donnant quelques coups de pied, mais ils ne bougèrent pas d'un pouce.

De nouveau laissé à moi-même, je me souviens m'être dit que l'île devait servir de réserve pour des handicapés mentaux incurables et que les deux hommes avaient dû boire une sorte de calmant. Si tel était le cas, je n'allais pas tarder à voir apparaître un infirmier qui me reprocherait d'avoir excité les patients.

Je revins sur mes pas et vis un petit homme marcher rapidement dans ma direction. Lui aussi portait le même uniforme bleu foncé, sauf que sa veste avait une double rangée de boutons, ce qui en faisait dix en tout. La peau de son visage était, elle aussi, luisante et sombre.

– QUAND LE MAÎTRE DORT, LES NAINS VIVENT LEUR PROPRE VIE, s'écria-t-il en faisant de grands moulinets avec les bras et me jetant des coups d'œil furtifs.

Encore un fou, pensai-je.

Je lui montrai du doigt les deux autres qui dormaient un peu plus loin.

– On dirait même qu'ils ont fini par s'endormir, dis-je.

Ces quelques mots le mirent en fuite. Il courut aussi vite que ses courtes jambes le lui permettaient, mais il n'avançait guère. Il n'arrêtait pas de tomber la tête la première et de se relever. J'eus largement le temps de compter les dix trèfles reproduits dans son dos.

Ayant trouvé un étroit sentier praticable, j'eus juste le temps de faire un bout de chemin quand j'entendis un vacarme épouvantable, comme un bruit de tonnerre, derrière moi. On aurait dit des chevaux lancés au galop qui allaient surgir d'un instant à l'autre. Je fis volte-face et sautai sur le côté.

C'étaient les animaux à six pattes que j'avais vus plus tôt. Deux d'entre eux étaient montés par un petit cavalier. Derrière eux courait un nain brandissant un long bâton. Tous les trois portaient le même uniforme bleu foncé avec respectivement quatre, six et huit boutons noirs.

– Arrêtez-vous ! leur criai-je quand ils arrivèrent à ma hauteur.

Mais seul le nain à pied se retourna et ralentit son allure. C'était celui qui avait huit boutons à sa veste.

– APRÈS CINQUANTE-DEUX ANS, LE PETIT-FILS DU NAU-FRAGÉ ARRIVE AU VILLAGE ! s'écria-t-il tout excité.

L'instant d'après, les nains et les animaux à six pattes avaient disparu comme par enchantement. J'avais juste eu le temps de remarquer que les nains avaient exactement le même nombre de boutons à leur veste que de signes de Trèfle dans le dos.

De hauts palmiers poussaient le long du chemin. Ils portaient de grosses grappes de fruits jaunes de la taille d'une pomme. Une charrette à demi remplie de ces fruits jaunes attendait sous un des arbres. Elle me fit penser à la carriole dont se servait mon père pour transporter ses pains à Lubeck. La seule différence était que ce n'était pas un cheval ordinaire qui était attelé à cette carriole-là, mais un de ces animaux à six pattes.

En m'approchant près de la charrette, j'aperçus un nain assis sous l'arbre. Avant qu'il ait pu se rendre compte de ma présence, j'avais eu le temps de noter que sa veste comptait une simple rangée de cinq boutons. Sinon rien ne distinguait son uniforme de celui des autres nains. Tous les nains que j'avais croisés jusqu'ici avaient en commun un crâne bien rond couvert d'une épaisse chevelure brune.

– Bonjour, Cinq de Trèfle ! lançai-je.

Il me regarda d'un air indifférent.

– Bonj…

Il s'interrompit en plein milieu du mot et resta là à me dévisager en silence.

– Retourne-toi, finit-il par dire.

Je m'exécutai et quand je fis à nouveau face au nain, il se grattait la tête avec ses deux doigts potelés.

– Ça se corse ! soupira-t-il en écartant les bras.

L'instant d'après, deux fruits furent lancés du haut d'un palmier. Le premier atterrit sur les genoux du Cinq de Trèfle, l'autre faillit me tomber sur la tête.

Je ne fus pas surpris outre mesure de voir le Sept et le Neuf descendre de l'arbre. Le compte y est, pensai-je après avoir vu défiler tous les Trèfles de Deux à Dix.

♣

– Nous avons bien essayé de le battre avec un chuca, déclara le Sept de Trèfle.

– Mais il a esquivé le coup au dernier moment, poursuivit l'autre. Ils s'assirent sous l'arbre à côté du Cinq de Trèfle.

– Bon, ça va, dis-je. Je vous pardonne tous. Mais en échange vous allez répondre à une question toute simple. Sinon, je vous tords le cou à tous les trois. Ai-je été assez clair ?

Mes propos les intimidèrent juste assez pour les faire rester assis sous l'arbre en silence. Je les regardai tour à tour droit dans les yeux.

– Alors, qui êtes-vous ?

A ces mots, ils se levèrent les uns après les autres et déclamèrent chacun leur sentence débile :

– LE BOULANGER CACHE LES TRÉSORS DE L'ÎLE ENCHANTÉE, récita le Cinq de Trèfle.

– LA VÉRITÉ RÉSIDE DANS LES CARTES, dit le Sept de Trèfle.

– UN SEUL JOKER DANS LE JEU DE CARTES PERCE À JOUR LE MYSTÈRE, dit pour finir le Neuf de Trèfle.

Je secouai la tête.

– Merci pour ces explications, dis-je, mais qui êtes-vous ?

– Trèfle, répondit aussi sec le Cinq.

Il avait visiblement pris ma menace au sérieux.

– Ça, j'avais compris, merci. Mais d'où venez-vous ? Vous êtes tombés du ciel ou vous êtes sortis de terre comme les autres fleurs de trèfle ?

Ils échangèrent quelques brefs regards et le Neuf prit la parole :

– Nous venons du village.

– Ah bon ? Et combien êtes-vous de petits... bonshommes à habiter là ?

– Personne, répondit le Sept de Trèfle. A part nous, je veux dire. Mais personne n'est tout à fait pareil.

– Bien sûr, le contraire aurait été étonnant. Mais bon, vous êtes combien en tout à habiter sur cette île ?

Ils se regardèrent à nouveau.

– Allez ! dit le Neuf de Trèfle. On prend !

– Mais est-ce qu'on a le droit de le prendre ? demanda le Sept de Trèfle.

– On prend le large, je veux dire.

A ces mots, ils sautèrent dans la charrette, l'un d'eux donna une tape sur le dos de l'animal blanc qui se mit à galoper aussi vite que ses six pattes le lui permettaient.

Je n'avais encore jamais éprouvé un tel sentiment d'impuissance. J'aurais bien sûr pu les arrêter. J'aurais aussi pu leur tordre le cou. Mais je n'aurais pas été plus avancé pour autant.

DEUX DE TRÈFLE

... il agita tout à coup deux billets...

Ma première pensée quand je me réveillai dans la petite chambre d'hôtel à Venise fut pour Hans le boulanger qui avait rencontré sur l'île enchantée ces drôles de nains. Je sortis la loupe et le Livre de la brioche de mon pantalon posé au pied de mon lit, mais juste au moment où je m'apprêtais à allumer la lumière pour lire, mon père poussa un rugissement de lion et se réveilla aussi soudainement qu'il s'était endormi.

– Toute une journée à Venise, bâilla-t-il.

L'instant d'après, il était déjà debout.

Je fus obligé de dissimuler le Livre sous l'édredon. Je n'oubliais pas la promesse faite : toute l'histoire inscrite à l'intérieur resterait un secret entre le vieux boulanger de Dorf et moi.

– Tu joues à cache-cache? me demanda mon père alors que je venais tout juste de remettre le Livre de la brioche dans la poche de mon pantalon et pointais ma tête hors de l'édredon.

– Je regarde s'il n'y a pas de cafards, répondis-je.

– Et tu as besoin d'une loupe pour ça?

– Ils peuvent très bien avoir des enfants, dis-je.

C'était une réponse idiote, mais sur le moment c'est tout ce qui me vint à l'esprit. J'ajoutai par sécurité :

– Qui sait d'ailleurs s'il n'y a pas des cafards nains là-dessous?

– On ne sait jamais, dit mon père avant de disparaître dans la salle de bains.

L'hôtel où nous logions était si ordinaire qu'on n'y servait même pas de petit déjeuner. Mais cela n'avait aucune importance, puisque la veille nous avions déjà repéré un petit café sympathique servant le petit déjeuner entre huit et onze heures.

♣

Il y avait peu de monde sur le Grand Canal et sur les larges trottoirs qui le longeaient. Nous avons commandé un jus d'orange, des œufs brouillés, des toasts et de la confiture d'orange. Ce petit déjeuner fut le seul, pendant tout le voyage, à déroger à la règle selon laquelle rien ne vaut le petit déjeuner qu'on prend à la maison.

Au beau milieu du repas, mon père eut encore un de ces éclairs de génie. Son regard devint fixe et je crus un instant qu'il venait de voir resurgir le fameux nain, mais il se contenta de dire :

– Reste assis, Hans-Thomas. Je reviens dans cinq minutes.

Je n'avais pas la moindre idée de ce qu'il allait faire, mais je savais que ça lui arrivait de temps en temps. Quand mon père avait une idée, rien ne pouvait l'arrêter.

Il disparut derrière une porte vitrée de l'autre côté de la place. Quand il réapparut, il finit d'abord tranquillement ses œufs brouillés sans dire un mot, puis montra du doigt la boutique d'où il venait.

– Que lis-tu sur la pancarte là-bas, Hans-Thomas ? me demanda-t-il.

– Sartap-Anocna, lus-je à l'envers.

– Ancona-Patras, oui.

Il trempa un toast dans son café qu'il fourra dans sa bouche. Il eut d'ailleurs beaucoup de mal à tout faire entrer, car sa bouche n'était qu'un large sourire d'une oreille à l'autre.

– Oui et alors ? lui demandai-je.

Ces deux noms, c'était de l'hébreu pour moi, que je les lise à l'endroit ou à l'envers.

Il me regarda droit dans les yeux.

– On voit que tu n'as jamais pris la mer, toi. Tu n'as jamais navigué à travers le monde.

Il agita tout à coup deux billets sous mon nez et poursuivit :

– Tu ne peux pas demander à un ancien marin de *contourner en voiture* la mer Adriatique. Y en a marre de ramper comme des crabes sur le continent. On met la Fiat à bord d'un grand bateau et en route pour Patras sur la côte ouest du Péloponnèse.

De là, on n'est plus qu'à quelques dizaines de kilomètres d'Athènes.

– Tu en es sûr ? demandai-je.

– Parbleu, puisque je te le dis !

Il devait être sacrément content de retrouver la mer pour jurer comme ça.

Du coup, nous n'avons même pas passé une journée entière à Venise, car le ferry pour la Grèce partait d'Ancone le soir même et cela représentait encore presque trois cents kilomètres. La seule chose que mon père désirait voir avant de reprendre le volant, c'était l'art de souffler le verre si célèbre à Venise.

Pour faire fondre le verre, on a besoin de fours ouverts. Aussi, compte tenu du danger d'incendie, les Vénitiens avaient-ils eu l'idée de déplacer la production de verre sur les îles à l'extérieur de la ville, dès le Moyen Age. De nos jours, sa fabrication est concentrée sur l'île de Murano. Mon père insista pour y passer avant de retourner au parking. Nous devions juste prendre les bagages à l'hôtel.

A Murano, nous sommes d'abord allés dans un musée qui présentait l'évolution du travail du verre à travers les siècles ; on y trouvait de la verrerie ancienne de tous les tons et toutes les formes. Puis nous avons visité une soufflerie où l'on fabriquait des carafes et des coupes sous les yeux des touristes. Les objets terminés étaient proposés à la vente, mais mon père estima que nous devions, pour des raisons financières, laisser cette partie de la visite aux riches Américains.

De l'île des souffleurs de verre, nous avons pris le vaporetto jusqu'au parking et dès une heure de l'après-midi nous étions à nouveau sur l'autoroute qui mène à Ancone, à trois cents kilomètres au sud de Venise.

La route longeait la côte adriatique et mon père sifflotait gaiement, tout à son bonheur de pouvoir contempler sa mer adorée.

Quelquefois la route grimpait et nous avions un superbe point de vue. Mon père s'arrêtait alors et commentait tous les voiliers et les cargos qu'il pouvait apercevoir.

♣

Dans la voiture, il me parla à nouveau du passé maritime d'Arendal que j'ignorais et cita pêle-mêle une foule de noms de grands voiliers ainsi que leurs époques. C'est ainsi qu'il m'expliqua la différence entre une goélette, un brick, un trois-mâts et un quatre-mâts. J'entendis parler pour la première fois des premiers bateaux qui partirent en Amérique et sur le golfe du Mexique. Il m'apprit que le premier bateau à vapeur qui visita la Norvège accosta à Arendal. C'était un ancien voilier qu'on avait doté d'une machine à vapeur et d'une roue à aubes. Le bateau s'appelait *Savannah*.

Mon père, lui, avait navigué sur un pétrolier construit à Hambourg, qui appartenait à l'armateur Kuhnle de Bergen. Un bateau avec un tonnage brut de plus de quatre-vingt mille tonnes exigeant quarante hommes d'équipage.

– De nos jours les pétroliers sont beaucoup plus gros, mais l'équipage se réduit souvent à huit, dix hommes. Tout n'est plus qu'une affaire de machines et de technique. La vie en mer a perdu un peu de sa légende, je veux parler de la vraie *vie* en mer. Au siècle prochain, il n'y aura plus qu'une bande d'idiots qui feront tout par télécommande de la terre ferme.

Si je suivais bien son raisonnement, depuis la fin des voiliers il y a cent cinquante ans, la vraie vie en mer n'était plus qu'un rêve.

Pendant que mon père me racontait sa vie, je sortis mon jeu de cartes. Je sortis tous les trèfles, du deux au dix, et les posai à côté de moi sur la banquette arrière.

Pourquoi tous les nains de l'île enchantée avaient-ils des trèfles dans le dos ? Qui étaient-ils et d'où venaient-ils ? Est-ce que Hans le boulanger allait finir par trouver quelqu'un avec qui parler vraiment à propos de cette île où il avait accosté ? Mon esprit bouillonnait à cause de toutes ces questions sans réponses.

Le Deux de Trèfle avait du reste dit quelque chose qui ne me sortait pas de la tête : « Le poisson rouge ne trahit pas le secret de l'île, mais le Livre de la brioche, oui. » Voulait-il parler du poisson rouge du boulanger de Dorf ? Et la brioche, était-ce celle que j'avais eue à Dorf? Le Cinq de Trèfle avait dit que « le boulanger cache les trésors de l'île enchantée ». Mais comment les nains que Hans le boulanger avait rencontrés au milieu du siècle dernier pouvaient-ils être au courant?

Durant une bonne dizaine de kilomètres, mon père chantonna des rengaines qu'il avait apprises du temps où il était marin. J'en profitai pour sortir en douce le Livre de la brioche et reprendre ma lecture.

TROIS DE TRÈFLE

... pas n'importe quel Trèfle...

Je continuai à marcher dans la direction où s'étaient enfuis les trois bonshommes sur leur charrette. Le sentier serpentait entre de hauts arbres feuillus. La forte lumière du soleil de l'après-midi faisait étinceler le feuillage.

Dans une clairière, je découvris un grand chalet; une fumée noire s'élevait de deux cheminées. De loin, je distinguais comme une silhouette rose qui se déplaçait dans la maison.

Il manquait un mur extérieur au chalet, et ce que je vis à l'intérieur me surprit tellement que je dus m'appuyer à un arbre pour ne pas perdre l'équilibre : une pièce immense sans aucune cloison dissimulait une espèce de fabrique. Je ne fus pas long à comprendre qu'il s'agissait d'une maison de verre.

Le toit tenait grâce à de grosses poutres. Au-dessus de trois ou quatre énormes poêles à bois, il y avait de grandes cuves en pierre blanche à l'intérieur desquelles s'échappait une épaisse vapeur. Trois petites femmes habillées en rose s'activaient autour, toutes étaient de la même taille que les autres petits bonshommes. Elles plongeaient de longs tuyaux dans le liquide en fusion dans les cuves et créaient toutes sortes de formes en soufflant le verre. Dans un coin de la pièce il y avait un grand tas de sable et dans un autre toutes les verreries terminées, rangées sur des étagères le long du mur. En plein milieu de la pièce s'élevait une pyramide d'un mètre de haut faite de débris de bouteilles, de verres et de coupes.

Je me demandai encore une fois dans quel drôle de pays j'étais tombé. Mis à part les étranges uniformes, ces petits bonshommes auraient pu tout aussi bien vivre à l'âge de pierre. Et voilà qu'ils se révélaient maîtres en l'art de souffler le verre.

Les femmes qui travaillaient dans le chalet de verre portaient des robes rose clair. Elles avaient la peau presque blanche et de longs cheveux argentés et ébouriffés.

A ma grande frayeur, toutes les robes portaient des signes de carreau sur la poitrine. C'était exactement les carreaux qu'on trouve dans un jeu de cartes. L'une en avait trois, l'autre sept et la troisième neuf. La seule différence avec les carreaux des cartes était que ceux-ci avaient des reflets d'argent.

Les trois femmes étaient si occupées à souffler le verre qu'elles ne s'aperçurent pas de ma présence. Je me tenais pourtant devant le mur manquant. Elles allaient et venaient en soulevant leurs bras avec une telle aisance qu'elles paraissaient aussi légères que l'air. Je n'aurais pas été le moins du monde étonné d'en voir une se mettre à flotter au plafond.

Soudain l'une d'elles se rendit compte de ma présence : c'était celle qui avait le sept de carreau sur la poitrine. J'hésitai une seconde à m'enfuir, mais elle fut si troublée de me voir qu'elle laissa tomber la coupe de verre qu'elle tenait à la main. Il était trop tard pour que je songe à m'esquiver, car les deux autres accoururent au bruit de verre brisé et me regardèrent fixement.

J'entrai, m'inclinai respectueusement et les saluai en allemand. Elles se regardèrent d'un air entendu et se fendirent d'un large sourire, découvrant ainsi leurs dents blanches qui se mirent à briller à la lueur des fours incandescents. Je me dirigeai vers elles et elles firent une ronde autour de moi.

– J'espère que je ne vous importune pas.

Elles échangèrent encore des regards et sourirent de plus belle. Toutes avaient les yeux d'un bleu profond. Elles se ressemblaient tellement qu'elles appartenaient sûrement à la même famille. Qui sait si elles n'étaient pas sœurs ?

– Comprenez-vous quand je parle ?

– Nous comprenons tous les mots ordinaires ! s'écria le Trois de Carreau d'une voix flûtée de poupée.

Puis elles se mirent toutes à parler en même temps. Deux d'entre elles me firent même la révérence. Puis le Neuf de Carreau finit par me prendre par la main. Je remarquai que cette main minuscule était glacée, alors qu'il faisait tout sauf froid dans ce chalet de verre.

♣

– Vous soufflez très bien le verre! dis-je.

Toutes trois pouffèrent de rire.

Sans aucun doute, ces souffleuses de verre étaient infiniment plus aimables que les petits bonshommes irascibles, mais elles restaient tout aussi inaccessibles.

– Mais qui donc vous a appris l'art de souffler le verre? continuai-je.

Il me semblait en effet impossible d'imaginer qu'elles l'avaient découvert d'elles-mêmes. Personne ne me répondit, mais le Sept de Carreau alla prendre un grand bol en verre sur une étagère et me le tendit.

– Je vous en prie! dit-elle.

Là-dessus, elles partirent de nouveau d'un grand éclat de rire.

Pas facile, dans un tel contexte, de faire avancer mes propres affaires. Mais je sentais que si je ne saisissais pas tout de suite le rapport qu'elles avaient avec ces nains étonnants, j'allais devenir fou.

– Je viens d'accoster dans l'île, repris-je, mais je n'ai pas la moindre idée de l'endroit où je me trouve. Pourriez-vous m'éclairer un peu à ce sujet?

– Nous ne pouvons pas parler… dit le Sept de Carreau.

– Quelqu'un l'a-t-il interdit?

Toutes trois secouèrent la tête, faisant briller leur chevelure argentée à la lueur des fours.

– Nous connaissons bien l'art de souffler le verre, dit le Neuf de Carreau, mais nous ne connaissons pas aussi bien l'art de penser. Aussi ne savons-nous pas bien parler non plus.

– Dans ce cas vous n'êtes pas n'importe quel Trèfle, dis-je, les faisant à nouveau éclater de rire.

– Nous ne sommes pas des Trèfles, répliqua le Sept de Carreau en soulevant sa robe, ne vois-tu pas que nous sommes des Carreaux?

– Espèces de …! laissai-je échapper, provoquant la stupeur générale.

– Tu ne dois pas te mettre en colère, dit le Trois de Carreau. Un rien nous rend tristes et malheureuses.

Je ne savais pas si je devais la croire ou non. Elle affichait un sourire si engageant que je pensai qu'il en fallait plus pour la contrarier. Mais je n'oubliai pas l'avertissement.

– N'avez-vous vraiment rien dans la tête comme vous dites ? demandai-je.

Elles acquiescèrent de façon fort solennelle.

– J'aimerais tant… commença le Neuf de Carreau.

Mais elle mit vite sa main devant la bouche et se tut.

– Eh bien ? demandai-je d'un ton amical.

– J'aimerais tant… penser une pensée si difficile que je ne puisse pas la penser, mais je n'y arrive pas…

Je restai un moment à réfléchir, mais il me parut qu'elle n'était pas la seule à avoir ce genre de difficulté.

Soudain l'une d'entre elles éclata en sanglots. C'était le Trois de Carreau.

– Je voudrais… sanglota-t-elle.

Le Neuf glissa son bras autour d'elle et le Trois de Carreau poursuivit :

– Je voudrais tellement me réveiller… mais je suis déjà réveillée.

Elle venait d'exprimer parfaitement ce que je ressentais moi-même.

Le Sept de Carreau leva les yeux vers moi d'un air absent et prononça avec le plus profond sérieux :

– LA VÉRITÉ EST QUE LE FILS DU MAÎTRE VERRIER N'A PAS VOULU CROIRE EN LA FORCE DE SON IMAGINATION.

En un rien de temps, toutes les trois se mirent à pleurnicher. L'une d'elles saisit une grande carafe en verre et la brisa volontairement en mille morceaux, une autre s'arracha des mèches de cheveux argentés… Je compris que mon temps de visite était passé.

– Encore pardon de vous avoir dérangées, me contentai-je de dire. Au revoir !

J'avais à présent la ferme conviction d'être tombé dans une sorte de résidence surveillée pour débiles mentaux et je m'attendais à tout moment à voir surgir des infirmiers en blouse blanche qui me demanderaient ce que je venais faire ici sur cette île, à semer la panique chez leurs patients.

♣

Cela dit, plusieurs détails m'intriguaient et tout d'abord la taille des habitants de l'île. Comme marin, j'avais pas mal bourlingué et je savais qu'il n'existait aucun pays au monde où les hommes étaient aussi petits. De plus les minuscules bonshommes et les souffleuses de verre n'avaient pas du tout la même couleur de peau. Par conséquent, ils ne pouvaient pas être apparentés.

Était-ce la marque d'une gigantesque épidémie qui aurait ravagé l'humanité, rendant les hommes à la fois plus petits et plus bêtes, et n'avait-on pas banni sur cette île les gens atteints pour prévenir la contagion ? Si tel était le cas, je deviendrais bientôt à mon tour aussi petit et aussi bête qu'eux.

Autre chose que je ne comprenais pas : cette séparation en Trèfles et Carreaux comme dans un jeu de cartes. Était-ce uniquement une invention des médecins et des infirmiers pour mieux surveiller leurs patients ?

Je repris donc le chemin qui serpentait à présent à travers une haute futaie. Le sol était couvert d'un tapis de mousse vert clair, jonché de petites fleurs bleues qui faisaient penser aux myosotis. Le soleil n'atteignait que les plus hautes cimes et les branches formaient au-dessus du paysage comme un baldaquin doré.

Au bout d'un moment, j'aperçus une silhouette aux cheveux blonds qui se promenait entre les arbres. C'était une femme frêle aux longs cheveux clairs. Elle portait une robe jaune et n'était guère plus grande que les autres nains sur l'île. De temps à autre elle se penchait pour cueillir quelques fleurs bleues. Je vis alors qu'elle avait un grand cœur rouge sang dans le dos.

En m'approchant, je l'entendis qui fredonnait un air mélancolique.

– Bonjour ! chuchotai-je quand je fus assez près d'elle.

– Bonjour ! dit-elle en se redressant, aussi naturellement que si nous avions été de vieux amis.

Je la trouvais si ravissante que je ne savais trop où poser mes yeux.

– Tu chantes si joliment, parvins-je à articuler.

– Merci...

Je me passai la main dans les cheveux. Pour la première fois depuis mon arrivée sur cette île, je me demandai à quoi je pouvais bien ressembler. Depuis plus d'une semaine, je ne m'étais pas rasé. Mais elle dit :

– Je crois que je me suis perdue.

Elle rejeta en arrière sa petite tête et sembla toute troublée.

– Comment t'appelles-tu ? demandai-je.

Elle hésita un instant, un léger sourire aux lèvres.

– Tu ne vois pas que je suis l'As de Cœur ?

– Si, mais...

Je marquai un temps d'arrêt avant de poursuivre :

– C'est justement ça que je trouve un peu étrange.

– Et pourquoi donc ?

Elle se pencha et cueillit une autre fleur.

– Mais au fait, qui es-tu ?

– Je m'appelle Hans.

Elle se tut un instant.

– Tu trouves que c'est plus étrange d'être l'As de Cœur que d'être Hans ?

Cette fois, je ne sus que répondre.

– Hans ? reprit-elle. Je crois bien avoir déjà entendu ce nom-là quelque part. Ou peut-être l'ai-je seulement rêvé... C'est si loin, tout ça...

Elle cueillit une fleur bleue et eut tout à coup comme une crise d'épilepsie. Les lèvres tremblantes, elle proféra :

– LA BOÎTE INTÉRIEURE CONTIENT LA BOÎTE EXTÉRIEURE, DE MÊME QUE LA BOÎTE EXTÉRIEURE CONTIENT LA BOÎTE INTÉRIEURE.

Une phrase qui ne voulait rien dire, et il me sembla qu'elle n'était pas elle-même en la prononçant. Les mots semblaient sortir de sa bouche sans qu'elle en comprenne le sens. Aussitôt après elle revint à elle et montra du doigt mon costume de marin.

– Mais tu ne portes aucun signe, toi ! s'écria-t-elle, effrayée.

– Tu veux dire que je n'ai pas de signe particulier dans le dos ?

Elle fit oui de la tête avant de la relever fièrement :

– Tu sais que tu n'as pas le droit de me battre ?

– Je ne bats jamais une dame, dis-je.

– Tu plaisantes. Je ne suis pas une Dame.

♣

Elle sourit et je vis deux adorables petites fossettes. Elle avait la beauté surnaturelle d'un elfe. Quand elle souriait, ses yeux brillaient comme deux émeraudes et mon regard ne pouvait se détacher d'elle.

Soudain son visage s'assombrit.

– Dis, tu n'es pas un atout? s'écria-t-elle vivement.

– Mais non, rien qu'un marin.

A ces mots, elle disparut derrière un tronc d'arbre. J'essayai bien de la poursuivre, mais c'était comme si la terre l'avait engloutie.

QUATRE DE TRÈFLE

*... une gigantesque loterie
où seuls les numéros gagnants sont visibles...*

Je reposai le Livre de la brioche et contemplai la mer.

Ce que je venais de lire soulevait tellement de questions que je n'arrivais plus à mettre de l'ordre dans mes idées.

Plus j'avançais dans ma lecture, plus les nains sur l'île enchantée devenaient mystérieux. Hans le boulanger avait à présent fait la connaissance des nains de Trèfle et de Carreau. Il avait rencontré l'As de Cœur, mais bien vite elle s'était volatilisée dans la nature.

Qui étaient ces nains ? Qui était à l'origine de leur existence ? Comment étaient-ils apparus ?

J'avais la certitude que le Livre de la brioche possédait la réponse à toutes mes interrogations. Mais un détail m'intriguait particulièrement : les naines de Carreau se trouvaient dans un chalet de verre où elles soufflaient du verre, et ne venais-je pas moi aussi de visiter une de ces fabriques de maîtres verriers ?

Je sentais intuitivement que mon voyage à travers l'Europe et l'histoire rapportée dans le Livre avaient un lien, mais ce que je lisais était ce que Hans le boulanger avait raconté à Albert, il y a bien longtemps. Pouvait-il malgré tout y avoir une étrange coïncidence entre ma propre existence sur terre et le grand secret qu'avaient partagé Hans le boulanger, Albert et Ludwig ?

Qui était le vieux boulanger rencontré à Dorf ? Qui était le nain qui m'avait donné la loupe et qui n'arrêtait pas de ponctuer notre voyage en Europe de ses apparitions ? J'étais convaincu qu'il existait un lien entre le boulanger et le nain, même s'ils l'ignoraient eux-mêmes.

Je ne pouvais pas parler à mon père du Livre, en tout cas pas avant de l'avoir terminé. Cela dit, ce n'était pas désagréable de voyager avec un philosophe.

Nous venions de passer Ravenne quand je demandai :

— Est-ce que tu crois aux coïncidences, Papa ?

Il me jeta un regard dans le rétroviseur.

— Si je *crois* aux coïncidences ?

— Oui !

— Mais une coïncidence est par définition quelque chose de fortuit, un hasard. Lorsque j'ai gagné dix mille couronnes à la loterie, mon numéro est sorti parmi des milliers d'autres numéros. Bien sûr que j'étais heureux d'avoir gagné, mais ce n'était qu'un coup de chance, rien de plus.

— Tu en es sûr ? Aurais-tu par hasard oublié que nous avions trouvé un trèfle à quatre feuilles dans la même matinée ? Si nous n'avions pas gagné cet argent, nous n'aurions peut-être pas eu les moyens de partir à Athènes.

Il émit une sorte de grognement, mais je continuai :

— Était-ce une pure coïncidence si ta tante est partie en Crète et a découvert une photo de Maman dans un journal de mode ? Ou n'était-ce pas justement ainsi que cela *devait* se passer ?

— Tu veux en fait savoir si je crois au destin, répondit-il, pas mécontent, je pense, que son fils s'intéresse enfin à des questions d'ordre philosophique. Eh bien, ma réponse est non.

En disant tout cela, je pensais aux souffleuses de verre et à la fabrique que j'avais visitée juste avant de lire le passage sur le chalet de verre dans le Livre. Je pensais aussi au nain qui m'avait donné la loupe juste avant que je ne reçoive le livre à l'écriture microscopique. Je songeais aussi à ce qui était arrivé quand le vélo de ma grand-mère creva à Froland et tout ce qui s'ensuivit.

— Je ne crois pas que ma naissance soit le fruit du hasard, dis-je.

— Pause-cigarette ! lança mon père.

J'avais dû dire quelque chose qui était de nature à faire jaillir du fin fond d'un tiroir d'archives un de ces mini-exposés dont il avait le secret.

♣

Il gara la voiture sur une hauteur qui offrait un superbe panorama de la mer Adriatique.

– Assieds-toi ! m'ordonna-t-il à peine le nez dehors en m'indiquant une grosse pierre.

– 1349, commença-t-il.

– La peste noire, dis-je.

Je ne me débrouillais pas trop mal en histoire mais ne voyais pas du tout le rapport qu'il pouvait y avoir entre la peste et le hasard.

– Bon, continua-t-il sur sa lancée, tu sais que la peste noire décima la moitié de la population norvégienne, mais je vais t'apprendre à ce sujet quelque chose que je n'ai jamais raconté.

Avec une telle entrée en matière, je sus que j'étais bon pour un long exposé.

– As-tu déjà songé que tu as des milliers d'ancêtres ? reprit-il.

Je secouai la tête en signe d'impuissance. Comment était-ce possible ?

– On a deux parents, quatre grands-parents, huit arrière-grands-parents, seize arrière-arrière-grands-parents, etc. Si tu remontes jusqu'en 1349, ça en fait un joli nombre.

J'acquiesçai.

– Donc, la peste bubonique survint. La mort se répandit de village en village et toucha surtout les enfants. Dans certaines familles, il n'y eut pas un seul survivant, dans d'autres une personne ou deux en réchappa. Toi-même, tu as eu beaucoup d'ancêtres à cette époque-là, Hans-Thomas. Mais aucun d'eux n'est mort.

– Comment peux-tu en être si sûr ? lui demandai-je interloqué.

Il tira sur sa cigarette et dit :

– Parce que tu es assis ici à regarder l'Adriatique.

Il avait encore une fois réussi à me clouer le bec. Je savais qu'il avait raison, car si un seul de mes ancêtres était mort enfant, il n'aurait jamais pu être mon ancêtre.

– La probabilité que pas un seul de tes ancêtres ne meure

pendant sa croissance était de l'ordre d'une sur des milliards et des milliards, continua-t-il.

A partir de cet instant, mon père laissa échapper un flot de paroles ininterrompu.

– Il ne s'agit pas seulement de la peste noire, vois-tu. Le fait est que tous tes ancêtres ont grandi et ont eu des enfants, même au cours des pires catastrophes naturelles, même à des époques où la mortalité infantile était importante. Beaucoup ont sans doute été malades, mais ils ont toujours réussi à s'en tirer. Vu sous cet angle, on pourrait dire que tu as frôlé la mort des centaines de milliards de fois, Hans-Thomas. Ta vie sur cette planète a été menacée par des insectes, des bêtes sauvages, des météores, la foudre, la maladie, la guerre, les inondations, les incendies, les empoisonnements et les tentatives d'assassinat. A la fameuse bataille de Stiklestad, tu fus peut-être blessé des centaines de fois. Car tu as dû avoir des ancêtres des deux côtés... Oui, il faut imaginer que tu as combattu contre toi-même, j'entends par là contre tes probabilités de naître trois siècles plus tard. Ce fut le même scénario pendant la dernière guerre mondiale. Si ton grand-père avait été tué par de bons patriotes norvégiens pendant l'Occupation, ni toi ni moi n'aurions vu le jour. Ce qu'il y a d'extraordinaire, c'est que cela s'est produit des milliards de fois à travers l'histoire. Chaque fois que les flèches se sont abattues quelque part, tes chances de naître étaient réduites au minimum. Et pourtant tu es bel et bien là à parler avec moi, Hans-Thomas. Tu comprends ce que je dis ?

– Je crois !

Du moins croyais-je saisir l'importance qu'avait eue pour moi la crevaison du vélo de ma grand-mère à Froland.

– Je parle d'une longue suite de hasards, poursuivit mon père. En fait, cette chaîne remonte jusqu'à la première division cellulaire qui fut à l'origine de tout ce qui pousse et croît sur la planète aujourd'hui. La probabilité que ma chaîne ne soit pas brisée à un moment ou à un autre au cours de ces trois ou quatre milliards d'années a beau être infime, le fait est que j'ai réussi à être là. Et comment! Je me rends compte du pot fou que j'ai d'être en vie, là sur cette terre, avec toi. Et je sais du même coup la chance qu'a eue le moindre petit insecte ici sur cette planète.

— Et ceux qui n'ont pas eu de chance? demandai-je.

— Ils n'existent pas! s'écria-t-il. Ils n'ont jamais vu le jour. La vie est une gigantesque loterie où seuls les numéros gagnants sont visibles.

Il se tut et laissa son regard se promener sur la mer Adriatique.

— On repart? lui demandai-je au bout de quelques minutes.

— Des clous! Tu vas rester gentiment assis, Hans-Thomas. Car le plus extraordinaire reste à venir.

Il disait ces mots comme si une voix intérieure lui intimait l'ordre de parler. Peut-être se sentait-il comme un poste émetteur captant les ondes qu'il pouvait recevoir. C'était sans doute ce que l'on appelait l'inspiration.

Tandis qu'il attendait d'être inspiré, je sortis ma loupe de ma poche de pantalon et examinai une punaise rouge qui allait et venait sur une pierre. Vue à la loupe, elle devenait un vrai monstre.

— Il en va ainsi de tous les hasards de l'existence, déclara mon père.

Je rangeai ma loupe et le regardai. Quand il rassemblait ainsi ses idées, c'était qu'il allait me parler de quelque chose d'important, je le savais bien.

— Prenons un simple exemple : je pense à un camarade juste avant qu'il ne m'appelle au téléphone ou ne surgisse dans l'escalier. Beaucoup pensent qu'une telle coïncidence est due à quelque chose de surnaturel. Mais il m'arrive souvent de penser à ce camarade sans pour autant qu'il sonne à la porte. De même, il m'appelle souvent au téléphone sans que je pense à lui. *You see?*

Je fis oui de la tête.

— Le problème, c'est que les gens ne se souviennent que des fois où il y a effectivement eu coïncidence. S'ils trouvent

♣

une pièce de dix couronnes juste au moment où ils en ont besoin, ils y voient la marque de quelque chose de « surnaturel », même s'ils sont fauchés toute l'année. Pour cette raison, chacun a son lot d'histoires « surnaturelles » à raconter, qu'elles lui soient arrivées personnellement ou non. Les gens raffolent de ce genre d'expériences, de sorte qu'elles finissent par devenir innombrables. Mais, ici aussi, seuls les numéros gagnants sont visibles. Rien d'étonnant par exemple à ce que j'aie un tiroir plein de jokers si je les *collectionne*!

Il ponctua la fin de sa phrase d'un soupir.

– N'as-tu jamais essayé de poser ta candidature? demandai-je.

– Qu'est-ce que tu me chantes là? répliqua-t-il sur un ton presque agressif.

– Pour obtenir un salaire de l'État en tant que philosophe, dis-je.

Il partit d'un grand éclat de rire avant de poursuivre d'une voix radoucie :

– Quand les gens s'intéressent aux phénomènes « surnaturels », ils le font par aveuglement. Ils passent à côté de la chose la plus extraordinaire qui soit, à savoir que le monde existe. Ils se passionnent davantage pour les Martiens et les ovnis que pour la création mystérieuse qui se déploie sous nos yeux. Je ne crois pas que le monde soit le fruit du hasard.

Pour finir, il se pencha vers moi et me chuchota à l'oreille :

– Je crois que l'univers a un but. Tu verras un jour qu'il y a une intention derrière toutes les myriades d'étoiles et de galaxies.

Je trouvais que tout ce qu'il venait de dire s'inscrivait parfaitement dans la lignée de toutes ses pauses-cigarette si instructives. Mais je n'étais pas du tout convaincu que tout ce qui était lié au Livre de la brioche soit le fait du hasard. Bien sûr, on pouvait considérer comme une pure coïncidence le fait que mon père et moi ayons été à Murano juste avant que je ne lise le passage sur les nains de Carreau, ou encore qu'on me glisse une loupe entre les mains juste avant que je ne reçoive ce livre à l'écriture microscopique. Mais pourquoi était-ce précisément *moi* qui avais reçu le Livre ? Il devait bien y avoir une intention cachée là-dessous.

...jouer aux cartes n'était plus aussi facile...

En arrivant le soir à Ancone, mon père était de si bonne humeur qu'il me faisait presque peur. Tandis que nous restions dans la voiture en attendant de monter à bord, il se contenta de contempler en silence le ferry.

C'était un grand bateau jaune, qui s'appelait *Mediterranean Sea*. Le voyage jusqu'en Grèce devait durer deux nuits et un jour. Le départ était prévu à neuf heures du soir. Après la première nuit, nous passerions tout le dimanche en mer et, si nous ne rencontrions pas de pirates, nous devions poser pied sur le sol grec le lundi matin à huit heures.

Mon père s'était déjà procuré une brochure à propos du bateau.

– Tu te rends compte, Hans-Thomas, me dit-il, il jauge dix-huit mille tonneaux. Autant dire que ce n'est pas un rafiot. Il se déplace à la vitesse de dix-sept nœuds, peut prendre plus de mille passagers et trois cents voitures, a des boutiques, des restaurants, des bars, des ponts pour bronzer, une discothèque et un casino. Attends, ce n'est pas tout : savais-tu qu'il y a même une piscine sur le pont supérieur ? Non que cela ait un intérêt particulier, mais je me demandais juste si tu le savais. Bon, et maintenant réponds-moi honnêtement : est-ce que tu m'en veux beaucoup de ne pas être passé par la Yougoslavie en voiture ?

– Une piscine sur le pont supérieur ? répétai-je.

Mon père et moi sentions qu'avec ces mots tout était dit, mais il éprouva malgré tout le besoin d'ajouter :

– J'ai dû aussi réserver une cabine, tu sais, et j'avais le choix entre une sans fenêtres à l'intérieur du bateau ou une vraie cabine avec hublots donnant sur la mer. A ton avis, qu'est-ce que j'ai choisi ?

Je savais parfaitement qu'il avait choisi la cabine avec vue sur la mer et il était clair qu'il savait que je le savais. Aussi me contentai-je de dire :

– Est-ce qu'il y avait une grande différence de prix ?

– Quelques lires, oui. Mais je n'entraîne pas mon fils sur la mer pour l'enfermer dans un placard à balais.

Il n'eut pas le temps d'en dire plus, car déjà on nous faisait signe de monter à bord.

Une fois la voiture garée, nous avons trouvé rapidement notre cabine. Elle donnait sur le pont supérieur et était luxueusement aménagée avec de grands lits, des rideaux, des lampes, une table de salon et des fauteuils. Devant la fenêtre, les passagers ne cessaient d'emprunter la passerelle en tous sens.

Même si la cabine avait de larges ouvertures et n'était pas mal du tout, nous étions bien d'accord pour ne pas y passer le plus clair de notre temps. Cela allait tellement de soi que, pour une fois, nous n'en parlâmes même pas. Avant de quitter la cabine, mon père sortit une flasque d'alcool pour se rafraîchir le gosier.

– A ta santé ! lança-t-il, alors que je n'avais rien pour trinquer.

Je comprenais qu'il avait besoin d'un remontant après toute la route que nous venions de faire depuis Venise. Peut-être que ça le démangeait vraiment de reprendre des habitudes de marin après tant d'années passées à terre. En ce qui me concerne, cela faisait longtemps que je ne m'étais pas senti aussi heureux. Mais – est-ce à cause de cela – je ne pus m'empêcher de faire un commentaire sur ses manœuvres avec sa bouteille.

– T'es vraiment obligé de siroter comme ça tous les soirs ?

– *Yes, sir !* répondit-il en rotant.

Et la conversation s'arrêta là. Mais l'idée faisait son chemin et je savais que le sujet reviendrait sur le tapis.

Lorsque la cloche du départ retentit, nous connaissions déjà le bateau de fond en comble. Je fus un peu déçu quand je vis que la piscine était fermée, mais mon père se renseigna tout de suite et apprit qu'elle ouvrirait tôt le lendemain matin.

♣

Nous sommes restés accoudés au bastingage du pont supérieur jusqu'à ne plus pouvoir distinguer le rivage.

– Et voilà, dit mon père, maintenant nous sommes *sur la mer*.

Après cette sentence longuement mûrie, nous sommes allés dîner au restaurant. Le repas terminé et l'addition réglée, nous sommes tombés d'accord pour aller au bar faire une partie de ce jeu de cartes qui s'appelle « Petit Casino » avant d'aller nous coucher. Mon père avait des cartes dans la poche intérieure de sa veste. Par chance, ce n'était pas celles avec les femmes nues.

Le bateau grouillait de personnes venues des quatre coins du monde. Beaucoup d'hommes me parurent étonnamment petits alors qu'ils étaient adultes. Mon père m'expliqua que c'étaient des Grecs.

Dès la distribution des cartes, j'eus en main le deux de pique et le dix de carreau, c'est-à-dire les deux cartes maîtresses dans ce jeu. En abattant mon dix de carreau, il me restait encore deux autres carreaux en main.

– Les filles de verre ! m'écriai-je.

Mon père écarquilla les yeux.

– Qu'est-ce que tu as dit, Hans-Thomas ?

– Rien.

– Tu n'as pas dit « filles de verre » ?

– Ah si ! répondis-je alors. Je voulais parler des filles du bar. On dirait qu'elles ont passé toute leur vie à discuter un verre à la main.

Je trouvai que je m'en sortais plutôt bien. Mais jouer aux cartes n'était plus aussi facile. Elles me faisaient le même effet que celles achetées par mon père à Vérone. En effet, dès que je posais le cinq de trèfle sur la table, je pensais aux drôles de bonshommes rencontrés par Hans le boulanger sur son île enchantée. Si c'était un carreau, je croyais voir surgir une de ces femmes aux cheveux argentés, si gracieuses dans leur robe rose. Et quand mon père abattit l'as de cœur sur la table, remportant la levée avec le six de pique et le huit de pique en prime, je m'écriai :

– La voilà qui revient !

♣

Mon père secoua la tête et jugea qu'il était temps d'aller se mettre au lit. Il lui restait cependant encore une chose à faire avant de quitter le bar. Nous n'étions pas les seuls à jouer aux cartes : aussi fit-il un petit tour auprès des autres joueurs pour empocher quelques autres jokers afin d'enrichir sa collection. C'était toujours la dernière chose qu'il faisait avant de quitter un endroit. Je trouvais quant à moi que ce n'était pas particulièrement courageux de sa part.

Cela faisait bien longtemps que nous n'avions plus joué aux cartes, mon père et moi. Quand j'étais petit, nous jouions très souvent, mais sa passion pour les jokers avait fini par tuer le plaisir du jeu. Sinon, c'était un crack pour les tours de cartes. Mais la fois où il m'avait le plus impressionné, c'était quand il avait réussi d'un seul coup une patience qui demandait dans le meilleur des cas plusieurs jours. C'était une patience qui exigeait non seulement d'être très patient, mais aussi d'avoir beaucoup de temps devant soi.

De retour dans notre cabine, nous sommes restés un bon moment à la fenêtre pour contempler la mer. Nous n'avons rien vu, car il faisait complètement nuit, mais nous savions que l'obscurité que nous essayions de percer, c'était la mer.

Quand un groupe d'Américains braillards passa sur le pont sous nos fenêtres, nous avons tiré les rideaux et mon père s'est allongé sur son lit. Il devait avoir largement sa dose, car il s'endormit sur-le-champ.

Je restai éveillé à sentir les mouvements du bateau. Après un moment, je sortis ma loupe et le Livre pour poursuivre ma lecture de l'incroyable récit que fit Hans le boulanger à Albert, dont la mère avait été emportée par la maladie.

SIX DE TRÈFLE

...comme s'il voulait s'assurer
que j'existais bien en chair et en os...

Je continuai à avancer dans la forêt de feuillus et arrivai bientôt dans une clairière. Un village aux petites maisons serrées les unes contre les autres était niché au pied d'une colline couverte de fleurs. Un sentier se faufilait entre les maisons, envahi par une foule de personnages aussi minuscules que ceux dont j'avais déjà fait la connaissance. Un peu plus haut sur la colline se trouvait une petite maison isolée.

Certes, il ne fallait pas s'attendre à trouver ici un gendarme qui pourrait me renseigner, mais je devais essayer de découvrir où j'étais.

Une des premières maisons du village était une boulangerie. A mon passage, une femme blonde vint sur le pas de la porte. Elle portait une robe rouge avec trois cœurs rouge sang sur la poitrine.

– Du pain frais ? dit-elle en rougissant légèrement et en m'offrant le plus beau de ses sourires.

L'odeur du pain frais qui venait me chatouiller les narines était si irrésistible que j'entrai de ce pas dans la modeste boulangerie. Cela faisait plus d'une semaine que je n'en avais pas mangé, et là, sur une large étagère contre le mur, s'entassaient des piles de pains frais ainsi que de délicieux bretzels.

Un peu de fumée provenant d'un four sortait de la pièce du fond, et voilà qu'une autre dame habillée de rouge entra à son tour dans la boutique. Elle avait cinq cœurs sur la poitrine.

Les Trèfles travaillent aux champs et s'occupent des animaux, pensais-je. Les Carreaux soufflent le verre. L'As de Cœur se promène dans de belles robes et cueille des fleurs et des baies. Quant aux autres Cœurs, ils font du pain. Il ne me restait plus qu'à savoir ce que faisaient les Piques, et peut-être aurais-je alors une vue d'ensemble sur cette étrange patience.

Je désignai du doigt un des pains.

– Est-ce que je peux y goûter ? demandai-je.

Le Cinq de Cœur se pencha au-dessus d'un modeste comptoir fait de minces troncs accolés. Un grand bocal avec un unique poisson rouge y trônait. Elle me regarda fixement dans les yeux.

– Cela doit bien faire quelques jours que je ne t'ai pas parlé, lâcha-t-elle en faisant une drôle de grimace.

– Très juste, répondis-je. Je viens en effet de tomber de la lune. De plus je n'ai jamais été un brillant causeur. Cela doit venir du fait que je ne suis pas un brillant penseur non plus et quand on ne sait pas penser, cela n'a pas grand sens de parler.

J'avais déjà pu constater que cela ne servait à rien de s'exprimer avec ces nains de manière compréhensible. Peut-être serais-je plus chanceux si je parlais de façon aussi énigmatique qu'eux ?

– De la lune, dis-tu ?

– Eh oui !

– Dans ce cas, tu as besoin d'un morceau de pain, répondit le Cinq de Cœur, laconique, comme si tomber de la lune était en soi aussi banal que d'être derrière un comptoir à vendre du pain.

C'était bien ce que je pensais. Il suffisait de se mettre sur la même longueur d'ondes pour pouvoir communiquer avec eux. Mais soudain, elle fut prise d'un brusque accès de violence et, se penchant par-dessus le comptoir, elle murmura très agitée :

– DANS LES CARTES EST INSCRIT CE QUI DOIT ARRIVER !

L'instant d'après, elle était redevenue normale et elle prit un gros morceau de pain qu'elle me glissa dans la main. Je mordis aussitôt dedans et sortis dans la ruelle. Le pain avait un goût un peu plus acide que d'habitude, mais il sentait bon, et vous rassasiait aussi bien qu'un autre pain.

Dehors je m'aperçus que tous les nains portaient un signe de cœur, trèfle, carreau ou pique sur la poitrine. Chacun des quatre signes avait un costume ou un uniforme différent : les Cœurs étaient en rouge, les Trèfles en bleu, les Carreaux en rose et les Piques en noir.

Certains étaient légèrement plus grands que les autres. C'étaient ceux qui étaient habillés en rois, reines et valets. Les rois et les reines portaient une couronne sur la tête, les valets une épée à leur ceinture.

Pour autant que je puisse en juger, il n'y en avait qu'un exemplaire de chaque : ainsi je ne vis qu'un seul Roi de Cœur, un seul Six de Trèfle et un seul Huit de Pique. Il n'y avait ni enfants ni vieillards. Tous ces personnages étaient des nains adultes dans la force de l'âge.

Ils finirent les uns après les autres par se rendre compte de ma présence et levèrent les yeux vers moi, mais ils se détournèrent vite, comme si l'irruption d'un étranger dans leur village ne les concernait pas.

Seul le Six de Trèfle – que j'avais vu plus tôt dans la journée chevaucher un de ces animaux à six pattes – se mit en travers de mon chemin et proféra une de ces phrases insensées qui leur venaient sans arrêt à la bouche :

– LA PRINCESSE DU SOLEIL RETROUVE LE CHEMIN DE L'OCÉAN ! dit-il avant de disparaître au coin d'une rue.

Je sentis comme un vertige. J'étais apparemment tombé dans une société avec un système de castes très sophistiqué. C'était comme si les personnages de cette île ne connaissaient pas d'autres lois que celles qui régissent les jeux de cartes.

Tout en marchant dans ce village, j'eus la très désagréable impression d'avoir finalement échoué entre deux cartes d'une patience qui se poursuivait à l'infini sans qu'elle puisse jamais réussir.

Les maisons étaient basses et faites de simples rondins de bois. A l'extérieur étaient suspendues des lampes à huile en verre. Je les avais déjà vues dans la fabrique de verre. Elles n'étaient pas allumées, car bien que les ombres aient commencé à s'allonger, tout le village continuait à baigner dans la lumière dorée du soleil couchant.

Sur les bancs et les rebords des fenêtres se trouvait un nombre incalculable de bocaux avec des poissons rouges. Je vis aussi un nombre impressionnant de bouteilles de tailles variées. Certaines traînaient même entre les maisons et je vis plus d'un nain passer en tenant à la main une de ces bouteilles.

Je remarquai aussi une maison beaucoup plus grande que les

autres, une sorte d'entrepôt d'où j'entendis résonner des coups secs. Par l'entrebâillement d'une porte, je vis qu'il s'agissait d'une menuiserie. Quatre ou cinq nains s'y activaient pour assembler une grande table. Tous portaient des uniformes semblables à ceux des bonshommes bleus, à la différence que ces uniformes étaient tout noirs et qu'ils avaient des piques sur le dos à la place des trèfles. Ainsi le mystère était résolu : les Piques étaient menuisiers. Ils avaient les cheveux noirs, mais la peau beaucoup plus claire que celle des Trèfles.

Le Valet de Carreau était assis sur un petit banc devant une de ces maisons de bois. Il observait les reflets du soleil couchant sur son épée. Il portait une longue tunique rose et un pantalon bouffant vert.

J'allai vers lui et m'inclinai respectueusement :

– Bonsoir, Valet de Carreau, dis-je de la voix la plus aimable possible. Peux-tu me dire quel est le roi au pouvoir pour l'instant ?

Le Valet rengaina son épée et me regarda d'un œil fatigué :

– C'est le Roi de Pique, maugréa-t-il. Car demain ce sera le Joker. Mais il est interdit de nommer les cartes par leur nom.

– C'est dommage, car je suis presque obligé de te prier de me conduire auprès de la plus haute instance de l'île.

– Sdnetne ut, mon ruel rap setrac sel remmon ed tidretin tse li, dit-il.

– Qu'as-tu dit ?

– Mon ruel rap setrac sel remmon ed tidretin tse li, répéta-t-il.

– Très bien. Ce qui signifie ?

– Selgèr xua remrofnoc et siod ut euq !

– Ah vraiment ?

– Tnemetiafrap !

– Dans ce cas...

J'examinai son petit visage. Il avait la même chevelure brillante et le même teint pâle que les Carreaux dans la fabrique de verre.

– Excuse-moi, mais je ne suis pas trop habitué à ce dialecte-là, dis-je. C'est peut-être du néerlandais ?

Un éclair de triomphe luisait dans les yeux du petit Valet. Il sentait qu'il avait un avantage sur moi :

— Seuls les Rois, les Reines et les Valets possèdent l'art de parler dans les deux sens. Puisque tu n'y connais rien, cela veut dire que je vaux plus que toi.

Je réfléchis un instant. Entendait-il par là qu'il avait parlé à l'envers ?

« Tnemetiafrap »... devenait « parfaitement ». Ainsi il avait à deux reprises dit « Mon ruel rap setrac sel remmon ed tidretni tse li », ce qui donnait lu à l'endroit « Il est interdit de nommer les cartes par leur nom ».

— Il est interdit de nommer les cartes par leur nom, dis-je.

Il se tint désormais sur ses gardes.

— Srola ut-siaf el iouqruop ? demanda-t-il avec une pointe d'hésitation.

— Reyasse ruop ! répondis-je d'un ton assuré.

Du coup, c'est lui qui eut l'air de tomber des nues.

— Je t'ai demandé si tu savais quel roi était au pouvoir uniquement pour voir si tu savais tenir ta langue, continuai-je. Mais tu ne connais pas ce secret-là, tu as enfreint les règles.

— Alors ça, je n'ai jamais vu pareille insolence ! dit-il.

— Oh, je peux, pour te faire plaisir, être infiniment plus insolent.

— Aç tnemmoc ?

— Mon père s'appelle Otto, dis-je. Peux-tu dire ce prénom à l'envers ?

Il me regarda, intrigué.

— Otto, dit-il.

— Très bien, dis-je. Et dans l'autre sens ?

— Otto, répéta-t-il.

— Oui, j'entends bien, continuai-je, mais je voudrais que tu me le dises dans l'*autre* sens.

— Otto, Otto, pesta le Valet.

— Bon, tu auras au moins essayé, dis-je pour le calmer. Veux-tu que nous prenions un mot plus long ?

— Y-sav ! répondit le valet.

— Radar, dis-je alors.

— Radar, reprit le Valet.

Je lui fis un signe de la main et dis :

– Et maintenant dis-moi le même mot à l'envers.

– Radar, radar ! s'écria le Valet.

– Merci, ça suffit comme ça. Peux-tu traduire toute une phrase ?

– Tnemellerutan !

– Alors je te demande de dire : Et la marine va, Papa, venir à Malte !

– Et la marine va, Papa, venir à Malte ! répondit le valet du tac au tac.

– Parfait, et dans l'autre sens ?

– Et la marine va, Papa, venir à Malte, répéta-t-il.

Je secouai la tête.

– Tu te contentes d'ânonner après moi. C'est sans doute parce que tu n'arrives pas à dire la phrase dans l'autre sens.

– Et la marine va, Papa, venir à Malte ! Et la marine va, Papa, venir à Malte ! s'époumona-t-il.

Je commençais à avoir pitié de lui, mais qui de nous deux avait commencé avec ces tours de passe-passe ?

Le petit Valet dégaina soudain son épée et donna un coup dans une bouteille qui vint se briser contre le mur d'une maison de bois. Quelques Cœurs qui se promenaient par là écarquillèrent les yeux, mais passèrent vite leur chemin.

De nouveau je me dis que l'île devait servir de résidence surveillée pour des débiles mentaux incurables. Mais pourquoi étaient-ils si petits ? Pourquoi parlaient-ils allemand ? Et surtout, pourquoi portaient-ils les couleurs et les nombres d'un jeu de cartes ?

Je décidai de ne pas laisser partir le Valet de Carreau tant que je n'aurais pas compris ce qui se tramait ici. Je devais surtout veiller à ne pas m'exprimer de manière trop explicite, car il semblait bien que les nains étaient incapables de comprendre un langage clair.

– Je viens juste d'échouer ici, dis-je. J'ai cru que ce pays était aussi inhabité que la lune. Mais j'aimerais bien savoir maintenant qui vous êtes et d'où vous venez.

Le Valet recula d'un pas et me demanda d'une voix désespérée :

– Es-tu un nouveau Joker ?

– J'ignorais que l'Allemagne eût une colonie dans l'océan Atlantique, continuai-je. J'ai voyagé dans de nombreux pays, mais je dois

♣

avouer que je n'ai encore jamais rencontré d'hommes aussi petits.

— Tu es un nouveau Joker! Tuz te tuz! Pourvu qu'il n'en vienne pas d'autres encore... On ne va quand même pas avoir un Joker par couleur!

— Ne dis pas cela! Si les Jokers sont les seuls à maîtriser l'art d'avoir une conversation normale, cette réussite marcherait beaucoup mieux si nous étions tous des Jokers.

Il essaya de me chasser d'un mouvement de la main.

— C'est affreusement fatigant d'être confronté à toutes sortes de questions, dit-il.

Je savais que les choses allaient se gâter, mais je voulus encore essayer.

— Vous traînez donc sur une île étrange au large de l'Atlantique, dis-je. Ne seriez-vous pas en droit de savoir comment vous êtes arrivés ici?

— Je passe!

— Qu'as-tu dit?

— Tu as renversé le jeu, tu entends? J'ai dit: « Je passe » !

Il sortit un petit flacon de la poche de sa tunique et prit une gorgée de ce liquide scintillant que les Trèfles avaient bu auparavant. En le rebouchant, il étendit le bras et déclama à haute voix avec une grande fermeté, comme s'il récitait le début d'un poème:

— LE VAISSEAU D'ARGENT FAIT NAUFRAGE DANS LA MER DÉCHAÎNÉE.

Je hochai la tête et soupirai, désespéré. Il allait sans doute s'endormir bientôt et il me faudrait trouver le Roi de Pique par moi-même. Je sentais que je ne tirerais rien de plus de lui.

Il me revint soudain à l'esprit ce qu'un des Trèfles avait dit. Je murmurai comme en songe:

— Je vais voir si je peux trouver Frode...

A ces mots, le Valet de Carreau sembla reprendre vie. Il sauta du banc où il était assis et fit un salut tout militaire de la main droite.

— Tu as bien dit Frode?

J'acquiesçai:

— Peux-tu me conduire auprès de lui?

— Tnemellerutan!

Nous nous sommes faufilés entre les maisons pour parvenir à une place de marché au milieu de laquelle se trouvait un grand puits. Le Huit et le Neuf de Cœur remontaient un seau d'eau. Leurs robes rouge clair, avec leurs cœurs rouge sang, jetaient un bel éclat de couleur.

Les quatre Rois, se tenant par les épaules, formaient à présent un cercle devant le puits. Peut-être étaient-ils en pleine délibération. Je me rappelle m'être dit que ce ne devait pas être pratique d'avoir quatre Rois. Ils portaient les mêmes couleurs que les tuniques des Valets, mais leur tenue était plus somptueuse, et chacun portait une grande couronne en or.

Les Reines aussi se promenaient sur la place. Elles allaient et venaient entre les maisons en tirant à tout bout de champ de leur poche un petit miroir dans lequel elles s'admiraient. Elles semblaient oublier si vite qui elles étaient et de quoi elles avaient l'air qu'elles devaient vérifier, toutes les cinq minutes, leur image dans le miroir. Elles aussi portaient des couronnes sur la tête, mais celles-ci étaient un peu plus hautes et plus fines que celles des Rois.

J'aperçus en arrière-plan un vieil homme aux cheveux clairs et à la longue barbe blanche. Il était assis sur un rocher et fumait la pipe. Ce qui rendait cet homme remarquable, c'était sa taille : il était aussi grand que moi. Il y avait autre chose aussi qui le différenciait des nains : le vieil homme était habillé d'une bure grise et d'un large pantalon marron. Ces habits, qu'il avait sans doute cousus lui-même, dégageaient une impression de misère qui contrastait avec les uniformes si colorés des nains.

Le Valet courut vers lui et me présenta :

— Maître, dit-il, voici un nouveau Joker.

Il eut juste le temps de prononcer ces mots avant de s'effondrer et de s'endormir sur place. Ce devait être à cause de ce qu'il avait bu dans la petite bouteille.

Le vieil homme se leva de son rocher, m'examina longuement sans mot dire et finalement se mit à me toucher ; il me caressa la joue, passa doucement la main dans mes cheveux et palpa mon costume de marin. C'était comme s'il voulait s'assurer que j'existais bien en chair et en os.

– C'est... c'est bien la dernière chose à laquelle je m'attendais, finit-il par balbutier.

– Frode, je présume, dis-je en lui tendant la main.

Il garda longtemps ma main serrée dans la sienne. Mais soudain, il devint très agité, comme si une pensée désagréable semblait lui être venue à l'esprit.

– Nous devons quitter immédiatement le village, dit-il.

Je trouvai qu'il avait l'air aussi égaré que les autres, mais en tout cas il me manifestait de l'intérêt. Cela suffit pour réveiller en moi quelque espoir.

Le vieil homme se mit à courir à petits pas devant moi en m'entraînant hors du village, bien que ses mauvaises jambes le fissent trébucher plusieurs fois.

Il se dirigea vers la maison en haut du village. Nous y fûmes rapidement. Cependant le vieil homme ne me fit pas entrer, il m'indiqua une place dehors sur un banc.

J'étais à peine assis que surgit, à l'angle du chalet, la tête d'un étrange personnage. C'était un drôle d'homme en habit violet, avec un chapeau de fou rouge et vert et des oreilles d'âne. De petites clochettes qui tintaient à chacun de ses mouvements étaient attachées sur son chapeau et son habit.

D'un bond, il fut à côté de moi. Il me tira d'abord l'oreille, puis me donna un petit coup dans le ventre.

– Allez, Joker, descends au village ! ordonna le vieil homme.

– Eh, eh ! avertit le petit bouffon avec un sourire malicieux. Je vois qu'on a enfin de la visite du pays natal et qu'il plaît donc au vieux maître de repousser ses vieux amis. Comportement dangereux, dit le Joker. On doit prendre garde à mes paroles.

Le vieil homme soupira.

– Tu n'as pas trop de tout ce temps pour te préparer à la grande fête, dit-il.

Le joker, tout en souplesse, fit quelques cabrioles.

– Certes, je ne dirai pas le contraire. Il ne faut rien tenir pour acquis.

Il fit quelques bonds en arrière.

– Bon, pas la peine d'en dire plus pour l'instant. Mais nous nous reverrons bientôt !

Sur ces mots, il dévala la colline jusqu'au village.

Le vieil homme vint s'asseoir à mes côtés. De là-haut, nous pouvions apercevoir tous les nains dans leurs beaux costumes de couleur déambuler parmi les maisons de bois.

... il poussait de l'émail et de l'ivoire dans ma bouche...

Je poursuivis ma lecture jusque tard dans la nuit. En me réveillant tôt le lendemain matin, je sursautai. J'avais oublié d'éteindre la lampe de chevet et je compris que j'avais dû m'endormir la loupe et le Livre encore à la main.

Je fus soulagé de voir que mon père dormait encore. La loupe était posée sur l'oreiller, mais pas moyen de mettre la main sur le Livre. Je finis par le trouver sous le lit. Je m'empressai de le fourrer dans la poche de mon pantalon.

Après avoir fait disparaître toute trace, je me levai vraiment.

Les pages que j'avais lues avant de m'endormir avaient été si passionnantes que je sentais mon corps tout impatient et nerveux.

J'écartai les rideaux et me plaçai devant la fenêtre. Dehors, il n'y avait que l'océan à perte de vue. Mis à part quelques petits voiliers, il n'y avait pas le moindre bateau à l'horizon. Le soleil allait se lever. L'aurore s'étirait en une fine ceinture entre ciel et mer.

Quelle était la clé du mystère de tous les nains sur l'île enchantée ? Bien sûr, rien ne m'autorisait à affirmer que ce que je lisais était vrai, mais les passages sur Ludwig et Albert à Dorf s'étaient révélés authentiques !

Il n'y avait aucun doute que la limonade pourpre et tous les poissons rouges provenaient bien de l'île où s'était échoué Hans le boulanger. J'avais vu de mes propres yeux un bocal avec un poisson rouge dans la petite boulangerie à Dorf. Je n'avais pas goûté à la limonade pourpre, mais le vieux boulanger qui m'avait donné de la limonade à la poire m'avait parlé d'une autre bien meilleure...

L'histoire pouvait bien sûr être inventée de toutes pièces.

♣

Peut-être que la limonade pourpre n'avait jamais existé et que tout ce qui était écrit dans le Livre était pure imagination. Le boulanger de Dorf pouvait très bien avoir eu envie de décorer sa boutique avec un poisson rouge. Mais c'était tout de même plus que bizarre qu'il ait confié justement à un étranger de passage un sachet de brioches avec un petit livre caché à l'intérieur de l'une d'elles. Ce n'était pas un mince travail que d'écrire tout un livre avec des lettres aussi minuscules. Sans compter qu'un drôle de nain m'avait donné une loupe juste avant...

Ma matinée ne fut malgré tout pas uniquement occupée à résoudre ces prouesses techniques. J'avais la tête en ébullition pour de tout autres raisons : je venais de prendre conscience que les gens sur terre étaient finalement tout aussi inconscients que les nains indolents de l'île enchantée.

Notre vie est une étrange aventure, pensais-je. Et pourtant la plupart des gens trouvent que le monde est « normal ». En réaction, ils recherchent éternellement ce qui est « anormal » comme les anges ou les Martiens. Mais cela vient uniquement du fait qu'ils ne voient pas le monde comme une énigme. Je me sentais pour ma part complètement différent. Je considérais le monde comme un rêve étrange. J'étais précisément à la recherche d'une explication plus ou moins rationnelle pour éclaircir le mystère.

Tandis que je restais là à regarder le ciel prendre peu à peu les couleurs de l'aurore avant de pâlir, je ressentis quelque chose dans mon corps que je n'avais jamais senti auparavant et que je n'ai jamais pu oublier depuis : j'étais là, à la fenêtre, moi cette mystérieuse créature pleine de vie, mais en même temps qui ne savait rien d'elle-même. J'étais un être vivant sur une planète de la Voie Lactée. Certes, je l'avais en quelque sorte toujours su car il était difficile de l'ignorer avec l'éducation que j'avais eu, mais je le *ressentais* pour la première fois de ma vie dans chaque cellule de mon corps.

Mon corps m'apparut comme quelque chose de bizarre et d'étranger. Pourquoi toutes ces pensées m'assaillaient-elles

♣

ici dans cette cabine? Comment se faisait-il que la peau, les cheveux et les ongles poussent sur mon corps? Sans parler des dents! Je ne comprenais pas le fait qu'il poussait de l'émail et de l'ivoire dans ma bouche et que ces matières dures, c'était *moi.* C'est vrai qu'on pense plutôt à autre chose quand on va chez le dentiste.

Comment les gens pouvaient-ils courir à droite et à gauche sans jamais se demander qui ils étaient et d'où ils venaient, là était pour moi le grand mystère. Comment pouvait-on vivre sur cette terre en fermant les yeux ou en trouvant que la vie allait de soi?

Toutes ces pensées qui agitaient mon esprit me rendaient à la fois gai et triste. Je me sentis encore plus seul, mais cette solitude me faisait du bien.

Malgré tout, je fus heureux d'entendre mon père pousser son rugissement de lion enroué. Le temps qu'il mette un pied par terre, je me dis encore une fois qu'il était important de garder les yeux et l'esprit ouverts, mais que rien ne valait la présence d'un être aimé.

– Déjà debout? fit-il.

Il glissa sa tête sous le rideau à l'instant précis où le soleil se levait à la surface de la mer.

– Et voilà le soleil! dis-je.

Ainsi commença la journée que nous devions passer en mer.

HUIT DE TRÈFLE

... si notre cerveau était assez simple
pour que nous puissions le comprendre...

Notre petit déjeuner fut truffé de remarques philosophiques en tous genres. Mon père proposa pour rire de capturer le bateau et d'interroger tous les passagers pour voir si quelqu'un pouvait éclairer notre lanterne et nous révéler le mystère de la vie.

– C'est une chance unique, dit-il. Il y a ici comme une humanité en miniature. Nous sommes plus de mille passagers et nous venons des quatre coins du globe. Mais nous sommes tous embarqués sur le même bateau, portés par la même quille...

Il me montra du doigt la salle à manger.

– Il doit bien y avoir quelqu'un qui sait quelque chose que nous autres ignorons. Quand on a tant de bonnes cartes en main, ce serait étonnant de ne pas trouver au moins un joker.

– Il y en a deux, dis-je en le regardant.

Il comprit très bien ce que je voulais dire, son sourire en était la preuve.

– Au fond, nous devrions faire subir un interrogatoire serré à tous les passagers un par un et leur demander s'ils sont capables de nous dire pourquoi ils vivent. Ceux qui ne pourraient pas répondre, eh bien, on les jetterait tout bonnement par-dessus bord ! finit-il par dire.

– Et les enfants ? demandai-je.

– Ils passeraient brillamment cet examen.

Cette matinée-là, je décidai de faire quelques recherches philosophiques. Après m'être longuement baigné dans la piscine tandis que mon père était plongé dans la lecture d'un gros journal allemand, je m'installai sur le pont et observai les passagers.

Certains se tartinaient abondamment de crème solaire bien grasse, d'autres lisaient des livres de poche en français, en

♣

anglais, en japonais ou en italien. D'autres encore étaient en grande conversation tout en sirotant des bières ou des cocktails rouges avec des glaçons. Parmi les enfants, les plus âgés bronzaient au soleil comme les adultes, les moins grands couraient sur le pont comme des fous en se prenant les pieds dans les sacs et les cannes, et les plus jeunes geignaient, assis sur les genoux d'un adulte. Il y avait même un petit bébé qui tétait sa maman. La mère comme le bébé étaient aussi peu gênés que s'ils étaient chez eux, en France ou en Allemagne.

Qui étaient toutes ces personnes? Comment étaient-elles nées? Et avant tout : y avait-il quelqu'un d'autre, à part mon père et moi, pour se poser ce genre de questions?

Je les observai tour à tour dans l'espoir de découvrir quelque chose qui les trahirait. Si, par exemple, il existait un dieu qui décidait ce que chacun devait dire ou faire, il suffisait théoriquement d'analyser leurs paroles et leurs actes pour en tirer certaines conclusions.

J'avais un immense avantage dont je devais profiter. A supposer que je trouve un sujet d'étude spécialement intéressant, la personne ne pourrait pas me fausser compagnie avant d'arriver à Patras. Vu sous cet angle, il était plus facile d'étudier des humains sur un ferry que des pucerons hyperactifs ou des cafards courant en tous sens.

Les gens faisaient de grands mouvements avec les bras, certains quittaient leur chaise longue et s'étiraient les jambes, un homme réussit même la performance d'enlever et de remettre ses lunettes quatre, cinq fois de suite en l'espace d'une minute.

Il était clair que toutes ces personnes n'étaient pas conscientes de ce qu'elles faisaient, en tout cas pas de leurs gestes les plus infimes. Elles étaient certes bel et bien en vie, mais n'en avaient nulle conscience.

Je pris un plaisir particulièrement vif à observer les mouvements de paupières, qui étaient si différents d'une personne à l'autre. Tous clignaient des yeux bien sûr, mais pas au même rythme. La fine peau des paupières se plissait et se tendait presque d'elle-même. Un jour j'avais vu un oiseau cligner des yeux : on aurait dit qu'une machine en réglait parfaitement le moindre mouvement. Mais je trouvais à présent que les hommes sur le bateau cillaient d'une façon tout aussi mécanique.

Quelques Allemands au ventre bien proéminent me faisaient irrésistiblement penser à des morses. Ils paressaient dans des chaises longues, la casquette enfoncée sur les yeux, et tout ce qu'ils *faisaient*, à part bronzer et sommeiller au soleil, c'était de s'enduire de crème solaire. Mon père appelait ce genre d'Allemands les *Bratwürste*. J'avais d'abord cru que cela faisait référence à une ville d'Allemagne, mais mon père m'expliqua qu'il les avait surnommés ainsi parce qu'ils ne cessaient de manger une saucisse grasse qu'on appelle *Bratwurst*.

Je me demandais ce que pouvait penser un de ces *Bratwürste* tandis qu'il bronzait. J'en vins à la conclusion qu'il devait justement penser à ces saucisses. En tout cas, rien ne prêtait à croire qu'il pensât à autre chose.

Je poursuivis mes investigations jusque tard dans l'aprèsmidi. D'un commun accord, mon père et moi avions décidé de ne pas passer la journée à nous suivre à la trace comme des petits chiens. Je pouvais donc circuler aussi librement que je le désirais. La seule promesse que je lui avais faite, c'était de ne pas sauter par-dessus bord.

J'avais pu lui emprunter ses jumelles et je m'en servis pour observer en douce quelques passagers : une activité passionnante, parce qu'il fallait éviter absolument de se faire repérer.

Ma plus mauvaise action fut d'espionner une dame américaine tellement folle qu'à la limite elle aurait pu me renseigner sur ce qu'est un être humain, qui sait ?

Je la surpris une fois dans un salon. Elle s'était assise dans un coin tranquille en se retournant pour bien vérifier qu'elle n'était pas suivie. Je m'étais caché derrière un canapé et l'observai prudemment, à la dérobée. J'avais la gorge nouée, mais je n'avais pas peur. Je me faisais plutôt du souci pour elle. Pourquoi toutes ces cachotteries ?

Enfin je la vis sortir de son sac à main une trousse de maquillage verte. Elle prit un petit miroir de poche dans lequel elle examina son visage sous tous les angles puis se barbouilla de rouge à lèvres.

Je compris tout de suite que la scène à laquelle je venais d'assister avait une certaine signification pour un philosophe. Quand elle eut fini de se peinturlurer, elle se sourit à elle-même. Juste avant de ranger son miroir dans son sac, elle se fit un petit signe d'adieu, avec un large sourire et un clin d'œil !

Quand elle quitta le salon, je ne sortis pas tout de suite de ma cachette, tellement j'étais estomaqué.

Quelle idée de se dire au revoir à soi-même ! Si elle était si bizarre, c'est peut-être qu'elle était une Dame Joker ? Elle devait bien avoir conscience qu'elle existait puisqu'elle se faisait signe. Mais d'une certaine façon elle était deux personnes. Elle était à la fois la dame assise dans un salon occupée à retoucher son maquillage et la dame qui se disait au revoir à elle-même.

Je savais que l'on n'a pas le droit de se livrer ainsi à des observations sur les gens, et je cessai de poursuivre cette femme. Mais en la revoyant plus tard dans l'après-midi à une table de bridge, j'allai vers elle et lui demandai en anglais si elle voulait bien me céder le Joker.

— *No problem*, dit-elle en me le donnant.

Au moment de partir, je levai et agitai la main tout en lui faisant un clin d'œil. Elle fut si interloquée qu'elle faillit tomber de sa chaise. Elle devait sans doute se demander comment je pouvais être au courant de son petit secret. Si tel était le cas, elle doit encore se poser la question aujourd'hui, quelque part aux États-Unis.

Pour la première fois de ma vie, j'avais réussi, tout seul comme un grand, à taper un Joker à quelqu'un.

Mon père et moi nous étions donné rendez-vous dans la cabine avant le dîner. Sans tout lui raconter, je lui fis part de mes recherches et nous avons eu tout loisir au cours du repas de disserter sur l'être humain.

Je trouvais étrange que nous autres hommes qui sommes si intelligents – qui faisons des recherches sur l'espace et la

♣

composition de l'atome – sachions si peu de chose sur nous-mêmes. Mon père dit une phrase que je jugeai si profonde et bien tournée que j'ai envie de la retranscrire telle quelle :

– Si notre cerveau était assez simple pour que nous puissions le comprendre, dit-il, nous serions assez bêtes pour ne pas le comprendre malgré tout.

Je méditai longtemps sur cette phrase avant d'aboutir à la conclusion qu'elle répondait d'une certaine manière parfaitement à la question que je m'étais posée. C'était un bon résumé du problème.

– Il existe en effet des cerveaux beaucoup moins complexes que le nôtre, poursuivit mon père. Nous savons par exemple comment fonctionne le système nerveux d'un ver de terre, du moins assez bien. Mais le ver de terre l'ignore lui-même, son système est trop simple pour ça.

– Peut-être y a-t-il un Dieu qui nous comprend, dis-je à mon tour.

Mon père recula sa chaise. Je crois qu'il fut un peu impressionné par ma question qui, pour une fois, n'était pas trop idiote.

– C'est fort possible, dit-il. Mais il serait dans ce cas lui-même si compliqué qu'il ne pourrait guère se comprendre.

Il fit signe au serveur et commanda une bouteille de bière pour son repas. Il continua de philosopher jusqu'à ce que la bière arrive sur la table. Pendant que le garçon remplissait son verre, il reprit :

– S'il y a une chose que moi, je ne comprends pas, c'est pourquoi Anita nous a quittés.

Je constatai qu'il avait soudain prononcé son prénom ; en règle générale, il l'appelait Maman, comme moi.

Mon père parlait si souvent de Maman que je n'y faisais plus vraiment attention. Elle me manquait pour sûr autant qu'à lui, mais je trouvais qu'il valait mieux qu'elle nous manque à chacun dans notre coin que de passer notre temps *ensemble* à la regretter.

– Je comprends mieux, je crois, la formation de l'univers

♣

que le geste de cette femme qui est tout simplement partie un beau jour sans laisser de message d'explication derrière elle.

– Peut-être qu'elle ne le sait pas elle-même.

On en resta là. Je crois que lui comme moi craignions de ne pas la retrouver à Athènes.

Après le repas, nous avons fait une petite promenade. Mon père me montrait du doigt les officiers et les membres d'équipage que nous croisions, en m'expliquant la signification des différents galons et insignes. Je ne pouvais m'empêcher de faire un rapprochement avec les cartes à jouer.

Plus tard dans la soirée, mon père me confia qu'il mourait d'envie de faire un tour au bar, juste comme ça. Je décidai de ne pas en faire tout un plat et lui dis que je préférais lire *Le Journal de Mickey* dans la cabine.

Je pense qu'il avait besoin d'être seul un moment. Quant à moi, j'étais impatient de savoir ce que Frode allait raconter à Hans le boulanger pendant qu'ils étaient tous deux assis sur le rocher surplombant le village des nains.

Je n'avais nullement l'intention de lire *Le Journal de Mickey*. Peut-être étais-je cet été-là en train de quitter justement l'univers de Walt Disney. En tout cas, une chose était désormais acquise : mon père n'était plus le seul à philosopher. Je venais de m'y mettre moi aussi, en tout bien tout honneur.

NEUF DE TRÈFLE

...une boisson sucrée et brillante
qui pétille légèrement...

On a bien fait de lever le camp! commença le vieil homme à la longue barbe blanche.

Il me regarda un bon moment sans ciller :

— Je craignais que tu ne dises quelque chose, continua-t-il, soulagé.

Détachant enfin son regard de moi, il me montra le village qui était à nos pieds. Soudain, il tressaillit à nouveau :

— Tu n'as rien dit, n'est-ce pas ?

— J'ai peur de ne pas bien saisir...

— Non, tu as raison. Je commence par la fin.

Je fis un signe entendu :

— S'il existe un début, il serait peut-être plus judicieux de commencer par là.

— *Aber natürlich!* s'écria-t-il. Mais avant toute chose, tu dois répondre à une question importante : sais-tu quelle est la date d'aujourd'hui ?

— Je n'en suis pas très sûr, avouai-je. On doit être dans les premiers jours d'octobre...

— Je ne parle pas du jour. Sais-tu en quelle année nous sommes ?

— 1842, dis-je, en ayant soudain une intuition.

Le vieil homme hocha simplement la tête.

— Alors cela fait exactement cinquante-deux ans, mon garçon.

— Tu as vécu toutes ces années sur cette île ?

Nouveau signe affirmatif.

— Oui, toutes ces années.

Il était si bouleversé qu'une larme coula sur sa joue sans qu'il fît le moindre geste pour l'essuyer.

— Nous avons quitté Mexico en 1790, raconta-t-il. Peu de jours après, nous avons fait naufrage. Tout l'équipage a sombré avec le navire, mais moi, cramponné à quelques grosses planches flottant parmi les débris de l'épave, j'ai réussi à gagner la terre...

Il devint pensif. Je lui racontai à mon tour mes mésaventures, le naufrage et mon arrivée sur l'île.

Son visage prit une expression mélancolique :

– Tu dis « île », et moi-même je l'ai dit. Mais pouvons-nous être vraiment sûrs qu'il s'agisse d'une île ? Je vis ici depuis plus de cinquante ans, mon garçon, et j'en ai fait des balades. Et, vois-tu, je n'ai jamais pu retrouver la mer.

– Ce doit être une grande île, dis-je.

– Qui ne serait indiquée sur aucune carte du monde ?

– Nous pouvons bien entendu avoir échoué quelque part sur le continent américain. Ou, pourquoi pas, en Afrique. C'est toujours difficile de savoir combien de temps nous avons été le jouet des courants avant d'être poussés à terre.

Le vieil homme secoua tristement la tête :

– En Amérique ou en Afrique, il y a des *hommes*, mon jeune ami.

– Mais si ce n'est pas une île ni un de ces grands continents, qu'est-ce que c'est alors ?

– Tout autre chose... murmura-t-il.

De nouveau il se tut.

– Les nains... repris-je. Est-ce à eux que tu penses ?

Au lieu de répondre à ma question, il continua :

– Es-tu bien sûr de venir du monde extérieur ? Toi non plus, tu n'es pas d'ici ?

Comment ça, « toi non plus » ? Ainsi, c'était aux nains qu'il pensait.

– J'ai embarqué à Hambourg, dis-je.

– Ah bon ? Je viens pour ma part de Lubeck...

– Mais moi aussi ! J'ai embarqué à Hambourg sur un navire norvégien, mais ma ville natale, c'est Lubeck.

– Ah vraiment ? Alors il faut que tu me racontes tout ce qui s'est passé au pays au cours de ces cinquante dernières années où j'ai été absent.

Je lui fis part de ce que je savais : sur Napoléon et toutes ses guerres, sur le pillage de Lubeck par les Français en 1806.

♣

– En 1812, l'année suivant ma naissance, Napoléon fit la campagne de Russie, dis-je pour finir. Mais il dut battre en retraite en laissant de lourdes pertes derrière lui et il perdit la grande bataille près de Leipzig en 1813. L'île d'Elbe devint dorénavant son petit empire personnel. Il revint quelques années plus tard et rétablit l'Empire. Puis ce fut la défaite de Waterloo et il passa ses dernières années sur l'île de Sainte-Hélène, à l'ouest de l'Afrique.

Le vieil homme m'écoutait avec un vif intérêt.

– Il put au moins voir l'océan, murmura-t-il.

Il semblait penser à ce que je venais de lui raconter.

– A t'entendre, on dirait un conte, dit-il au bout d'un moment. L'histoire s'est donc déroulée ainsi depuis que j'ai quitté l'Europe, mais elle aurait pu prendre un tout autre cours.

Je devais lui donner raison. L'histoire est comme une grande aventure, à cette différence près que l'histoire est vraie.

Le soleil allait se coucher derrière les montagnes à l'ouest. Le village était déjà plongé dans la pénombre. Mais en bas, les nains continuaient de courir en tous sens, jetant de petites taches de couleur entre les maisons.

Je les montrai du doigt.

– Est-ce que tu vas me parler d'eux ?

– Naturellement. Je vais tout te raconter, mais il faut me promettre qu'ils n'en sauront jamais rien.

Je fis un signe de tête et attendis que Frode commence son histoire.

– J'étais marin sur un navire espagnol qui allait de Veracruz au Mexique à Cadix en Espagne. Nous avions une lourde cargaison d'argent à bord. Il faisait beau et la mer était calme, et pourtant nous avons fait naufrage quelques jours à peine après avoir quitté le quai. Nous nous trouvions quelque part entre Porto Rico et les Bermudes, région sur laquelle circulaient toutes sortes de rumeurs. Nous pensions que ce n'étaient que des histoires de marins à dormir debout. Mais voilà qu'un beau matin le vaisseau est tout à coup soulevé de la mer aussi lisse qu'un miroir. On aurait dit une main de géant qui faisait vriller le bateau comme un tire-bouchon. Cela ne dura que quelques secondes, et puis nous sommes retombés. Le navire s'est couché sur le flanc et, déséquilibré par le poids de la cargaison, il s'est mis à prendre l'eau.

Je n'ai que de vagues souvenirs de la plage où je finis par m'échouer, car je me mis tout de suite à prospecter l'île. Et, après quelques semaines d'errance, je m'installai ici et j'en fis mon foyer.

Je ne me débrouillais pas trop mal. La pomme de terre, le maïs, les pommes et les bananes poussaient ici ainsi que d'autres fruits et d'autres plantes que je n'avais jamais vus et dont je n'avais jamais entendu parler : des baies de cure, des carottes en anneau et des graminées devinrent un élément important de mon alimentation – il me fallut bien donner un nom à toutes ces espèces inconnues dont l'île regorgeait !

Au bout de quelques années, je parvins à dresser ces moluques à six pattes. Leur lait était sucré et nourrissant et ils pouvaient me servir comme bêtes de trait. De temps à autre, j'en tuais un pour me nourrir de sa viande délicate et rosée. Cela me rappelait le sanglier que l'on avait coutume de manger à Lubeck, au repas de Noël.

Au fil des ans, pour me protéger des maladies, je fabriquai mes médicaments à partir des plantes de l'île. Je concoctai quelques boissons qui m'aidaient à être de bonne humeur. Tu me verras souvent boire quelque chose que j'ai appelé « tuf ». C'est un peu amer. Je l'obtiens à partir de la décoction de racines du palmier-tufa. Le tuf me réveille quand je suis fatigué – et me fatigue quand je veux dormir. C'est agréable et sans effets secondaires.

Mais j'ai fabriqué aussi une limonade pourpre. C'est une boisson qui fait un bien fou au corps tout entier. Cependant elle a des effets si pernicieux et si dangereux que je suis content qu'on ne puisse la trouver en Allemagne. Je l'obtiens en brassant le nectar des roses pourpres. C'est un rosier nain qui pousse partout sur l'île et porte de minuscules fleurs de ce rose pourpre. Je n'ai même pas besoin de les cueillir ou d'en presser le nectar. Des abeilles plus grosses que les moineaux de chez nous s'en chargent. Elles construisent leurs ruches dans des arbres creux et y déposent leurs provisions de nectar pourpre. Je n'ai plus qu'à me servir.

Quand je mélange ce nectar avec l'eau de la rivière Arc-en-ciel

♣

où je pêche mes poissons rouges, j'obtiens une boisson sucrée et brillante qui pétille légèrement. C'est pourquoi je l'ai appelée « limonade ».

Ce qui rend si fascinante la limonade pourpre, c'est qu'elle n'a pas seulement une saveur particulière. Elle flatte agréablement les organes du goût en offrant toutes les nuances possibles. Plus étonnant encore, elle ne répand pas seulement sa saveur dans la bouche et la gorge, mais jusque dans la moindre cellule du corps. Malheureusement, mon garçon, ce n'est pas très bon pour la santé de consommer le monde entier en une seule gorgée. Mieux vaut y goûter à petites doses.

A peine l'ai-je fabriquée que je me suis mis à en boire chaque jour. Cela me rendait d'humeur plus joyeuse, mais au début seulement. Peu à peu, je finis par perdre la notion du temps et de l'espace. Subitement il m'arrivait de me réveiller quelque part dans l'île sans savoir comment j'y étais venu. Et je pouvais errer des jours et des semaines sans trouver le chemin du retour. J'allais jusqu'à oublier qui j'étais et d'où je venais. Tout ce qui m'entourait était pour ainsi dire une partie de moi-même. Cela commençait par une sensation de fourmillement dans les bras et les jambes, cela gagnait ensuite la tête et pour finir je sentais la boisson ronger mon âme. Ah, je suis heureux d'avoir su m'arrêter à temps ! Aujourd'hui, les autres habitants de l'île continuent de boire de la limonade pourpre. Je t'expliquerai tout à l'heure pourquoi.

Pendant qu'il parlait, ni l'un ni l'autre ne quittions des yeux le village. La nuit tombait et les nains avaient allumé les lampes à pétrole entre les maisons.

– Il commence à faire froid, dit Frode.

Il se leva, et ouvrit la porte du chalet. Nous sommes entrés dans une petite pièce. L'aménagement témoignait que Frode avait dû tout fabriquer lui-même à partir des matériaux de l'île. Rien n'était en métal, tout était fait d'argile, de bois et de pierre. Un seul matériau trahissait l'influence de la civilisation : des tasses, des coupes, des lampes et des plats en verre et, disséminés dans la pièce, de grands bocaux avec des poissons rouges. Les petites fenêtres du chalet avaient aussi des vitres en verre.

♣

– Mon père était maître verrier, reprit le vieil homme, comme s'il avait lu dans mes pensées. J'avais eu le temps d'apprendre le métier avant de prendre la mer et cela m'a été utile sur l'île. Quelque temps après mon arrivée, j'ai commencé par mélanger différentes espèces de sable, et très vite je pus faire fondre une masse de verre de première qualité dans des fours que j'avais construits avec des pierres réfractaires. J'ai donné à ces pierres le nom de « dorfit » parce que je les avais trouvées dans la montagne située juste derrière le village.

– J'ai déjà visité le chalet de verre, dis-je.

Le vieil homme se renfrogna :

– Tu n'as rien dit, j'espère ?

Je n'étais pas sûr de comprendre ce qu'il entendait par « dire quelque chose » aux nains.

– Je leur ai juste demandé le chemin du village, répondis-je.

– C'est bien. Et maintenant buvons un verre de tuf !

Nous nous sommes assis chacun sur un tabouret autour d'une table d'un bois sombre qui m'était inconnu. Frode prit une carafe et versa une boisson marron dans deux verres ballons. Puis il alluma une lampe à pétrole suspendue au plafond.

Je bus prudemment une gorgée du breuvage. On aurait dit un mélange de noix de coco et de citron. Longtemps après l'avoir avalé, je gardai un goût un peu acide dans la bouche.

– Eh bien, qu'en dis-tu ? demanda le vieil homme, impatient. C'est la première fois que j'offre du tuf à un vrai Européen.

Je répondis que c'était bon et rafraîchissant, ce qui était vrai.

– Bien ! répéta-t-il. Et maintenant il faut que je te parle de mes petits aides de camp sur l'île. Je vois bien que c'est à eux que tu penses, mon garçon.

J'acquiesçai. Le vieil homme reprit son récit.

*... je n'arrivais pas à comprendre comment
quelque chose pouvait naître de rien...*

Je reposai la loupe et le Livre sur la table de nuit. Je marchai
en long et en large dans la cabine en réfléchissant à tout ce que
j'avais lu.

Frode avait vécu cinquante-deux ans sur l'île enchantée
et c'est là qu'il avait rencontré un jour les nains indolents. A
moins que les nains ne soient venus sur l'île longtemps après
Frode ? En tout cas, Frode avait dû leur apprendre l'art de
souffler le verre. Il devait aussi avoir appris aux Trèfles à culti-
ver la terre, aux Cœurs à cuire le pain et aux Piques à faire de
la menuiserie. Mais qui étaient ces nains ?

Je savais qu'il me suffisait probablement de lire la suite pour
avoir la réponse, mais je n'étais pas sûr d'oser tant que j'étais
tout seul dans la cabine.

J'écartai les rideaux de la fenêtre – et tombai sur un visage
que je reconnus entre mille : *c'était le nain !* Il me fixait du
regard depuis la passerelle.

Quelques secondes après s'être senti découvert, il disparut.

Je fus comme paralysé et eus tout juste la force de tirer les
rideaux. Je me jetai sur le lit où j'éclatai en sanglots.

Il ne me vint pas à l'esprit qu'il me suffisait de quitter la
cabine et d'aller retrouver mon père au bar. Le seul courage
qui me restait fut d'enfouir mon visage sous l'oreiller.

Je ne sais combien de temps je restai ainsi à pleurer. Lorsque
mon père arriva, il arracha presque la porte de la cabine comme
s'il avait entendu des hurlements de bête depuis le couloir :

– Mais que se passe-t-il, Hans-Thomas ?

Il me prit dans ses bras et tenta de me faire ouvrir les yeux.

– Le nain... sanglotai-je... j'ai vu le nain à la fenêtre...
c'était lui... il était là et me regardait fixement...

♣

Mon père s'attendait visiblement à pire, puisqu'il me lâcha aussitôt et se mit à faire les cent pas dans la cabine.

– Tout ça, ce sont des bêtises, Hans-Thomas. Il n'y a aucun nain à bord de ce ferry.

– Mais je l'ai vu, insistai-je.

– Tu as dû voir un homme petit, reprit-il.

Mon père fit tant et si bien qu'il parvint presque à me persuader que je m'étais trompé. En tout cas, il réussit à me calmer. Mais je posai une condition pour ne plus aborder le sujet. Mon père dut me promettre qu'il demanderait à l'équipage si oui ou non il y avait un nain à bord. Et ceci avant notre arrivée à Patras.

– Tu ne trouves pas que nous philosophons peut-être un peu trop ? demanda-t-il pendant que je sanglotais encore.

Je fis non de la tête.

– Nous allons d'abord retrouver Maman à Athènes, continua-t-il. Pour les grands mystères de la vie, on verra plus tard. De toute façon, rien ne presse, car personne ne viendra nous piquer *le* projet d'ici là.

Il me regarda à nouveau. Puis il dit :

– S'intéresser à la nature de l'homme et à l'origine du monde est une occupation si rarissime que nous devons être pratiquement les seuls à le faire. Ceux qui comme nous s'intéressent à ces questions sont si dispersés de par le monde qu'ils ne se sont même pas donné la peine de fonder leur propre association.

Quand j'eus fini de pleurer, il versa quelques gouttes d'alcool dans un verre, oh, juste un demi-centimètre, qu'il me tendit après y avoir ajouté de l'eau.

– Allez, bois ça, Hans-Thomas ! Avec ça, tu dormiras bien cette nuit.

J'avalais péniblement quelques gorgées de cette mixture répugnante, ne comprenant vraiment pas ce que mon père pouvait y trouver.

Au moment où il allait se mettre au lit, je sortis le joker que j'avais obtenu de la dame américaine.

– Tiens, je te le donne, dis-je.

♣

Il le prit et l'examina avec grande attention. Je ne crois pas qu'il fût spécialement rare, mais pour la première fois de sa vie son fils lui fournissait un joker.

En guise de remerciement, il me fit un tour de cartes. Il glissa le joker dans un jeu de cartes qu'il sortit de sa valise. Il posa ensuite le paquet sur la table de nuit. La seconde d'après, il leva le bras et sembla attraper le joker au vol.

J'avais pourtant suivi le moindre de ses gestes et j'aurais juré qu'il avait bien glissé le joker dans le jeu de cartes. Il l'avait peut-être sorti de sa manche ? Mais, dans ce cas, comment l'y avait-il glissé ? Je n'arrivais pas à comprendre comment quelque chose pouvait naître de rien.

Le lendemain, mon père tint sa promesse en interrogeant l'équipage à propos du nain ; mais comme leur réponse fut négative, j'en conclus que le nain était un passager clandestin.

VALET DE TRÈFLE

... si le monde est un tour de magie,
il doit aussi exister un grand magicien...

Nous avions décrété que nous n'aurions pas le temps de prendre de petit déjeuner avant notre arrivée à Patras. Nous avions mis le réveil pour sept heures, une heure avant d'accoster, mais j'étais déjà réveillé à six heures.

La première chose que je vis, ce fut la loupe et le Livre. Dans mon trouble, je les avais laissés traîner sur la table de nuit. Coup de bol que mon père n'ait rien remarqué !

Il dormait encore et je n'avais pas cessé depuis mon réveil de me demander quelles révélations Frode allait faire à propos des nains de l'île. Je décidai de continuer à lire jusqu'à ce que mon père se retourne dans son lit, signe qu'il allait bientôt se réveiller.

Une fois en mer, nous étions tous des joueurs impénitents. J'avais toujours un jeu de cartes dans la poche de ma chemise et c'est tout ce que j'ai pu emporter lors du naufrage.

Pour tromper ma solitude, les premières années, je faisais souvent des patiences. Les cartes étaient mes seules images sur l'île. Je ne faisais pas seulement les patiences apprises chez moi en Allemagne et en mer ; avec un jeu de cinquante-deux cartes – et un océan de temps libre – il n'y a pas de limites à toutes les patiences et jeux que l'on peut inventer. Je m'en rendis compte très vite.

Je finis par doter chaque couleur de qualités propres. Je les considérai petit à petit comme cinquante-deux individus appartenant à quatre familles différentes. Les Trèfles avaient le teint basané et une constitution robuste avec des cheveux crépus. Les Carreaux étaient plus minces, plus légers et gracieux. Ils avaient la peau presque blanche et des cheveux raides aux reflets d'argent. Les Cœurs, eh bien, ils avaient justement plus de cœur que les autres.

♣

Leurs corps avaient des formes plus arrondies, ils avaient les joues roses et une crinière de beaux cheveux blonds. Quant aux Piques, oh là là, ils étaient maigres comme des clous, avec un teint livide, une mine renfrognée et sévère, des yeux sombres exorbités et des cheveux noirs tout emmêlés.

Voilà comment m'apparaissaient les cartes quand je faisais une patience. Chaque fois que je posais une carte, c'était comme si je laissais un génie s'échapper d'une bouteille ensorcelée. Un génie, oui – car ce n'était pas seulement leur apparence qui variait d'une famille à l'autre, mais leur tempérament : les Trèfles avaient un naturel plus indolent et borné que les Carreaux au caractère plus sensible et plus distrait. Les Cœurs étaient plus ouverts et gais que les Piques, plus renfermés et susceptibles. Mais, à l'intérieur de chaque famille, il y avait aussi de grandes différences. Tous les Carreaux étaient très sensibles, mais le Trois de Carreau fondait le plus facilement en larmes. Tous les Piques se mettaient en colère pour un rien, mais le plus soupe-au-lait de tous était le Dix de Pique.

C'est ainsi qu'au fil des ans je créai cinquante-deux individus invisibles qui vivaient en quelque sorte avec moi sur l'île. Ça faisait en fait cinquante-trois individus, car le Joker aussi fut amené à jouer un rôle important.

– Mais comment...

– Je ne sais pas si tu peux t'imaginer à quel point j'étais seul. Le silence autour de moi était infini. Je croisais seulement divers animaux : la nuit, j'étais réveillé par les hiboux et les moluques, mais je n'avais jamais personne à qui parler. Au bout de quelques jours, je commençai à me parler à moi-même et quelques mois plus tard je me mis à parler aussi aux cartes à jouer. Je les plaçai en cercle autour de moi, imaginant qu'elles étaient de vraies personnes en chair et en os comme moi. Parfois je choisissais une seule carte avec laquelle j'avais de longues conversations.

A ce jeu, mes cartes s'abîmèrent rapidement. Le soleil avait effacé les couleurs et je n'arrivais presque plus à distinguer une carte d'une autre. Je rangeai donc ces cartes usées dans un coffret en bois que j'ai gardé jusqu'à ce jour. Mais les différents personnages que j'avais créés continuaient de vivre dans mon esprit. Je faisais des patiences en imagination, je n'avais plus besoin du vrai jeu de cartes. C'est comme le jour où l'on peut calculer mentalement sans boulier. Sept plus six *font* treize, même sans compter les petites boules.

Je continuai donc à parler à mes amis invisibles et je finis par avoir l'impression qu'ils me répondaient – même si ce n'était que dans mon imagination. Cela se produisait surtout pendant mon sommeil, car dans mes rêves je retrouvais toujours mes cartes. Nous formions comme une société en modèle réduit. Dans mes rêves, les cartes pouvaient agir et parler d'elles-mêmes. Aussi me sentais-je moins seul la nuit que le jour. Les cartes pouvaient alors déployer toute leur personnalité, elles s'échappaient de ma conscience et menaient leur existence de rois, de reines, d'hommes et de femmes.

J'avais des rapports plus étroits avec certaines cartes qu'avec d'autres. Au début, je me suis entretenu longuement avec le Valet de Trèfle. J'aimais aussi à plaisanter avec le Dix de Pique, mais seulement quand il arrivait à ne pas trop s'emporter.

Pendant toute une période, je fus secrètement amoureux de l'As de Cœur. Ma solitude était si grande que je parvins à aimer une créature de mon imagination. Je croyais réellement la voir. Elle avait de longs cheveux blonds et de beaux yeux verts, et portait une robe jaune. Une femme me manquait tellement sur l'île. En Allemagne, j'avais été fiancé à une jeune fille qui s'appelait Stine. On avait dû lui dire que son bien-aimé avait péri en mer.

Le vieil homme caressa sa barbe et se tut, plongé dans ses pensées.

– Il se fait tard, mon garçon, dit-il enfin. Et tu dois être épuisé après toutes ces aventures. Veux-tu que nous poursuivions demain ?

– Oh non ! protestai-je. Je veux tout entendre.

– Oui, naturellement. D'ailleurs tu dois tout savoir avant la fête du Joker.

– La fête du Joker ?

– Oui, la fête du Joker !

Il se leva et fit le tour de la pièce.

– Mais tu dois mourir de faim, dit-il.

Pour ça, oui. Le vieil homme alla dans un garde-manger et mit

♣

de quoi se sustenter sur de ravissantes assiettes en verre qu'il posa entre nous.

Je m'étais imaginé que la nourriture sur cette île serait plutôt simple et frugale, mais je me trompais sur toute la ligne : Frode mit d'abord du pain complet et du pain blanc sur la table, puis différents fromages et pâtés. Il alla aussi chercher une cruche remplie de lait qui paraissait blanc et délicieux. Cela ne pouvait être que du lait de moluque. Enfin il y eut même un dessert : une grande coupe avec dix ou quinze sortes différentes de fruits. Je reconnus les pommes, les oranges et les bananes, parmi d'autres fruits qui ne poussaient que sur cette île.

Nous sommes restés un bon moment à manger avant que Frode ne continue son récit.

Le pain et le fromage avaient un goût légèrement différent de celui auquel j'étais habitué, tout comme le lait qui était beaucoup plus sucré que le lait de vache. Mais ce furent les fruits qui me déconcertèrent le plus. Certains étaient si étonnants que je me surpris à pousser de petits cris et à sauter de mon tabouret.

– Pour ce qui est de la nourriture, je n'ai jamais connu la misère, dit le vieil homme en coupant une tranche d'un grand fruit rond de la taille d'une citrouille et dont l'intérieur était aussi tendre et jaune qu'une banane.

– Un jour se produisit ce qui devait arriver, poursuivit-il. Mes rêves avaient été particulièrement intenses cette nuit-là. Je sortis du chalet tôt le matin, alors que l'herbe était encore humide de rosée et que le soleil apparaissait juste derrière les montagnes. Venant de l'est, en longeant la rivière, je vis surgir deux silhouettes. Je crus que j'avais enfin de la visite et courus vers elles. Mon cœur se mit à battre à tout rompre quand, en m'approchant, je reconnus le Valet de Trèfle et le Roi de Cœur.

Je crus tout d'abord que j'avais rêvé cette rencontre singulière. Mais j'étais bien réveillé. Comment être sûr que je ne continuais pas à rêver ?

Les deux hommes me saluèrent comme de vieux amis. Ce qui somme toute était vrai !

– Belle matinée, n'est-ce pas, Frode ? lança le Roi de Cœur.

♣

Ce furent les premiers mots prononcés sur cette île par quelqu'un d'autre que moi.

— Il faudra tâcher de se rendre utile aujourd'hui, ajouta le Valet
de Trèfle.

— Et si nous construisions une nouvelle maison? proposa le Roi.

Aussitôt dit, aussitôt fait. Ils passèrent les premières nuits chez
moi, puis après quelques jours ils purent emménager dans une
maison flambant neuve juste en dessous de la mienne.

Ils devinrent mes camarades à part entière, à ceci près: ils ne
comprirent jamais qu'ils n'avaient pas vécu autant d'années que moi
sur cette île. Comment auraient-ils pu concevoir qu'ils n'étaient
que des émanations de mon esprit? Cela vaut pour toutes les
créations de l'imagination. Rien de ce que nous créons en nous n'a
conscience de ce qu'il est. Mais ces personnages créés de toutes
pièces avaient ceci de particulier qu'ils étaient sortis des ténèbres
de mon cerveau pour vivre à l'air libre.

— Mais... c'est impossible! murmurai-je.

Frode continua, imperturbable:

— Petit à petit vinrent d'autres personnages. Les anciens trouvaient cela tout à fait naturel et n'en concevaient nulle jalousie. Ils
se comportaient comme des personnes qui se croisent par hasard
dans un jardin et se mettent à parler comme s'ils s'étaient toujours
connus. Ce qui dans une certaine mesure était vrai. Cela faisait des
années qu'ils vivaient ici dans mon imagination, n'avais-je pas rêvé
jour et nuit qu'ils se parlaient entre eux?

Un après-midi où j'étais en train de couper du bois juste en
bas de la maison, je rencontrai l'As de Cœur pour la première fois.
Elle était à peu près au milieu du jeu de cartes.

Elle ne me vit pas tout de suite, occupée qu'elle était à se promener en chantonnant une ravissante mélodie; je m'arrêtai et eus
les larmes aux yeux. Je pensais à Stine.

Je pris mon courage à deux mains et l'appelai.

— As de Cœur, murmurai-je.

Elle leva les yeux et vint se jeter à mon cou en disant:

— Comme je suis heureuse que tu m'aies trouvée. Qu'aurais-je
fait sans toi?

La question n'était pas sans fondement, car sans moi elle n'aurait rien fait du tout. Mais elle ne le savait pas. Et je veillerais à ce qu'elle ne l'apprenne jamais.

Sa bouche était si rouge et si douce! J'aurais bien aimé l'embrasser, mais quelque chose me retenait.

Au fur et à mesure que de nouveaux arrivants s'installaient dans l'île, il fallut construire de nouvelles maisons. Ainsi tout un village vit le jour autour de moi. Je n'étais plus seul. Nous formions une société où une tâche était assignée à chacun.

Il y a trente-cinq ou quarante ans, avec les cinquante-deux cartes le jeu de patience était déjà au complet. A une exception près: le Joker qui, retardataire, arriva sur l'île seize ou dix-sept ans après tous les autres, en trouble-fête. Il sema le désordre dans notre idylle alors que nous nous étions enfin habitués à notre existence et vivions tous en bonne entente. Mais ceci est une autre histoire, Hans. Demain est aussi une autre journée. Si cette île m'a enseigné quelque chose, c'est que les jours succèdent aux jours.

Tout ce que Frode me racontait était si incroyable que je m'en souviens mot pour mot encore aujourd'hui.

Comment cinquante-trois personnages de cartes pouvaient-ils tout à coup faire irruption dans la réalité en chair et en os?

– C'est... c'est impossible, répétai-je.

Frode fit un signe de tête et dit:

– En l'espace de quelques années, les cartes avaient réussi à sortir de ma conscience et à s'incarner sur l'île où je me trouvais. A moins que ce ne soit moi qui ai fait le chemin inverse? C'est aussi une éventualité qui m'a souvent fait réfléchir.

Même si j'ai vécu avec tous ces nouveaux amis pendant de longues, très longues années, même si nous avons construit le village, cultivé la terre, préparé la cuisine et pris nos repas ensemble, je n'ai jamais cessé de m'interroger sur le degré de réalité des personnages qui m'entouraient.

Et si c'était *moi* qui étais passé dans le monde des rêves? Si je m'étais vraiment perdu? Je veux dire, pas seulement sur cette grande île, mais dans les méandres de ma propre imagination? Et s'il en était ainsi: reviendrais-je jamais à la réalité?

Quand j'ai aperçu le Valet de Trèfle qui t'entraînait vers la source, j'ai enfin eu la certitude que ma vie était bien réelle. Car enfin, tu n'es pas un nouveau Joker du jeu de cartes, Hans ? Je ne t'ai pas rêvé toi aussi ?

Le vieil homme me jeta un regard suppliant.

– Mais non, m'empressai-je de répondre. Tu ne m'as pas rêvé. Pardonne-moi de te renvoyer la question dans l'autre sens : si ce n'est pas toi qui dors, ce doit être moi. C'est moi qui rêve toutes ces aventures irréelles que tu me racontes...

Mon père commença à s'agiter, je sautai du lit, enfilai mon pantalon et rangeai le Livre dans une des poches.

Il ne se réveilla pas tout de suite. J'allai à la fenêtre et me glissai derrière les rideaux. On voyait la terre, mais cela ne me fit ni chaud ni froid. Mes pensées étaient ailleurs et j'étais aussi plongé dans une autre époque.

Si ce que Frode avait raconté à Hans le boulanger était réellement vrai, j'avais lu le tour le plus fabuleux du monde. Faire surgir tout un jeu de cartes, ce n'était pas rien, mais en faire des personnages en chair et en os vivant à l'air libre, c'était de la prestidigitation d'un tout autre niveau. Cela avait dû demander plusieurs années.

Je commençais à avoir de sérieux doutes quant à toute l'histoire du Livre. D'un autre côté, j'ai depuis ce jour considéré le monde – et tous les hommes qui vivent sur cette terre – comme un seul grand tour de prestidigitation.

Mais si le monde est un tour de magie, il doit aussi exister un grand magicien. J'espère parvenir à le démasquer un jour, mais ce n'est pas facile d'expliquer un tour de prestidigitation quand le prestidigitateur ne se produit même pas sur scène.

Mon père devint comme un lion en cage quand, en tirant les rideaux, il aperçut la bande de terre toute proche.

– Nous voilà bientôt dans la patrie des philosophes, dit-il.

DAME DE TRÈFLE

... il aurait pu signer son chef-d'œuvre
avant de déguerpir...

La première chose que fit mon père en débarquant au Péloponnèse, ce fut d'acheter un numéro du magazine féminin que ma tante avait trouvé en Crète.

Nous nous sommes assis à la terrasse d'un restaurant dans le port grouillant d'activité et nous avons commandé un petit déjeuner. En attendant le café, le jus de fruit et le pain rassis avec un peu de confiture de cerises pleine d'eau, mon père feuilleta la revue.

– Nom d'un chien ! s'écria-t-il tout à coup.

Il retourna la revue et me montra une pleine page avec une photographie de Maman. Elle n'était pas aussi dénudée que les femmes du jeu de cartes de Vérone, mais c'était tout comme. Certes, elle avait des excuses : elle posait pour des maillots de bain.

– Peut-être qu'on va la rencontrer à Athènes, dit mon père. Mais ce sera une autre paire de manches de la ramener à la maison.

Il y avait quelque chose d'écrit tout en bas à gauche, mais c'était en grec et là, même mon père calait. Pas seulement à cause du sens des mots mais de l'alphabet, la Grèce ne s'étant pas encore donné la peine d'adopter le nôtre.

Le petit déjeuner servi, mon père n'arrivait toujours pas à avaler une goutte de café. Il avait pris le magazine sous le bras et allait d'une table à l'autre demander si quelqu'un parlait anglais ou allemand. Il finit par tomber sur quelques jeunes. Il leur montra la photo de Maman et les pria de lui traduire ce qui était écrit en tout petit. Les jeunes me lancèrent un regard, cette scène était d'un pénible ! Je n'espérais qu'une chose : que mon père ne fasse pas une sortie en les accusant

♣

d'enlever des femmes norvégiennes ou quelque chose dans le genre.

Revenant à notre table, mon père me montra le nom d'une agence de publicité à Athènes qu'il avait recopié.

– Nous brûlons, furent ses seuls mots.

Il y avait bien d'autres jolies filles dans la revue, mais mon père ne s'intéressait qu'à la photo de Maman. Il arracha soigneusement la page et jeta le reste à la poubelle, de la même façon qu'il jetait tout un jeu de cartes après avoir pris le Joker.

Le plus court chemin pour Athènes passait au sud par la baie de Corinthe et traversait le fameux isthme de Corinthe, mais mon père prenait toujours le chemin le plus long quand il trouvait un détour intéressant à faire.

Il avait en fait une question à poser à l'oracle de Delphes. Ce qui revenait à dire que nous devions traverser en ferry l'isthme et rejoindre Delphes en remontant au nord de la baie.

Le voyage en ferry ne dura qu'une demi-heure. Au bout de quelques dizaines de kilomètres, nous sommes arrivés dans une petite ville du nom de Naphpaktos. Nous nous sommes arrêtés et nous avons bu un café et une limonade sur une place de marché qui donnait sur une forteresse vénitienne.

Je songeai naturellement à ce qui se passerait quand nous retrouverions Maman à Athènes, mais aussi à l'histoire que je lisais dans le Livre. Je réfléchissais à la manière d'aborder certains sujets avec mon père sans trop me trahir.

Mon père fit un signe au garçon et demanda l'addition, lorsque je me risquai à lui demander :

– Est-ce que tu crois en Dieu, Papa ?

Il resta interloqué.

– Tu ne trouves pas qu'il est encore un peu tôt dans la matinée ? demanda-t-il en retour.

J'étais d'accord avec lui, mais mon père ne savait pas où je me trouvais, moi, au petit matin, tandis qu'il était encore au pays des rêves ! Si seulement il avait su ! Il jonglait avec des concepts et m'épatait avec un tour de cartes quand ça lui prenait, mais moi j'avais vu tout un jeu de cinquante-deux cartes prendre vie tout d'un coup et devenir des êtres en chair et en os !

– S'il existe un dieu, continuai-je, alors il est doué pour jouer à cache-cache avec ses créatures.

Mon père partit d'un rire franc et je compris qu'il était d'accord.

– Peut-être qu'il a eu peur en voyant ce qu'il avait créé, dit-il. Il a préféré s'enfuir. Tu sais, ce n'est pas facile de savoir qui a été le plus effrayé, Adam ou le Maître. Je pense profondément qu'un tel acte de création effraie autant les deux parties. Mais je reconnais qu'il aurait pu signer son chef-d'œuvre avant de déguerpir.

– Signer ?

– Il aurait pu graver son nom, que sais-je, sur un rocher par exemple, non ?

– Donc tu ne crois pas en Dieu ?

– Je n'ai pas dit ça. Je t'ai déjà dit que Dieu dans le ciel s'amuse bien de voir que les hommes ne croient pas en lui.

Il poursuivit :

– Car il n'a peut-être pas laissé de carte de visite, mais il a laissé le monde. Et ce n'est pas si mal.

Il marqua une pause avant de reprendre :

– Un cosmonaute russe et un chirurgien du cerveau russe parlaient du christianisme. Le chirurgien était chrétien, le cosmonaute non. « Je suis souvent allé dans l'espace, se vanta le cosmonaute, mais je n'y ai jamais vu d'anges. » A quoi le chirurgien répondit : « Eh bien, moi, j'ai souvent opéré des cerveaux très intelligents et je n'y ai jamais vu la moindre pensée. »

– Tu viens d'inventer ça ? demandai-je.

Il secoua la tête.

– Oh, c'était une des plaisanteries préférées de notre professeur de philosophie à Arendal.

La seule chose que mon père ait faite pour avoir un papier attestant qu'il était philosophe, ce fut de passer un examen de

♣

philosophie à l'université populaire. Il avait déjà lu la plupart des livres dont il était question, mais il assista tout l'automne à des cours magistraux sur l'histoire de la philosophie qui étaient dispensés dans les locaux de l'école d'infirmières d'Arendal.

Mon père avait trouvé insuffisant d'écouter ce « professeur d'université » ; il l'avait invité à la maison à Hisøy. « Je ne pouvais quand même pas laisser ce type tout seul à l'hôtel », m'expliqua-t-il. C'est ainsi que je fis moi aussi sa connaissance. Ce type était un vrai moulin à paroles. Il était aussi mordu que mon père des grandes questions métaphysiques. Avec cette différence que le « professeur » était un demi-imposteur, alors que mon père était un imposteur tout court.

Mon père en était toujours à regarder la forteresse vénitienne. Puis il dit :

– Non, Dieu est mort, Hans-Thomas. Et c'est nous qui l'avons assassiné.

Cette déclaration était totalement incompréhensible et en même temps si choquante que je préférai laisser ça de côté pour l'instant.

Laissant la baie de Corinthe derrière nous, nous avons commencé péniblement à gravir les montagnes pour aller à Delphes, en longeant des oliveraies interminables. Nous aurions parfaitement pu arriver à Athènes dans la même journée, mais mon père m'assura qu'il était impossible de passer par Delphes en trombe sans rendre hommage à l'ancien sanctuaire comme il le méritait.

Nous sommes arrivés à Delphes en milieu de journée et nous avons trouvé tout de suite un hôtel surplombant la ville avec vue imprenable sur la baie de Corinthe. Parmi une flopée d'hôtels, mon père choisit celui qui avait la plus belle vue.

De l'hôtel, nous avons traversé à pied la ville pour aller vers les temples situés à quelques kilomètres plus loin à l'est. En se rapprochant des fouilles archéologiques, mon père m'expliqua :

– Durant toute l'Antiquité, les gens sont venus ici pour demander conseil à l'oracle d'Apollon. Ils posaient toutes sortes de questions : avec qui devaient-ils se marier, où pouvaient-ils voyager, quand allaient-ils partir en guerre contre d'autres États et quel calendrier ils devaient suivre...

– Mais c'était quoi, l'oracle ? voulus-je savoir.

Mon père raconta que Zeus avait envoyé deux aigles, qui devaient survoler la terre dans des directions opposées. Et comme ils se rencontraient à Delphes, les Grecs en avaient déduit que Delphes était le centre du monde. Vint Apollon qui dut terrasser le terrible dragon Python, d'où le nom de Pythie qu'on donna à sa prêtresse, avant de pouvoir s'installer à Delphes. Quand le dragon mourut, il se transforma en serpent qui accompagna toujours Apollon.

Je dois avouer que je ne comprenais pas grand-chose à ce que mon père me racontait, il ne m'avait toujours pas dit ce qu'était un oracle. Nous approchions de l'entrée des temples. Ils étaient dans une dépression rocheuse au pied de la montagne du Parnasse. Sur cette montagne vivaient les Muses qui conféraient aux hommes des talents artistiques.

Avant d'entrer dans le sanctuaire, mon père exigea que je boive à la source sacrée qui se trouvait un peu plus bas. Tout le monde devait se purifier ici avant de pénétrer dans les lieux sacrés, affirma-t-il. Il ajouta que cette source donnait la sagesse et des dons poétiques à quiconque en buvait.

Mon père acheta à l'entrée une carte qui représentait le site il y a deux mille ans. Je trouvais que c'était un achat plutôt utile, car il ne restait que des ruines ici et là.

Nous sommes passés d'abord devant les restes de la chambre du trésor de la vieille cité. Il allait de soi que l'on ne venait pas demander conseil à l'oracle sans apporter de riches présents à Apollon et ils étaient tous conservés dans une maison à part.

Quand nous nous sommes enfin trouvés devant le grand sanctuaire, mon père eut une meilleure explication de ce qu'était un oracle.

– Les ruines que tu vois, c'est tout ce qui reste du temple d'Apollon, commença-t-il. A l'intérieur du temple, il y avait une pierre gravée qu'on appelait « le nombril », car les Grecs pensaient que ce temple était le nombril du monde. Ils croyaient en outre qu'Apollon habitait à l'intérieur de ce temple – en tout cas à certaines époques de l'année. C'est lui que l'on venait consulter. Il parlait par l'intermédiaire de la prêtresse Pythie, assise sur un trépied au-dessus d'une faille dans la terre. Des gaz étourdissants qui s'échappaient de cette crevasse la rendait quasi inconsciente afin qu'elle puisse être le porte-parole d'Apollon. En arrivant à Delphes, on communiquait d'abord sa question aux prêtres qui la transmettaient à la Pythie. Elle proférait alors divers sons que les prêtres devaient interpréter et transformer en phrase pour celui qui avait posé la question. De cette façon, les Grecs profitèrent de la sagesse d'Apollon, car Apollon savait tout, du passé comme de l'avenir.

– Et *nous*, qu'est-ce qu'on va lui demander ? interrogeai-je.

– Nous allons demander si nous retrouverons Anita à Athènes, répondit mon père. Tu feras le prêtre qui interprète la réponse et je serai la Pythie qui rapporte la réponse du dieu.

Sur ces mots, il s'assit sur les ruines du célèbre temple d'Apollon et commença à agiter les bras et à tourner la tête comme un fou. Quelques touristes français et allemands reculèrent, effrayés, et je posai très sérieusement ma question :

– Allons-nous retrouver Anita à Athènes ?

Il était clair que mon père attendait le renfort d'Apollon, mais il finit par dire :

– L'homme du pays lointain… rencontre la belle femme… près du vieux temple.

Il revint à lui et, satisfait, me fit un petit signe de tête :

– Je pense que ça doit suffire. Les réponses de la Pythie n'étaient jamais plus explicites.

Je n'étais pas de son avis et trouvais la réponse peu satisfaisante. Qui était le jeune homme ? Qui était la belle femme et où était ce vieux temple ?

– Nous allons jouer à pile ou face pour savoir si nous la retrouverons, dis-je.

– Si Apollon parle par ta bouche, tu devrais pouvoir jeter une pièce de monnaie en l'air.

♣

Mon père accepta ma proposition. Il sortit de sa poche une pièce de vingt drachmes et nous avons décidé que le côté pile signifierait que nous réussirions à trouver Maman. Je lançai la pièce en l'air et attendis avec impatience.

Pile! Aucune contestation possible. Le côté pile nous regarda comme s'il était resté là depuis des milliers d'années à attendre que nous passions par là et puissions le découvrir.

... il souffrait de savoir si peu du monde et de la vie...

L'oracle nous ayant assuré que nous retrouverions Maman à Athènes, nous avons continué à monter pour découvrir un vieux théâtre. Il pouvait contenir jusqu'à cinq mille spectateurs. De là, nous avions une vue splendide sur tout le site et sur la vallée.

En redescendant, mon père me dit :

— Il y a encore quelque chose que tu dois savoir à propos de l'oracle de Delphes, Hans-Thomas. Tu comprends, cet endroit a une signification toute particulière pour des philosophes comme nous.

Alors nous nous sommes assis sur de vieilles pierres. Cela faisait un drôle d'effet de penser qu'elles avaient près de deux mille ans.

— Tu te souviens de Socrate ? commença-t-il.

— Pas vraiment, dus-je avouer. C'était un philosophe grec, je crois...

— Tout juste. Bon, je vais d'abord t'expliquer ce que signifie le terme « philosophe ».

Je savais que j'allais avoir droit à tout un cours en bonne et due forme et, honnêtement, le moment était plutôt mal choisi, car le soleil tapait tellement que nous avions le visage en sueur.

— Un « philosophe », cela signifie quelqu'un qui recherche la sagesse. Ce qui ne veut pas dire qu'un philosophe est forcément quelqu'un de sage. Tu comprends la différence ?

Je fis signe que oui.

— Le premier à appliquer cette définition fut Socrate. Il se promenait sur la place du marché d'Athènes et parlait avec les gens, mais sans jamais leur faire la leçon. Bien au contraire, il parlait avec les gens pour apprendre lui-même quelque chose d'eux. Car « les arbres du paysage ne peuvent pas m'apprendre quelque chose », disait-il. Mais il fut passablement déçu de découvrir que ceux qui se vantaient de connaître beaucoup de choses ne savaient au fond rien du tout. Ils pouvaient certes lui indiquer le cours du vin ou de l'huile d'olive, mais ils ne pouvaient rien lui dire sur *la vie*. Socrate, lui, disait qu'il savait seulement une chose : c'était qu'il ne savait rien.

– Alors il n'était pas très intelligent, rétorquai-je.

– Garde-toi de juger trop vite, dit mon père sur un ton sévère. Si deux personnes n'ont pas la moindre connaissance mais que l'un d'eux veuille malgré tout donner l'impression qu'il est compétent dans une foule de domaines, lequel d'après toi est le plus intelligent des deux ?

Je dus reconnaître que le plus intelligent était celui qui ne prétendait pas savoir plus qu'il ne savait.

– Je vois que tu as saisi. Socrate était précisément un philosophe parce qu'il souffrait de savoir si peu du monde et de la vie. Il se sentait complètement en dehors.

Je hochai à nouveau la tête.

– Et puis un jour, un Athénien alla consulter l'oracle de Delphes et demanda à Apollon qui était l'homme le plus intelligent d'Athènes. La réponse de l'oracle fut : Socrate. En entendant cela, Socrate fut, c'est le moins qu'on puisse dire, complètement abasourdi, car il trouvait justement qu'il ne savait pas grand-chose. Mais quand il s'adressait à ceux qui passaient pour être plus intelligents que lui et leur posait des questions pleines de bon sens, il finit, devant leur incompétence, par donner raison à l'oracle. La différence, c'était que les autres se contentaient du peu qu'ils savaient alors qu'ils n'en savaient guère plus que Socrate. Les personnes qui sont parfaitement contentes de ce qu'elles savent ne peuvent jamais devenir des philosophes.

Je trouvais toute l'histoire très convaincante, mais mon père n'avait pas encore fini. Il me montra du doigt les nombreux touristes qui se déversaient des autocars plus bas et

♣

montaient comme des colonnes de fourmis à l'assaut des temples.

— S'il y en a un seul parmi toutes ces personnes qui trouve encore que le monde est quelque chose de fantastique et de mystérieux...

Il reprit son souffle avant de poursuivre :

— Là en bas, tu vois mille personnes, Hans-Thomas. Je veux dire : si une seule d'entre elles trouve réellement que l'existence est une aventure incroyable — je précise que cette personne doit se faire cette réflexion chaque jour sans exception...

— Oui, eh bien ? demandai-je, puisque ça faisait la deuxième fois qu'il s'arrêtait au beau milieu d'une phrase.

— Eh bien, cette personne est un Joker dans un jeu de cartes.

— Tu crois qu'il y a ici un Joker comme ça ?

Il haussa les épaules.

— Non ! dit-il. Je ne peux naturellement pas en être sûr, car même s'il n'y en a pas beaucoup, il en existe quelques-uns quand même. Cela dit, les probabilités sont très faibles.

— Et toi alors ? Est-ce que tu ne te dis pas tous les jours que la vie est une *aventure* ?

— *Yes, sir !*

Il me répondit avec un tel aplomb que je n'osai pas le contredire.

Mais il avait encore autre chose à me dire :

— Chaque matin, je me réveille comme en état de choc. C'est comme si on m'injectait à l'intérieur la conscience d'être au monde, d'être une marionnette vivante dans un conte de fées. Car qui sommes-nous, Hans-Thomas ? Peux-tu me répondre sur ce point ? Nous sommes des êtres fabriqués de toutes pièces à partir de poussières d'étoiles. Mais c'est quoi, ça ? D'où vient le monde, nom d'un chien ?

— Aucune idée, répondis-je, me sentant en cet instant précis tout aussi paumé que Socrate.

Mon père continua :

— Et puis un soir, cette pensée revient. Je me sens alors être

♣

une personne cette fois-là et je ne reviendrai jamais en arrière.

– Tu ne dois pas avoir une vie facile, dis-je.

– Pas facile, certes, mais ô combien passionnante. Je n'ai pas besoin de visiter des châteaux hantés pour me donner des frissons et aller à la chasse aux fantômes, puisque je suis moi-même un fantôme.

– Alors que tu te fais du souci quand ton fils en voit un en modèle réduit devant la fenêtre de la cabine, dis-je.

Je ne sais pas pourquoi je dis cela, mais j'avais le sentiment qu'il fallait que je lui rappelle ce qu'il avait dit la veille sur le bateau.

Il se contenta de partir d'un grand éclat de rire.

– Tu devrais tenir le coup, dit-il.

La dernière chose que mon père raconta à propos de l'oracle de Delphes fut que les anciens Grecs avaient gravé une inscription au fronton du grand temple : « Connais-toi toi-même ».

– C'est plus facile à dire qu'à faire, ajouta-t-il.

Ensuite nous nous sommes dirigés lentement vers la sortie. Mon père voulait encore visiter le musée où l'on pouvait voir le « nombril du monde », mais je n'avais pas envie de l'accompagner et, après une brève discussion, j'eus le droit de l'attendre dehors à l'ombre d'un arbre. Il ne devait rien y avoir dans ce musée d'absolument indispensable à mon éducation.

– Assieds-toi là en attendant, sous l'arbre à fraises, me dit-il en m'entraînant vers un arbre inconnu.

J'aurais juré que c'était impossible et pourtant l'arbre croulait sous le poids de grosses fraises rouges.

J'avais bien entendu une idée derrière la tête pour ne pas visiter le musée : je brûlais d'impatience de sortir de ma poche la loupe et le Livre. Dorénavant je ne voulais perdre aucune occasion de poursuivre l'histoire. Si j'avais pu, j'aurais aimé ne pas le lâcher avant d'avoir le mot de la fin. Mais il fallait que je tienne compte de mon père aussi.

Avant d'ouvrir le Livre, je me demandai s'il n'était pas une sorte d'oracle qui finirait par répondre à toutes mes questions. J'eus froid dans le dos quand je me mis à lire l'histoire du Joker sur l'île enchantée, alors que nous venions, mon père et moi, de parler longuement des jokers.

J O K E R

L E   J O K E R

*... il se glissa dans le village
comme un serpent venimeux...*

Alors le vieil homme se leva. Il traversa la pièce et ouvrit la porte. Je le suivis. Dehors, il faisait nuit noire.

– J'avais un ciel étoilé au-dessus de ma tête et un ciel étoilé sous mes pieds, murmura-t-il.

Je savais ce qu'il voulait dire. Au-dessus de nos têtes étincelait un ciel rempli d'étoiles comme je n'en avais jamais vu. Et en bas dans la vallée brillaient faiblement toutes les maisons du village. On aurait dit que la poussière d'étoiles s'était détachée du ciel et avait ruisselé sur la terre.

– Et ces deux firmaments sont tout aussi insondables, ajouta-t-il.

Il m'indiqua le village :

– Qui sont-ils ? D'où viennent-ils ?

– Eux doivent aussi se poser ces questions, rétorquai-je.

Le vieil homme se retourna sur-le-champ :

– Non, non ! s'écria-t-il. Ils ne doivent jamais se poser ce genre de questions.

– Mais...

– Ils ne seraient plus alors capables de vivre côte à côte avec celui qui un jour les a créés. Tu ne comprends pas ?

Nous sommes rentrés dans le chalet et, ayant fermé la porte derrière nous, nous nous sommes assis.

– Les cinquante-deux personnages étaient différents, poursuivit le vieil homme. Mais ils avaient quelque chose en commun : aucun d'eux ne posait jamais la moindre question quant à leur nature ou à leur origine. Et de cette façon, ils ne formaient qu'un avec la nature qui les entourait. Ils *étaient* simplement dans ce jardin luxuriant – avec la même assurance et insouciance que les animaux... Mais survint le Joker. Il se glissa dans le village comme un serpent venimeux.

Je poussai un sifflement de surprise.

– Cela faisait plusieurs années que le jeu de cartes était complet, et je ne m'attendais pas à voir surgir un Joker sur l'île, même si je savais que cette carte faisait partie du jeu. Je m'étais imaginé que c'était moi le Joker. Mais un beau matin je vis le pauvre diable se promener dans le village. Le Valet de Carreau le vit le premier et, pour la première fois dans l'histoire de l'île, il y eut une certaine agitation autour de ce nouveau venu. Non seulement ses vêtements étaient comiques, avec ces grelots qui tintinnabulaient, mais en plus il n'appartenait à aucune des quatre familles. Et surtout il mettait les nains en colère en leur posant des questions auxquelles ils ne savaient pas répondre. Puis il finit par rester dans son coin. On lui donna sa propre petite maison à l'extérieur du village.

– Est-ce qu'il comprenait plus que les autres?

Le vieil homme lâcha un profond soupir.

– Un matin j'étais assis sur le seuil de la porte, lorsqu'il surgit d'un bond de derrière la maison. Il se lança dans une cabriole en faisant tinter ses grelots et, penchant sa tête sur le côté, il me dit : « Maître ! Il y a quelque chose que je ne comprends pas... »

Je réagis au nom de « maître », car les nains m'avaient toujours appelé simplement Frode. Ils n'avaient pas l'habitude non plus de commencer une conversation en disant qu'il y avait quelque chose qu'ils ne comprenaient pas. Car lorsqu'on a compris qu'il y a quelque chose que l'on ne comprend pas, on est en bonne voie pour comprendre au fond pas mal de choses.

Le Joker s'éclaircit la voix avant de poursuivre : « Il y a quatre Rois ici dans le village, ainsi que quatre Reines et quatre Valets. Nous avons quatre Princesses – et quatre séries de chiffres allant de Deux à Dix. » « C'est cela même », dis-je. « Il y en a donc quatre de chaque sorte, continua-t-il. Mais il y en a aussi treize de chaque couleur, car tous sont soit Carreau, soit Cœur, soit Trèfle, soit Pique. » J'acquiesçai. C'était la première fois qu'un des nains me faisait une description aussi précise de l'ordre dont ils formaient tous une partie. Il poursuivit : « Qui donc a trouvé ce classement ingénieux ? » « Oh, c'est certainement un pur hasard, mentis-je. C'est comme jeter des baguettes en l'air : elles forment toujours en retombant un dessin que l'on peut interpréter. » « Je ne le crois pas », poursuivit le pauvre bouffon.

Jamais auparavant quelqu'un n'avait osé mettre en doute mes propos. Je n'avais plus seulement affaire à un personnage de carton, mais à une personne. Dans un sens, cela me fit plaisir. Peut-être que le Joker deviendrait un vrai compagnon avec qui dialoguer. En même temps, j'étais inquiet : qu'allait-il se passer si les nains découvraient qui ils étaient et d'où ils venaient ? « Et toi, qu'en penses-tu ? » lui demandai-je.

Il me regarda droit dans les yeux. Son corps était aussi immobile qu'une statue, mais une de ses mains tremblait assez pour faire tinter tous les grelots de son costume. « Tout paraît suivre un schéma préétabli, lâcha-t-il en essayant de dissimuler la gravité de son visage. Un plan mûrement pensé et calculé. Nous sommes soit côté image soit côté chiffre, au bon gré de celui qui nous tient en main et peut nous retourner quand il veut... »

Les nains parlaient souvent avec des mots et des expressions qu'ils tiraient de la langue du jeu de cartes. Cela leur permettait d'exprimer ce qu'ils pensaient. Quand c'était possible, je répondais de la même façon.

A présent, le Joker secouait tout son corps pour faire tinter ses grelots en un vacarme assourdissant. « Je suis le *Joker !* s'écria-t-il. Ne l'oublie pas, cher maître. Je ne suis pas comme tous les autres ici, tu comprends ? Je ne suis ni Roi ni Valet, ni Cœur ni Pique. »

Je n'en menais pas large. Mais je savais que je ne pouvais pas jouer cartes sur table. « Qui suis-je ? reprit-il. Pourquoi suis-je Joker ? D'où suis-je sorti et où vais-je ? »

Je résolus de tenter le tout pour le tout. « Tu as vu tout ce que j'ai fabriqué à partir des plantes qui poussent sur l'île, commençai-je. Comment réagirais-tu si je te disais que c'est moi qui t'ai créé, toi et tous les autres nains du village ? »

Il resta un moment à me fixer des yeux, je voyais son petit

corps malingre trembler, tandis que les grelots tintaient nerveusement.

Les lèvres tremblantes, il dit : « Alors, je n'aurais pas le choix, cher maître. Je serais obligé d'essayer de te tuer pour retrouver ma dignité perdue. »

J'eus un rire forcé. « Cela va de soi, répondis-je. Mais heureusement, ce n'est pas le cas. »

Il resta une ou deux secondes immobile à me regarder, incrédule. Puis il disparut comme il était venu. L'instant d'après, il reparaissait devant moi, tenant une petite bouteille de limonade dans une main. C'était une vieille bouteille que j'avais laissée de longues années tout au fond de l'armoire.

« A ta santé ! » lança-t-il. « Hum ! » dit le Joker.

J'étais foudroyé. J'avais peur pour ma propre peau, mais je craignais aussi que tout ce que j'avais créé ne disparaisse soudainement.

– Et c'est ce qui est arrivé ?

– Non, je compris que le Joker avait bu un peu de la bouteille et que c'était cet étrange breuvage qui l'avait rendu si lucide.

– Mais je croyais que la limonade pourpre rendait les gens plutôt lents d'esprit et qu'ils perdaient tout sens de l'orientation !

– C'est vrai, mais pas au début. Tout d'abord elle aiguise leur intelligence, parce que tous leurs sens sont sollicités en même temps. Progressivement leur esprit s'ankylose et l'état d'hébétude apparaît. Voilà ce qui rend cette boisson si dangereuse.

– Que s'est-il passé avec le Joker ?

– En s'éloignant, il a crié « Je n'en dis pas plus ! Mais nous nous reverrons ! »

Il est descendu au village où il a fait circuler le breuvage parmi les nains. A partir de ce jour, tous y goûtèrent. Plusieurs fois par semaine, les Trèfles allaient chercher le liquide magique dans les creux des troncs d'arbre. Les Cœurs le brassaient et les Carreaux le mettaient en bouteille.

– Tous les nains sont alors devenus aussi malins que le Joker ?

– Non, pas tout à fait. J'ai vraiment eu peur les premiers jours qu'ils ne découvrent tout et comprennent qui j'étais. Mais rapidement ils devinrent encore plus lointains qu'avant. Ce que tu as vu aujourd'hui n'est que le pâle reflet de ce qui un jour a été presque idyllique.

Je songeais à tous ces costumes et ces uniformes chamarrés. L'espace d'une seconde, je revis l'As de Cœur dans sa belle robe jaune...

– Il y a des reflets qui sont encore fort beaux... glissai-je.

– Oui, c'est vrai, mais ils sont inconscients. Ils vivent dans cette nature luxuriante, mais ils ne savent pas qu'ils existent. Ils voient le soleil et la lune, ils mangent tout ce qui pousse ici, mais ils ne sentent rien. Quand ils se sont incarnés, ils sont devenus de vraies personnes. Mais après s'être mis à boire de la limonade pourpre, ils ont fini par devenir de plus en plus irréels pour moi. C'est comme s'ils prenaient leurs distances et se retiraient en eux-mêmes. Ils peuvent toujours tenir un semblant de conversation, mais ils oublient ce qu'ils disent à l'instant même où ils le disent. Seul le Joker a gardé quelque chose de cette étincelle initiale. Et l'As de Cœur peut-être. Elle ne cesse de dire qu'elle essaie de « se retrouver ».

– Il y a toujours quelque chose qui m'échappe, dis-je.

– Ah ?

– Tu as dit que les premiers nains sont apparus sur l'île peu d'années après ton arrivée. Mais ils paraissent tous du même âge, alors que certains devraient logiquement presque avoir la cinquantaine !

Un sourire énigmatique glissa sur ses lèvres.

– Ils ne vieillissent pas.

– Mais...

– Lorsque j'étais seul sur l'île, les images de mes rêves devenaient de plus en plus fortes au point qu'elles devinrent un jour complètement autonomes et se mirent à exister par elles-mêmes. Cela dit, toutes ces images devenues réalité restent malgré tout le fruit de mon imagination. Et ce que l'imagination a créé un jour reste toujours inchangé et jouit d'une jeunesse éternelle.

– C'est incompréhensible...

– As-tu entendu parler de Rapunzel, mon garçon ?

Je secouai la tête.

– Tu as entendu parler du Petit Chaperon rouge ? Ou de Blanche-Neige ? Ou de Hansel et Gretel ?

Je fis signe que oui.

– A ton avis, quel âge ont-ils? Cent ans? Mille ans peut-être. Ils sont à la fois jeunes et très vieux. C'est parce qu'ils sont nés de l'imagination des hommes. Non, je savais que les nains de l'île ne vieilliraient pas et n'auraient jamais les cheveux blancs. Même leurs costumes ne portent pas la moindre trace d'usure. Il n'en va pas de même pour nous autres mortels qui vieillissons et avons des cheveux gris. C'est notre destin, à nous autres hommes, d'être un jour tellement usés que nous tombons en morceaux et disparaissons. Il en va autrement de nos rêves, qui eux peuvent continuer de vivre dans d'autres personnes longtemps après notre disparition.

Il passa la main dans ses cheveux blancs, et d'un geste montra sa veste élimée:

– La grande question, poursuivit-il, n'était pas de savoir si le temps allait avoir prise sur ces personnages, mais s'ils existaient réellement dans ce jardin et pouvaient être vus par quelqu'un d'autre qui débarquerait dans l'île.

– Mais c'est le cas! dis-je. J'ai d'abord rencontré le Deux et le Trois de Trèfle, puis les Carreaux dans leur maison en verre...

– Hum...

Le vieil homme resta pensif. On aurait dit qu'il n'avait pas entendu ce que je venais de dire.

– L'autre grande question, finit-il par dire, est de savoir s'ils continueront à exister le jour où je ne serai plus là.

– Qu'en penses-tu?

– Je n'ai pas de réponse à cette question et n'en aurai sans doute jamais. Une fois que je ne serai plus, comment pourrai-je savoir si mes personnages sont toujours vivants?

Il se tut à nouveau. J'avais l'impression que tout ceci n'était qu'un rêve. Étais-je réellement assis dans ce chalet en compagnie de Frode? Peut-être étais-je en réalité tout à fait ailleurs, tout ceci ne se déroulant qu'à l'intérieur de moi-même.

– Je te raconterai le reste demain, mon garçon. Il faut que je te parle du calendrier et du grand jeu de Joker.

– Du jeu de Joker?

– Demain, mon fils. Nous avons tous deux besoin de dormir, maintenant.

Il m'indiqua un lit de camp couvert d'une peau de bête et de couvertures tissées et me donna une chemise de nuit en laine. C'était bon de pouvoir enfin retirer mon habit de marin tout sale.

Ce soir-là, mon père et moi nous sommes restés longtemps en terrasse sur le toit de notre hôtel à admirer la ville et surtout le golfe de Corinthe. Mon père en avait tellement pris plein la vue aujourd'hui qu'il n'avait pas l'esprit à parler. Peut-être se demandait-il s'il fallait croire l'oracle quand celui-ci avait dit que nous retrouverions bientôt Maman.

Tard dans la nuit, la pleine lune monta à l'est au-dessus de l'horizon. Elle illumina la vallée plongée dans l'obscurité et rendit le ciel étoilé encore plus clair.

Je me crus assis devant le chalet de Frode à regarder en bas le village des nains.

CARREAU

L'AS DE CARREAU

... un homme droit qui voulait jouer cartes sur table...

Comme d'habitude, je me réveillai avant mon père, qui cependant ne tarda pas à remuer dans son lit. Je décidai de vérifier ce qu'il m'avait raconté la veille, à savoir s'il se réveillerait comme sous l'effet d'une détonation.

J'aboutis à la conclusion qu'il avait raison, car lorsqu'il ouvrit les yeux, il avait l'air tout étonné. On aurait dit qu'il s'attendait à se réveiller en un tout autre lieu, en Inde par exemple, ou sur une petite planète dans une autre galaxie.

– Tu es un être vivant, dis-je. Pour l'instant, tu te trouves à Delphes. C'est un endroit sur la terre, qui est elle-même une planète vivante tournant actuellement autour d'une étoile dans la Voie lactée. Elle met environ 365,5 jours à faire le tour de cette étoile.

Il me regarda fixement comme s'il devait accoutumer ses yeux à passer du rêve à la réalité.

– Merci pour le renseignement, dit-il. Ce que tu viens de me dire, c'est exactement ce que je me répète chaque matin avant de sortir du lit.

Il se leva et poursuivit :

– Peut-être que tu devrais me chuchoter ce genre de vérité à l'oreille tous les matins, Hans-Thomas. Je suis sûr que je serais plus vite dans la salle de bains.

Nous avons rapidement fait nos bagages et pris en vitesse notre petit déjeuner afin de reprendre la route le plus tôt possible. En passant une dernière fois devant le site des temples, mon père dit :

◊

– Et dire qu'ils étaient si crédules !
– De croire à l'oracle, tu veux dire ?

Il ne me répondit pas tout de suite. Je craignais qu'il ne commence à mettre en doute l'oracle qui disait que nous retrouverions Maman.

– Oui, pour ça aussi, finit-il par dire. Mais pense un peu à tous leurs dieux : Apollon, Asclépios, Athéna, Zeus, Poséidon et Dionysos. Pendant des siècles et des siècles, ils ont érigé de précieux temples en marbre en l'honneur de ces divinités. Imagine un peu les difficultés rien que pour faire venir ces gros blocs de marbre !

Je ne voyais pas très bien où il voulait en venir.

– Comment peux-tu être si sûr que tous ces dieux n'existaient pas ? Ils ont peut-être disparu ou ils ont trouvé un autre peuple tout aussi naïf, mais il fut un temps où ils ont réellement vécu sur cette terre.

Mon père me regarda dans son rétroviseur.

– Tu crois ça, toi ?

– Je ne peux pas en être tout à fait sûr, répondis-je. Mais d'une certaine façon, ils ont existé sur terre aussi longtemps que les hommes ont cru en eux. Car on croit à ce que l'on voit. C'est pourquoi ils n'ont jamais vieilli tant que les hommes n'ont pas commencé à douter.

– Bravo, s'écria mon père. Voilà qui est parlé ! Qui sait, Hans-Thomas, peut-être deviendras-tu un jour philosophe toi aussi ?

Pour une fois, je sentis que je venais de dire quelque chose d'assez profond pour que mon père se donne la peine d'y réfléchir. En tout cas il resta un bon moment sans dire un mot.

En fait, j'avais un peu triché car je m'étais librement inspiré du Livre. Je n'avais en effet pas pensé aux dieux de la Grèce ancienne, mais au jeu de patience de Frode.

Comme mon père continuait à garder le silence, je me hasardai à tirer de ma poche la loupe et le Livre. Mais juste au moment où j'allais me mettre à lire, mon père freina brusquement et rangea la voiture sur le bas-côté. Il sortit précipitam-

◇

ment, alluma une cigarette et, après avoir jeté un coup d'œil sur la carte, s'exclama :

– Mais oui, ça doit être là !

Je ne dis rien. Nous nous trouvions en haut d'une montagne et à gauche il y avait une vallée, bref rien qui pût justifier un tel enthousiasme.

– Assieds-toi, m'ordonna mon père.

Je compris : j'allais à nouveau avoir un cours, mais pour une fois j'étais plutôt content. Je savais que j'étais un fils privilégié.

– C'est là qu'Œdipe a tué son père, poursuivit-il en me montrant la vallée.

– C'était vraiment pas la chose à faire ! m'exclamai-je. Mais de quoi veux-tu me parler au juste ?

– Du destin, Hans-Thomas. Ou de la malédiction d'une famille, si tu préfères. Cela devrait tout particulièrement nous concerner tous les deux, nous qui sommes venus dans ce pays pour retrouver une épouse et une mère égarée.

– Et tu crois au destin ? lui demandai-je tout surpris.

Mon père se tenait penché sur moi, un pied sur le rocher où j'étais assis, une cigarette à la main. Il secoua la tête.

– Non, mais les Grecs y croyaient. Et quand on se rebellait contre son destin, on était puni en conséquence.

J'étais en train de me demander si je n'étais pas dans ce cas de figure, lorsque mon père continua son exposé :

– A Thèbes, une ville ancienne où nous serons bientôt, vivaient le roi Laïos et son épouse Jocaste. L'oracle de Delphes avait dit à Laïos qu'il ne devrait jamais avoir d'enfant, car s'il avait un fils, ce dernier tuerait son propre père et épouserait sa mère. Jocaste ayant malgré tout accouché d'un fils, Laïos décida d'abandonner l'enfant de sorte qu'il meure de faim ou soit dévoré par les bêtes sauvages.

– Plutôt barbare comme procédé, dis-je.

– Bien sûr, mais écoute la suite : le roi Laïos donna l'ordre à un berger d'abandonner l'enfant. Pour plus de sûreté, il transperça les chevilles du garçon de sorte qu'il ne puisse pas courir

◊

dans les montagnes et retrouver le chemin de Thèbes. Le berger exécuta les ordres du roi, mais, en marchant dans la montagne avec ses moutons, il rencontra un berger de Corinthe qui eut pitié du jeune garçon que l'on condamnait à mourir de faim ou être dévoré par des bêtes sauvages. Aussi pria-t-il l'autre berger de lui permettre de confier l'enfant au roi de Corinthe. C'est ainsi que le jeune garçon fut élevé princièrement, puisque le roi et la reine n'avaient pas d'enfant. Ils l'appelèrent Œdipe, ce qui signifie « pieds enflés ». En effet, les pieds du jeune garçon étaient très enflés après les mauvais traitements qu'il avait subis à Thèbes. Œdipe grandit et devint un beau jeune homme, aimé de tous, mais personne ne lui révéla qu'il n'était pas le fils légitime du couple royal. Un jour, lors d'une grande réception, survint un invité qui laissa échapper qu'Œdipe n'était pas le vrai fils du roi et de la reine…

– Ce qui était vrai, dis-je.

– Justement. Mais quand il interrogea la reine, il n'obtint pas vraiment de réponse. C'est alors qu'il prit la décision de consulter l'oracle de Delphes pour y voir plus clair. Lorsqu'il lui demanda s'il était le prince légitime de la maison de Corinthe, Pythie répondit : « Quitte ton père, car si tu le rencontres à nouveau, tu le tueras. Ensuite tu épouseras ta propre mère et tu lui feras des enfants. »

Je fus très impressionné : cette prophétie annonçait exactement la même chose que celle qui avait été faite au roi de Thèbes.

– Après cela, Œdipe n'osa retourner à Corinthe, car il croyait toujours que le roi et la reine étaient ses vrais parents. Il prit donc le chemin opposé, qui menait à Thèbes. Quand il arriva à l'endroit où nous nous trouvons aujourd'hui, il croisa un homme riche dont l'attelage était tiré par un quadrige luxueux. Il était accompagné de plusieurs serviteurs. L'un d'eux frappa Œdipe pour qu'il s'écarte et laisse le passage. Œdipe, qui avait reçu l'éducation qui sied au prince héritier de Corinthe, n'admit pas d'être traité de cette façon, on en vint aux mains et la rencontre malencontreuse se solda par la mort de l'homme riche.

◇

– Et c'était lui son vrai père ?

– Oui. Les serviteurs aussi furent battus à mort, mais le cocher en réchappa et parvint à regagner Thèbes où il raconta que le roi Laïos venait d'être assassiné par un voleur de grands chemins. Cette nouvelle plongea la reine et le peuple tout entier dans la plus grande affliction, mais les habitants de la ville s'inquiétaient aussi pour une autre raison.

– Laquelle ?

– Il y avait un Sphinx, un énorme monstre au corps de lion et à la tête de femme, qui gardait le chemin de Thèbes et dévorait tous ceux qui ne pouvaient répondre à une énigme qu'il posait à tous les voyageurs. Dans sa détresse, le peuple de Thèbes avait promis que celui qui résoudrait l'énigme du Sphinx pourrait épouser la reine Jocaste et monter sur le trône royal à la suite du roi Laïos.

J'attendais la suite avec impatience.

– Œdipe, qui avait rapidement oublié l'incident avec le riche inconnu, arriva bientôt aux portes de Thèbes et, sur sa montagne, le Sphinx lui demanda de résoudre l'énigme suivante : qui marche le matin sur quatre pattes, à midi sur deux et le soir sur trois ?

Mon père me regarda pour voir si j'étais capable de résoudre cette énigme difficile, mais je secouai la tête.

– « C'est *l'homme*, dit Œdipe. Le matin, il rampe à quatre pattes, à midi il se tient debout sur deux jambes et le soir il marche sur trois jambes, car il a besoin d'une canne. » Œdipe avait bien répondu à la question et le Sphinx n'y survécut pas : il se précipita du sommet de la montagne et mourut. C'est ainsi qu'Œdipe fut accueilli à Thèbes en libérateur. Il obtint la récompense promise et épousa Jocaste, laquelle n'était autre que sa propre mère. Avec le temps, ils eurent deux fils et deux filles.

– Nom d'un chien ! dis-je.

Je n'avais pas quitté une seconde mon père des yeux, mais il me fallait quand même jeter un coup d'œil sur l'endroit où Œdipe avait tué son père.

◇

– Mais l'histoire ne s'arrête pas là, poursuivit mon père. La ville fut soudain ravagée par une peste terrible. En ce temps-là, on attribuait ce genre de fléaux à la colère d'Apollon, qui lui aussi avait de bonnes raisons pour agir ainsi. De nouveau, l'oracle de Delphes fut consulté pour comprendre pourquoi les Dieux avaient envoyé cette affreuse peste sur la ville. La réponse de Pythie fut que la ville devait rechercher le meurtrier du roi Laïos. Sinon, toute la ville finirait par périr...

– Oh là là !

– Ce fut donc le roi Œdipe qui mit tout en œuvre afin de retrouver le meurtrier de Laïos. Il n'avait jamais fait le rapprochement entre l'incident sur le chemin de Thèbes et le meurtre du roi. Sans en être conscient, Œdipe était le meurtrier qui devait élucider son propre crime. Il interrogea un devin sur le meurtrier du roi Laïos, mais ce dernier refusa tout d'abord de répondre parce qu'il trouvait la vérité trop effroyable. Œdipe, qui tenait à faire tout ce qui était en son pouvoir pour aider son peuple, finit par lui extorquer la vérité. Le devin avoua à Œdipe que c'était lui, le roi, qui était le coupable. Œdipe se remémora la violente altercation sur le chemin de Thèbes et dut admettre qu'il avait tué le roi. Toutefois, il n'avait pas encore eu la preuve qu'il était lui-même le fils de Laïos. Mais Œdipe était un homme droit qui voulait jouer cartes sur table. Il réussit à confronter le vieux berger de Thèbes avec le berger de Corinthe et eut la confirmation qu'il avait tué son père et épousé sa mère. En découvrant ce qu'il avait fait, Œdipe se creva les yeux. Car au fond n'avait-il pas toujours été aveugle ?

Je respirai profondément. Je trouvais toute cette histoire terriblement tragique et injuste.

– C'est vraiment ce qu'on peut appeler une famille maudite !

– Le roi Laïos et Œdipe avaient pourtant fait plusieurs tentatives pour échapper à leur destin. Pour les Grecs, c'était tout à fait impossible.

En passant devant Thèbes, nous sommes restés silencieux. Je crois que mon père réfléchissait à la malédiction qui avait

◇

frappé sa propre famille, en tout cas il fut un bon bout de temps aussi muet qu'une carpe.

Je ressassai l'histoire d'Œdipe dans tous les sens, puis repri la loupe et le Livre.

DEUX DE CARREAU

... le vieux maître reçoit un message important
de son pays natal...

Je fus tiré de mon sommeil au petit matin par le cri d'un coq. Je me crus quelques secondes encore à Lubeck, mais très vite le naufrage me revint en mémoire. Je me voyais tirer le canot de sauvetage sur la plage d'une lagune bordée de palmiers, puis partir à la découverte de l'île. Allongé au bord d'un grand lac, je m'étais endormi. Là, j'avais nagé parmi des myriades de poissons d'or.

M'étais-je réveillé au bord de ce lac? Avais-je seulement rêvé d'un vieux marin qui avait vécu plus de cinquante années sur cette île et qui avait fini par la peupler avec cinquante-trois nains de jeu de cartes, bien vivants?

Je résolus d'essayer d'apporter une réponse à ces questions avant d'ouvrir les yeux.

Ce ne pouvait pas être seulement un rêve! J'étais couché dans le chalet de Frode surplombant le village...

J'ouvris les yeux. Le soleil matinal laissait entrer des rayons d'or dans le chalet sombre. Je compris que mes aventures étaient tout aussi réelles que le soleil ou la lune.

Je me levai et fis quelques pas. Où est Frode? pensai-je. Je remarquai un petit coffret en bois posé sur une étagère à l'entrée de la pièce.

Je le descendis et constatai qu'il était vide. Ce devait être là que se trouvaient toutes les cartes avant que la grande métamorphose n'ait lieu.

Je reposai le coffret à sa place et sortis. Frode était là, les mains derrière le dos, il regardait le village. Je vins le rejoindre, mais nous gardâmes tous deux le silence.

En bas, les nains, survoltés, s'affairaient déjà. Tout le village et les champs alentour étaient baignés de soleil.

◊

– Le jour du Joker... lâcha soudain Frode, une expression inquiète sur le visage.

– Le jour du Joker? répétai-je.

– Nous prenons notre petit déjeuner dehors, mon garçon. Allez, assieds-toi là, je reviens tout de suite avec de quoi manger.

Il m'indiqua un escabeau adossé contre un mur du chalet devant une petite table. Même assis, j'avais une très belle vue. Certains nains tiraient une charrette hors du village, sans doute les Trèfles qui se rendaient aux champs. Du grand atelier me parvenaient des bruits de ferraille.

Frode revint avec du pain, du fromage, du lait de moluque et du tuf chaud. Il s'assit à côté de moi et continua l'histoire qu'il avait interrompue la veille.

– Je repense souvent à cette époque comme à l'époque du jeu de patience, dit-il. J'avais connu la plus grande solitude qu'il soit possible à un homme de connaître. Vu sous cet angle, rien d'étonnant à ce que cinquante-trois cartes à jouer finissent par prendre la forme des créatures qui peuplaient mon imagination. Mais ce n'est pas tout : les cartes jouèrent un rôle de plus en plus important dans le calendrier que je tenais ici sur l'île.

– Le calendrier?

– Oui, l'année a cinquante-deux semaines, c'est-à-dire une pour chacune des cartes dans le jeu.

Je me mis à calculer.

– Sept fois cinquante-deux, dis-je, font trois cent soixante-quatre.

– Exactement. Mais l'année a trois cent soixante-cinq jours. Le jour supplémentaire, nous l'appelons le jour du Joker. Il n'appartient à aucun mois, ni à aucune semaine d'ailleurs. C'est un jour en plus, un jour où tout peut arriver. Tous les quatre ans, nous avons *deux* jours du Joker.

– Subtil, tout ça...

– Ces cinquante-deux semaines – ou « cartes » comme je les appelle – sont de plus divisées en treize mois de vingt-huit jours chacun. Car treize fois vingt-huit font aussi trois cent soixante-quatre. Le premier mois est As et le dernier est Roi. Quatre

◊

ans s'écoulent entre chaque période de « deux jours du Joker ». Ça commence avec l'année des Carreaux, vient ensuite l'année des Trèfles suivie de l'année des Cœurs, pour finir avec l'année des Piques. Ainsi toutes les cartes ont chacune leur semaine et leur mois.

Le vieil homme me lança un regard furtif. Il semblait à la fois honteux et fier d'avoir découpé le temps de manière si judicieuse.

– Cela paraît un peu compliqué au premier abord, dis-je, mais c'est sacrément astucieux !

Frode fit oui de la tête et ajouta :

– Il fallait bien que je m'occupe l'esprit. L'année est de plus divisée en quatre saisons : les Carreaux au printemps, les Trèfles en été, les Cœurs en automne et les Piques en hiver. La première semaine de l'année commence avec l'As de Carreau, suivi de tous les autres Carreaux. L'été commence avec l'As de Trèfle et l'automne avec l'As de Cœur. L'hiver commence avec l'As de Pique et la dernière semaine de l'année est celle du Roi de Pique.

– Dans quelle semaine sommes-nous à présent ?

– Hier, c'était le dernier jour de la semaine du Roi de Pique, mais c'était aussi le dernier jour du mois du Roi de Pique.

– Et aujourd'hui ?...

– ... c'est le jour du Joker. Du moins le premier des deux jours du Joker. Cela donne lieu à une grande fête.

– C'est vraiment étrange...

– Oui, mon cher compatriote, on peut dire que c'est vraiment étrange que tu surgisses juste quand on retourne la carte du Joker qui marque le début d'une toute nouvelle année et d'une autre période de quatre ans. Mais ce n'est pas tout...

Le vieil homme redevint pensif.

– Eh bien ?

– Les cartes font aussi partie de la mesure du temps sur cette île.

– Attends, je ne comprends pas très bien.

– Chaque carte eut donc sa semaine et son mois, afin que je puisse mesurer le temps qui s'écoulait sur cette île. Jusqu'ici chaque année a été placée sous le signe d'une carte. Ma première année sur l'île fut celle de l'As de Carreau et ainsi de suite dans le même ordre que pour les semaines de l'année. Mais je t'ai déjà raconté que je vis ici depuis exactement cinquante-deux ans...

– Oh...

– L'année du Roi de Pique vient de s'achever, marin. Et je n'ai pas pensé au-delà de cette date, car je ne comptais déjà pas vivre cinquante-deux ans sur cette île...

– Tu ne comptais pas vivre aussi longtemps?

– Il faut croire que non. Mais aujourd'hui le Joker va déclarer ouverte l'année du Joker. La grande fête est prévue pour cet après-midi. Les Piques et les Cœurs mettent la dernière main aux installations de la grande salle. Les Trèfles sont partis cueillir des fruits et des baies et les Carreaux mettent les verres sur la table de la salle des fêtes.

– Est-ce que... est-ce que je suis invité à la fête?

– Tu seras notre invité d'honneur. Mais avant de descendre au village, il y a encore quelque chose qu'il faut que tu saches. Nous avons encore quelques heures devant nous, marin, et nous devons les employer à bon escient...

Il versa la boisson brune dans un verre qu'il était allé chercher au chalet. Prudent, je ne bus qu'une petite gorgée et le vieil homme reprit son récit :

– La fête du Joker a donc lieu à la fin de chaque année, ou bien au début d'une nouvelle année si tu préfères. Mais ce n'est que tous les quatre ans que nous faisons une patience...

– Une patience?

– Oui, tous les quatre ans. C'est ce qui s'appelle le grand jeu du Joker.

– Peut-être pourrais-tu m'expliquer tout ça plus clairement.

Il s'éclaircit la voix plusieurs fois et reprit :

– Comme je te l'ai déjà dit, il fallait bien que je trouve quelque chose à faire, puisque je vivais tout seul sur cette île. Il m'arrivait de feuilleter toutes les cartes et de faire comme si chacune « disait » sa propre phrase. Puis j'essayais de classer les différentes cartes de sorte que les phrases mises bout à bout forment un texte qui ait un sens. J'obtenais ainsi une sorte de récit qui naissait de la juxtaposition arbitraire des phrases que les cartes avaient « trouvées » indépendamment les unes des autres.

– C'était ça, le grand jeu du Joker?

– En fait, c'était au début une sorte de patience qui m'aidait à faire passer le temps. Mais c'est rapidement devenu le grand jeu du Joker que l'on joue tous les quatre ans lors du jour du Joker.

– Raconte!

– Au cours de ces quatre années, chacun des cinquante-deux nains doit penser à une phrase. Cela ne doit pas te sembler un effort incommensurable, mais tu oublies qu'ils pensent très lentement. De plus, il faut qu'ils se souviennent de leur phrase et, crois-moi, ce n'est pas un mince exercice pour ces nains qui ont une cervelle de moineau, de vivre jour après jour avec une phrase entière en tête.

– Et ils disent enfin leur phrase lors de la fête du Joker?

– Exactement. Mais cela ne constitue que la première phase du jeu. Ensuite vient le tour du Joker. Il n'a pas pensé à une phrase en particulier, mais pendant que tous les autres disent leur phrase, il trône sur une chaise haute et prend des notes. Au cours de la fête, il lui incombe d'ordonner toutes ces phrases pour en faire un texte cohérent. Il fait ensuite comparaître les nains les uns après les autres et chacun répète sa phrase, à la différence qu'à présent chacune de ces phrases est une infime partie d'une grande aventure.

– C'est vraiment très astucieux, dis-je.

– Pour ça, oui, mais on a parfois de drôles de surprises.

– Que veux-tu dire?

– On pourrait croire que le Joker fait de son mieux pour ordonner ce qui avant son intervention est un vrai chaos.

– Mais?

– Mais il semblerait que cet ordre, c'est-à-dire ce conte ou cette aventure, ait toujours existé.

– Comment serait-ce possible?

– Je ne sais pas. Mais s'il en est ainsi, les cinquante-deux nains sont alors bien autre chose que juste cinquante-deux individus. Il y aurait alors des fils invisibles qui les relieraient tous les uns aux autres. Car je ne t'ai pas encore tout dit.

◊

– Continue !

– Les premiers temps où j'étais sur l'île, je m'amusais aussi à me tirer les cartes. Ce n'était bien sûr qu'un jeu. Mais, qui sait, peut-être que les marins de tous les ports du monde avaient raison quand ils affirmaient qu'on pouvait lire l'avenir dans les cartes. Par un fait étrange, le Valet de Trèfle et le Roi de Cœur avaient joué à plusieurs reprises un rôle déterminant dans les patiences que je faisais à peine quelques jours avant qu'ils ne surgissent sur l'île.

– Étrange en effet...

– Je n'y pensais plus lorsque nous avons commené à faire le jeu du Joker, une fois que toutes les cartes furent apparues. Mais sais-tu quelles étaient les dernières phrases de l'histoire, il y a quatre ans ?

– Comment veux-tu que je le sache ?

– Alors écoute : « Le jeune marin arrive au village le dernier jour de l'année de Pique. Le marin devine les énigmes avec l'aide du Valet de verre. Le vieux maître reçoit un message important de son pays natal. »

– C'est... c'est vraiment étonnant.

– Je n'y ai pas spécialement prêté attention ces quatre dernières années, mais quand je t'ai vu arriver hier soir – qui était à la fois le dernier jour de la semaine, du mois et de l'année du Pique – oui, alors la vieille prophétie m'est revenue en mémoire. D'une certaine façon, on t'attendait, marin...

Je fus soudain saisi d'une intuition :

– « Le vieux maître reçoit un message important de son pays natal », répétai-je.

– Eh bien ?

Le vieil homme me dévisageait maintenant plein de curiosité.

– N'as-tu pas dit qu'elle s'appelait Stine ?

Il fit oui de la tête.

– Et elle était aussi de Lubeck ?

De nouveau il hocha la tête.

– Mon père s'appelle Otto. Il a grandi sans père mais sa mère s'appelait aussi Stine. Elle est morte il y a quelques années.

◇

– C'est un nom très courant en Allemagne.

– Naturellement... Mon père était ce qu'on appelle un enfant naturel. Grand-Mère ne s'est jamais mariée. Elle... elle était fiancée à un marin qui périt en mer. Ni elle ni lui ne savaient qu'elle attendait un enfant quand ils se sont vus pour la dernière fois... On a beaucoup jasé : ah, cette fille couche-toi-là et ce matelot de nulle part qui avait levé l'ancre plutôt que d'assumer ses responsabilités !

– Hum... Et ton père est né quand, mon garçon ?

– Je...

– Réponds, je te dis ! Quand ton père est-il né ?

– Il est né à Lubeck le 8 mai 1791, il y a un peu plus de cinquante et un ans.

– Et ce « marin », il était le fils d'un maître verrier, n'est-ce pas ?

– Je ne sais pas. Grand-Mère ne racontait pas grand-chose sur lui. Sans doute à cause de tous les potins. Mais souvent elle nous racontait comment le dernier jour, au moment où le bateau quittait le port de Lubeck, il était grimpé sur le gréement pour lui faire un dernier signe de la main et s'était blessé au bras en tombant. Elle souriait toujours en racontant cette histoire. Toute cette démonstration avait été en quelque sorte en son honneur.

Le vieil homme resta longtemps perdu dans ses pensées, le regard vague.

– Le bras, finit-il par dire, est sans doute beaucoup plus près que tu ne crois.

En disant ces mots, il releva la manche de sa veste et me montra quelques vieilles cicatrices sur l'avant-bras.

– Grand-Père ! m'écriai-je.

Je le pris dans mes bras et me serrai fort contre lui.

– Mon fils... parvint-il à dire avant de sangloter. Mon fils... mon fils...

...elle a été attirée ici par son propre reflet...

Voilà qu'apparaissait donc une famille maudite dans le Livre aussi. J'y voyais décidément de moins en moins clair.

Nous avons fait une halte pour déjeuner dans une taverne de village et nous avons choisi une longue table à l'ombre d'arbres centenaires. De vastes plantations d'orangers, croulant sous les fruits, s'étendaient alentour.

Nous avons mangé des brochettes de viande et de la salade grecque avec de la féta. Au dessert, je parlai à mon père du calendrier sur l'île. Je ne pouvais naturellement pas dire d'où je sortais tout ça, alors je dus inventer un mensonge du genre que ça m'était venu à l'idée pendant que j'étais assis tout seul à l'arrière.

Mon père fut carrément ébloui devant tant de science de la part de son fils. Il prit un stylo et gribouilla sur sa serviette :

– Cinquante-deux cartes, ça fait cinquante-deux semaines. En d'autres termes, trois cent soixante-quatre jours. Puis il y a treize mois de vingt-huit jours chacun, ce qui fait aussi trois cent soixante-quatre jours. Dans les deux cas, il y a un jour qui manque...

– Et c'est le jour du Joker, dis-je.

– Mais bien sûr !

Il laissa longtemps son regard flotter du côté des orangers. Puis il me demanda :

– Quand es-tu né, Hans-Thomas ?

Je ne comprenais pas le sens de sa question.

– Le 29 février 1972, répondis-je.

– Qu'est-ce que c'était comme jour ?

Je compris enfin où il voulait en venir : j'étais né un 29 février, c'est-à-dire une année bissextile. Autrement dit, le jour

◊

233

du Joker selon le calendrier de l'île enchantée. Comment diable n'y avais-je pas songé plus tôt ?

— Le jour du Joker ! m'écriai-je.

— Parfaitement !

— Est-ce que tu crois que c'est parce que je suis le fils d'un Joker ou parce que j'en suis un moi-même ? lui demandai-je.

Mon père m'adressa un regard empreint de gravité et dit :

— Les deux, bien sûr. Si *je* dois avoir un fils, alors que ce soit un jour de Joker. Et quitte à naître, autant que *tu* naisses aussi un jour de Joker. Ces choses-là sont liées, tu comprends ?

Je ne suis pas si sûr qu'il apprécie tant que ça le fait que je sois né un jour de Joker. Quelque chose dans sa voix trahissait une certaine crainte que je ne vienne empiéter sur ses plates-bandes.

Il retourna en tout cas rapidement à cette histoire de calendrier.

— Tu viens vraiment de trouver ça ? me demanda-t-il à nouveau. Ah ! chaque semaine a sa carte, chaque mois a sa propre carte allant de l'as au roi et chaque saison a une des quatre couleurs. Tu devrais faire breveter ça, Hans-Thomas ! Il n'existe à ma connaissance encore aucun calendrier de bridge digne de ce nom.

Il remua son café, riant pour lui-même. Puis il dit :

— Il y eut d'abord le calendrier julien, puis on passa au grégorien. Il serait peut-être temps d'en changer.

Il s'intéressait visiblement plus à ce calendrier que moi. Il continua de griffonner toutes sortes de chiffres sur sa serviette. Enfin il me regarda avec ce petit air espiègle de joker dans les yeux et dit :

— Et ce n'est pas tout… Si tu fais le total de tous les chiffres d'une seule couleur, tu obtiens quatre-vingt-onze. L'as compte un, le roi treize, la dame douze et ainsi de suite. Tu n'as qu'à compter, tu verras, ça fait bien quatre-vingt-onze en tout.

— Quatre-vingt-onze ? dis-je.

Je ne voyais pas très bien où il voulait en venir.

◊

Il avait posé son stylo et laissé la serviette pour me regarder droit dans les yeux.

– Combien font quatre-vingt-onze fois quatre?

– Neuf fois quatre, trente-six, dis-je... Trois cent soixante-quatre! Ça alors!

– Je ne te le fais pas dire! Toutes les cartes ensemble totalisent trois cent soixante-quatre points, plus le joker. Certaines années ont deux jours du Joker, c'est peut-être pour cela qu'il y a deux jokers dans un jeu de cartes, Hans-Thomas. Cela ne peut pas être le fait du hasard.

– Crois-tu vraiment que le jeu de cartes a été conçu avec cette intention?

– Non, je ne le crois pas non plus. Je crois plutôt que les hommes ne réussissent pas à interpréter les signes qu'ils ont sous les yeux. Jusqu'ici personne ne s'est donné la peine d'additionner toutes les cartes, c'est tout. Et pourtant ce ne sont pas les jeux de cartes qui manquent!

Il resta pensif un instant, puis je vis une ombre passer sur son visage.

– Mais il y a un sérieux problème, ajouta-t-il. Ce ne sera plus aussi facile d'extorquer un joker, si celui-ci a sa place dans le calendrier.

Là-dessus, il partit d'un grand éclat de rire. Cela ne devait pas être si grave que ça, alors.

De nouveau au volant, il continua longtemps à sourire pour lui-même. Je crois qu'il pensait encore à cette histoire de calendrier.

Comme nous approchions d'Athènes, j'aperçus soudain un grand panneau. J'avais pourtant vu ce panneau plusieurs fois, mais cette fois mon cœur bondit dans ma poitrine.

– Stop! criai-je. Arrête-toi!

Mon père eut la peur de sa vie. Il rangea la voiture sur le bas-côté en freinant à mort.

– Qu'est-ce qu'il y a? me demanda-t-il en se retournant.

– Vite! dis-je. Allez, vite, dehors!

◊

Mon père ouvrit la portière et bondit hors de la voiture.

– Tu as mal au cœur ? s'inquiéta-t-il.

Je lui montrai du doigt le panneau indicateur qui n'était qu'à quelques mètres devant nous.

– Tu vois ce panneau, là ?

Mon père faisait une telle tête qu'il m'apitoyait presque un peu, mais j'étais trop occupé à lire ce qui était marqué sur le panneau.

– Eh bien, qu'est-ce qu'il a, ce panneau ? demanda mon père qui devait se demander si son fils ne devenait pas complètement cinglé.

– Lis-le, dis-je.

– « ATINA », lut mon père qui commençait à se calmer. C'est en grec et ça veut dire Athènes.

– C'est vraiment tout ce que tu vois ? Alors sois gentil et lis-le-moi à l'envers.

– « ANITA », lut-il alors.

Je ne dis rien et me contentai d'acquiescer d'un air grave.

– Oui, c'est troublant, avoua-t-il.

Il alluma une cigarette. Il prenait ça tellement bien que cela m'énerva prodigieusement.

– « Troublant », c'est tout ce que tu trouves à dire ? Elle est là, voilà ce que ça veut dire ! Elle est venue ici. Elle a été attirée ici par son propre reflet ! C'était son *destin.* Tu comprends maintenant toute l'histoire ?

J'avais dû dire quelque chose qui mit mon père hors de lui.

– Maintenant, tu te calmes, Hans-Thomas !

Il n'avait pas dû apprécier l'image du destin et du reflet dans le miroir.

Une fois en voiture, il me dit :

– Tu ne crois pas que tu vas parfois un peu trop loin dans tes élucubrations ?

En disant ces mots, il faisait allusion bien sûr au nain qui me poursuivait et à l'étrange calendrier. Je trouvai ça injuste de sa part. Il était plutôt mal placé pour me reprocher mes

◇

« élucubrations ». Qui avait le premier parlé de famille maudite, hein ?

Pendant que nous roulions vers Athènes, je repris le Livre et lus comment se préparait la fête du jour du Joker sur l'île enchantée.

QUATRE DE CARREAU

...sa petite main était fraîche
comme la rosée du matin...

J'avais donc rencontré mon propre grand-père paternel sur l'île enchantée. J'étais le fils de l'enfant à naître qu'il avait laissé derrière lui à Lubeck, lorsqu'il s'était embarqué pour son dernier voyage.

Qu'est-ce qui était le plus étrange dans toute cette histoire? Qu'une petite graine puisse grandir, grandir jusqu'à devenir un être humain? Ou qu'un homme puisse avoir une imagination si débordante que ses rêves finissent par devenir réalité et prennent la forme de petits êtres qui gambadent en liberté? Mais les hommes eux-mêmes n'étaient-ils pas des créatures fantastiques nées de l'imagination de quelqu'un? *Qui* nous avait mis au monde?

Frode avait passé un demi-siècle sur cette grande île. Pourrions-nous jamais retourner tous les deux en Allemagne? Pourrais-je un jour franchir le seuil de la boulangerie de mon père à Lubeck et présenter le vieil homme en disant: «Me voici, Papa. Je reviens du vaste monde. Et je t'ai ramené Frode, ton père.»

Mille pensées m'assaillaient sur le monde, l'histoire et la chaîne des générations tandis que je serrais Frode contre moi. Mais je fus vite interrompu dans mes réflexions par une foule de nains vêtus de rouge qui montaient du village en courant.

— Regarde! chuchotai-je au vieil homme. Nous avons de la visite!

— Ce sont les Cœurs, dit-il, la voix étouffée par les sanglots. Ils viennent toujours me chercher pour la fête du Joker.

— J'ai hâte d'y être, dis-je.

— Moi aussi, mon fils. Ne t'ai-je pas dit que c'était le Valet de Pique qui annonçait l'importante nouvelle du pays natal?

— Non... Comment ça?

— Les Piques portent toujours malheur. C'est quelque chose que j'ai appris dans tous les troquets des ports longtemps avant le naufrage. Cela s'est vérifié aussi sur l'île: chaque fois que je tombais

◇

sur un Pique dans le village, je pouvais être sûr qu'il allait m'arriver quelque chose de désagréable.

Il n'eut pas le temps d'en dire davantage, car tous les Cœurs de Deux à Dix surgirent devant nous en dansant une farandole. Ils avaient tous de longs cheveux blonds et des robes rouges avec des cœurs dessus. Comparées aux vêtements sombres de Frode et à mon propre costume de marin élimé, ces robes rouges avaient un tel éclat que je dus me frotter les yeux.

Lorsque nous nous levâmes, ils formèrent une ronde autour de nous.

– Bon Joker ! s'écrièrent-ils en riant.

Puis ils se mirent à danser en chantant et faisant tournoyer leurs robes.

– Bon, allez, maintenant ça suffit comme ça, dit le vieil homme.

Il leur parlait comme on parle à des animaux familiers.

A ces mots, les jeunes filles se turent et nous poussèrent gentiment en bas vers le village. Pour ma part, ce fut le Cinq de Cœur qui me prit par la main et m'entraîna. Sa petite main était fraîche comme la rosée du matin.

Une fois arrivés au village, nous fûmes surpris par le calme qui régnait sur la place du marché et dans les rues. Nous entendions des cris et des braillements dans certaines maisons. Les Cœurs s'engouffrèrent dans une maison et disparurent.

Autour du grand atelier, les lampes à huile continuaient de brûler même en plein soleil.

– C'est ici, dit Frode.

Et nous sommes entrés dans la salle des fêtes.

Aucun des nains n'était encore là, mais quatre grandes tables étaient dressées avec des assiettes en verre et de hautes coupes débordantes de fruits. Il y avait aussi de nombreuses bouteilles et des carafes remplies de la fameuse boisson étincelante. Et treize chaises autour de chacune des tables.

Les murs étaient constitués de troncs de bois clair et des lampes à huile en verre coloré pendaient des poutres du plafond. Un des murs était percé de quatre fenêtres ; sur les rebords de ces

◇

fenêtres on avait posé des bocaux de poissons rouges, bleus ou dorés. La lumière du soleil inondait la pièce et déposait des reflets d'or sur les bouteilles et les bocaux, faisant jouer de minuscules arcs-en-ciel sur le plancher et le long des murs. Contre le mur aveugle, trois hautes chaises, placées les unes à côté des autres, ressemblaient à des sièges de juge dans une salle de tribunal.

J'avais à peine eu le temps de tout regarder, quand la porte s'ouvrit et le Joker bondit à l'intérieur de la salle.

– Salut à vous ! dit-il avec un large sourire.

Au moindre de ses mouvements, toutes les petites clochettes de son costume violet et de son bonnet rouge et vert aux longues oreilles tombantes se mettaient à tinter.

Soudain il fit un saut vers moi et me pinça l'oreille. On aurait dit que ses grelots étaient ceux d'un cheval fou tirant un traîneau.

– Eh bien ? dit-il. Est-on heureux d'être invité à la grande représentation de la fête ?

– Merci pour l'invitation, répondis-je.

J'avais presque peur de ce lutin.

– Que vois-je ? On a appris l'art de dire merci ? Pas mal, ricana-t-il.

– Tu ne crois pas que tu ferais mieux de te calmer un peu, espèce de fou ? intervint Frode sur un ton sévère.

Mais le petit Joker se contenta de lancer un regard méfiant vers le vieux marin.

– On a les jetons avant la grande séance, hein ? Mais il est trop tard pour regretter quoi que ce soit, dit le Joker, car aujourd'hui toutes les cartes vont être retournées avec l'image en haut. Et la vérité est dans les cartes. N'en disons pas plus ! Message terminé !

D'un bond le bouffon fut à nouveau dans la rue. Frode secoua tristement la tête.

– Qui représente à présent la plus haute autorité ici sur l'île, demandai-je. C'est toi ou ce fou ?

– Jusqu'ici cela a été moi, répondit-il troublé.

Peu de temps après, la porte s'ouvrit une nouvelle fois et le Joker réapparut. Très solennel, il prit place sur une des trois hautes chaises contre le mur et nous fit signe, à Frode et à moi, de prendre place à

◊

ses côtés. Frode s'assit au milieu avec le Joker à sa droite et moi à sa gauche.

— Silence ! cria le Joker, dès que nous fûmes assis, bien que nous n'ayons pas ouvert la bouche.

Puis nous entendîmes un ravissant air de flûte. Et les Carreaux passèrent tous, à petits pas, le seuil de la porte. En tête, le petit Roi suivi de la Reine et du Valet, et tous les autres Carreaux à leur suite. L'As fermait la marche. Hormis les personnalités royales, tous jouaient d'une petite flûte en verre. Ils jouaient une valse étrange, la sonorité des flûtes était aussi ténue et aiguë que le son des plus petits tuyaux d'un orgue d'église. Tous avaient des costumes roses, des cheveux argentés et des yeux bleus. Et tous, à part le Roi et le Valet, étaient des jeunes filles.

— Bravo ! s'écria le Joker en applaudissant.

Frode faisant de même, je l'imitai moi aussi.

Les Carreaux vinrent se placer dans un coin de la salle en formant un quart de cercle. Déjà arrivaient les Trèfles dans leurs uniformes bleu nuit. La Reine et l'As avaient des robes de la même couleur. Tous avaient des cheveux bruns et crépus, la peau mate et les yeux foncés. Leur constitution était plus robuste que celle des Carreaux et, chez eux, seuls la Reine et l'As n'étaient pas des hommes.

Les Trèfles se rangèrent à côté des Carreaux de façon à former ensemble un demi-cercle. Puis entrèrent les Cœurs dans leurs robes rouge sang. Chez eux, seuls le Roi et le Valet étaient des hommes et leur uniforme était rouge foncé. Les Cœurs avaient les cheveux blonds, le teint resplendissant et les yeux verts. L'As de Cœur se distinguait cependant des autres car elle portait une robe jaune, celle précisément qu'elle portait le jour où je l'avais rencontrée dans la forêt. Elle marcha et vint se placer à côté du Roi de Trèfle. Les nains formaient à présent trois quarts de cercle.

En dernier venaient les Piques. Ils avaient les cheveux noirs en bataille, des yeux tout noirs et des uniformes noirs. Leurs épaules étaient un peu plus larges que celles des autres nains et tous avaient une expression peu engageante sur le visage. Chez eux, seuls la Reine et l'As étaient des femmes et toutes deux portaient des robes violettes.

L'As de Pique vint prendre place à côté du Roi de Cœur et les cinquante-deux nains formaient à présent un cercle entier.

– Étonnant! murmurai-je.

– Les fêtes du Joker commencent ainsi chaque année, me répondit Frode en chuchotant. Ils reconstituent les cinquante-deux semaines de l'année.

– Pourquoi l'As de Cœur a-t-elle une robe jaune?

– Elle est le soleil qui est le plus haut dans le ciel en plein été.

Entre le Roi de Pique et l'As de Carreau, il restait une place de libre. C'est alors que le Joker descendit de sa chaise et vint se placer entre eux. Ainsi le cercle était-il définitivement complet. En regardant droit devant lui, le Joker avait en face de lui l'As de Cœur.

Les nains se prirent tous par la main en disant:

– Bon Joker! Et bonne année!

En entendant ces mots, le petit Joker souleva un de ses bras en faisant tinter ses clochettes.

– Ce n'est pas seulement une année qui vient de s'écouler, cria-t-il d'une voix forte. Mais c'est aussi l'achèvement de tout un jeu de cinquante-deux années. A partir d'aujourd'hui, l'avenir sera sous le signe du Joker. Joyeux anniversaire, frère Joker! N'en disons pas plus! Message terminé!

Il avait à peine prononcé ces mots qu'il se serra l'autre main comme s'il voulait se féliciter lui-même. Les nains applaudirent à tout rompre, bien qu'ils n'aient pas bien saisi le sens de son discours, loin de là. Enfin, ils vinrent s'asseoir autour des quatre tables dressées pour chacune des familles.

Frode posa une main sur mon épaule.

– Ils ne comprennent pas très bien de quoi il s'agit, chuchota-t-il. Ils ne font que répéter la manière dont je posais les cartes en cercle, année après année, pour fêter chaque nouvelle année.

– Mais...

– As-tu déjà vu des chevaux et des chiens courir dans un manège de cirque, mon garçon? C'est la même chose avec ces nains: ils sont comme des animaux dressés. Seul le Joker...

– Eh bien?

– Je ne l'ai jamais vu si sûr de lui ni si arrogant.

CINQ DE CARREAU

...manque de chance, ce qu'on versa dans mon verre
était doux et sucré...

Mon père m'avertit que nous entrions dans Athènes et, si près du but de notre voyage, je quittai vite le monde des nains.

Grâce à une carte et une bonne dose de persévérance, mon père finit par trouver une agence de voyages. Je restai dans la voiture à regarder passer tous ces petits Grecs pendant que mon père essayait de trouver un hôtel dans nos prix.

En revenant, il affichait un sourire éclatant.

– Hôtel Titania, dit-il en reprenant sa place au volant. Ils ont une chambre libre avec garage, ce qui est important, mais surtout, comme nous allons passer quelques jours ici, je leur ai dit que je voulais *voir* l'Acropole et nous avons fini par trouver cet hôtel qui a une grande terrasse avec une vue imprenable sur Athènes.

Il n'avait pas exagéré. On nous donna une chambre au douzième étage et la vue était époustouflante. Nous avons pris tout de suite l'ascenseur pour aller sur la terrasse qui donnait directement sur l'Acropole.

Mon père resta longtemps silencieux à contempler les vieux temples.

– C'est incroyable, dit-il enfin, c'est vraiment incroyable.

Il arpentait nerveusement la terrasse de long en large. Il finit par se calmer et commander une bière. Nous avons choisi une table au bout de la terrasse tout contre la balustrade, face à l'Acropole. On alluma bientôt l'éclairage nocturne dans l'enceinte des temples et je crus que mon père allait devenir complètement fou.

Une fois remis de ses émotions, il dit :

– Nous irons là demain matin. Puis nous verrons la vieille place du marché d'Athènes et je te montrerai comment les

◇

grands philosophes se promenaient en parlant à droite et à gauche de questions fort importantes que l'Europe d'aujourd'hui a malheureusement oubliées.

C'était le début de tout un exposé sur les philosophes d'Athènes. Au bout d'un moment, je l'interrompis :

– Je croyais que nous étions venus ici pour rechercher Maman, dis-je. Ne me dis pas que tu as oublié ?

Il en était à sa deuxième ou troisième bière.

– Bien sûr que non, répondit-il. Mais si nous la retrouvons avant d'avoir vu l'Acropole, nous n'aurons rien à lui dire. Et ce serait la pire chose qui puisse arriver après toutes ces années, non ?

A cet instant, je compris que mon père appréhendait quelque peu ces retrouvailles avec Maman. Cette pensée était si terrible que du coup je me sentis presque devenu adulte. Jusqu'ici j'avais trouvé normal qu'une fois à Athènes nous recherchions tout de suite Maman. Et si nous la retrouvions, tous nos problèmes disparaîtraient. Je me rendis compte à quel point j'avais été naïf.

Ce n'était pas la faute de mon père, car il m'avait souvent répété qu'il n'était pas sûr qu'elle veuille revenir avec nous à la maison. Mais autant dire qu'il avait prêché dans le désert. Comment ne serait-elle pas rentrée avec nous, puisque nous avions fait l'effort de venir la rechercher jusqu'en Grèce ?

Je comprenais enfin l'infantilisme de mon attitude et j'eus aussitôt beaucoup de peine pour mon père. Je trouvais évidemment que j'étais moi aussi beaucoup à plaindre.

Je crois que c'est ce qui explique la suite des événements.

Après avoir débité encore quelques âneries sur Maman et les anciens Grecs, il me demanda :

– Que dirais-tu d'un verre de vin, Hans-Thomas ? Moi en tout cas, j'en prends un, c'est tellement triste de boire du vin tout seul...

– Premièrement, tu sais bien que je n'aime pas le vin, dis-je, et deuxièmement je ne suis pas un adulte.

– Bon, je vais te commander quelque chose que tu vas

◊

aimer, déclara-t-il, très sûr de lui. D'ailleurs il ne te manque plus grand-chose pour être un adulte.

Il fit signe au garçon, commanda un verre de Martini rouge pour moi et un verre de Metaxa pour lui-même.

Le garçon me regarda d'un air surpris puis tourna ses regards vers mon père.

– *Really ?* dit-il.

Mon père fit oui de la tête et le serveur disparut.

Manque de chance, ce qu'on versa dans mon verre était doux et sucré et surtout très rafraîchissant à cause de tous les glaçons qu'on y avait ajoutés. J'en bus deux ou trois avant que le drame ne se produise.

Je devins livide et j'étais à deux doigts de m'évanouir.

– Mais, mon garçon ! entendis-je mon père me crier.

Il me ramena à notre chambre et ce fut pour moi le grand trou noir jusqu'au lendemain matin. Je me sentais dans un état pitoyable. Mon père aussi, je crois.

SIX DE CARREAU

... de temps en temps ils descendaient
et se mêlaient aux êtres humains...

La première chose qui me vint à l'esprit, en me réveillant ce matin-là, fut que je commençais à en avoir vraiment assez de ces ivrogneries.

J'avais un père qui était peut-être l'esprit le plus aiguisé au nord des Alpes, ou du moins d'Arendal, et il fallait qu'il se laisse détruire par l'alcool! Il était temps de mettre les choses au clair une bonne fois pour toutes avant de retrouver Maman.

Lorsque mon père, au saut du lit, reparla de l'Acropole, je décidai de repousser la discussion jusqu'au petit déjeuner.

J'attendis que nous ayons tous les deux fini de manger. Mon père avait redemandé du café et allumé sa première cigarette de la journée tout en dépliant un grand plan d'Athènes.

– Tu ne trouves pas que tu exagères un peu? demandai-je. Il me regarda.

– Ne fais pas l'innocent, tu sais très bien de quoi je veux parler, continuai-je. Nous avons souvent déjà parlé de ta façon de toujours picoler à droite et à gauche, mais de là à entraîner ton fils aussi, je trouve que tu dépasses les bornes.

– Je regrette, Hans-Thomas, dit-il. Tu n'as visiblement pas supporté le Martini d'hier.

– Ça oui! Mais tu ne crois pas que tu pourrais un peu diminuer les doses, pour toi aussi? Ce serait quand même dommage que le seul joker d'Arendal devienne un ivrogne comme tous les autres!

Sa mauvaise conscience faisait pitié à voir, mais il n'allait pas s'en tirer à si bon compte après toutes ces années.

– Je vais y réfléchir, dit-il.

– Tu ferais mieux d'y réfléchir tout de suite, car je ne pense

◇

pas que Maman serait ravie de retrouver un philosophe porté sur la bouteille.

Il s'agita sur sa chaise. Avoir à se justifier devant son propre fils le mettait mal à l'aise. Aussi fus-je très étonné de l'entendre avouer :

– Je me suis aussi dit la même chose, Hans-Thomas.

Cet aveu était si important que je décidai d'en rester là pour aujourd'hui. Je ne sais pourquoi, mais pour la première fois j'eus l'impression que mon père ne m'avait pas tout dit sur les raisons du départ de Maman.

– Comment fait-on pour aller à l'Acropole ? demandai-je en jetant un coup d'œil sur le plan.

Et nous voilà repartis pour un tour.

Pour gagner du temps, nous avons pris un taxi devant l'hôtel. Celui-ci emprunta une allée qui montait le long de la colline et nous n'avons plus eu qu'à grimper les derniers mètres jusqu'au site.

Une fois au pied du Parthénon, mon père en fit plusieurs fois le tour en murmurant :

– Extraordinaire... tout à fait extraordinaire.

Nous avons marché un bon moment parmi ces ruines pour finir par nous arrêter et contempler le théâtre qui se trouvait en contrebas de la colline, tout à la verticale. C'est dans ce vieil amphithéâtre qu'avait été donnée entre autres la tragédie du roi Œdipe.

Mon père me montra une grosse pierre et dit :

– Assieds-toi là.

C'est ainsi que commença son cours sur les Athéniens.

Quand il eut terminé, au moment où le soleil était à son zénith, nous avons repris notre promenade en regardant attentivement les temples les uns après les autres. Mon père me signalait tel détail, m'expliquant la différence entre les colonnes de style dorique et ionique, soulignant que le Parthénon n'avait pas une seule ligne droite. A l'intérieur de cet immense monument, il n'y avait qu'une seule chose : une

◇

statue d'Athéna – déesse tutélaire d'Athènes – haute de douze mètres.

J'appris que les Dieux grecs habitaient sur l'Olympe, une haute montagne plus au nord de la Grèce. De temps en temps ils descendaient et se mêlaient aux êtres humains. Ils étaient alors, aux dires de mon père, comme de grands Jokers dans le jeu de cartes des hommes.

Il y avait un petit musée là-haut, mais je demandai grâce. Faveur accordée sur-le-champ, et je lui indiquai l'endroit où je l'attendrais.

Avec un tel guide, je me serais volontiers laissé entraîner dans ce musée, si je n'avais pas senti que le Livre me rappelait à l'ordre.

J'avais bien écouté ce que mon père me racontait sur les anciens Grecs, mais je ne pouvais m'empêcher de me demander ce qui allait se passer au cours de la grande fête du Joker. Dans la salle des fêtes, les cinquante-deux nains avaient formé un grand cercle et chacun d'entre eux allait dire sa phrase...

SEPT DE CARREAU

... un grand carnaval où les invités avaient eu pour
consigne de se déguiser en cartes à jouer...

Les nains continuèrent tous à parler en même temps jusqu'au moment où le Joker frappa dans ses mains.

— Avez-vous tous pensé à une phrase pour le jeu de Joker? demanda-t-il à l'assemblée.

— Ouiii... crièrent-ils en chœur.

— Alors, je vous écoute! lança le Joker.

A ces mots, chacun des cinquante-deux nains prononça sa phrase en même temps. Quelle cacophonie! Puis ce fut le silence total, comme si la séance était déjà terminée.

— C'est chaque fois la même chose, me chuchota Frode à l'oreille. Chacun n'entend naturellement que sa propre phrase.

— Merci de votre attention, dit le Joker, mais reprenons à présent vos phrases une par une. Commençons par l'As de Carreau.

La petite princesse se leva et, chassant du front une mèche de ses cheveux argentés, elle dit:

— *Le destin est une tête de chou-fleur qui pousse de manière égale dans toutes les directions.*

Ayant prononcé ces mots, elle se rassit – les joues en feu.

— Une tête de chou-fleur, eh eh! – le Joker se gratta la tête – euh, ce n'est pas si idiot que ça. Bon, au Deux de Carreau maintenant!

Le Deux se leva sur-le-champ et dit:

— *La loupe correspond à un morceau de verre du bocal à poissons rouges.*

— Ah bon? commenta le Joker. Cela aurait été encore mieux si tu nous avais révélé quelle loupe correspondait à quel morceau de bocal. Mais patience, patience! Toute la vérité ne peut pas sortir du seul Deux de Carreau. Au suivant!

Le Trois de Carreau se leva:

◇

– *Le père et le fils cherchent la jolie femme qui ne se trouve pas elle-même*, dit-elle en reniflant avant de se mettre à pleurer.

Je me souvins l'avoir déjà vue pleurer à une autre occasion. Tandis que Roi de Carreau entreprenait de la consoler, le Joker demanda :

– Et pourquoi ne se trouve-t-elle pas elle-même ? Nous le saurons quand toutes les cartes auront été retournées. Au suivant !

Tous les Carreaux défilèrent.

– *La vérité est que le fils du maître verrier n'a pas voulu croire en la force de son imagination*, dit le Sept.

C'est exactement ce qu'elle avait dit dans la maison de verre.

– *Les personnages sortent de la manche du prestidigitateur et se pincent eux-mêmes pour voir s'ils sont bien vivants*, affirma le Neuf.

C'était elle qui avait dit qu'elle voulait penser une pensée qui était tellement difficile à penser qu'elle n'arrivait pas à la penser. Je trouvai pour ma part qu'elle ne s'était pas si mal débrouillée que ça.

Pour finir le Roi de Carreau dit :

– *Le jeu de la patience est la malédiction d'une famille.*

– Très intéressant, s'écria le Joker. Déjà, après le premier quart, nous avons pu mettre en place plusieurs pièces du puzzle. Vous voyez un peu la profondeur de ce jeu ?

Cette déclaration provoqua quelques remous et chuchotements, mais le Joker poursuivit :

– Il nous reste encore à entendre les trois quarts du cercle du destin. Allez, les Trèfles, à vous !

– *Le destin est un serpent qui a si faim qu'il se dévore lui-même*, dit l'As de Trèfle.

– *Le poisson rouge ne trahit pas le secret de l'île, mais le Livre de la brioche, oui*, continua le Deux.

Je compris qu'il avait cette phrase sur les lèvres depuis un certain temps et qu'elle lui avait échappé juste avant de s'endormir dans le champ tellement il avait craint de l'oublier.

Tous les autres nains défilèrent un par un, les autres Trèfles d'abord, suivis des Cœurs et des Piques.

– *La boîte intérieure contient la boîte extérieure de même que la boîte extérieure contient la boîte intérieure*, dit l'As de Cœur –

◇

c'était exactement la phrase qu'elle m'avait dite quand je l'avais rencontrée dans la forêt.

– *Un beau matin, le Roi et le Valet s'évadent de la prison de la conscience.*

– *La poche de la veste dissimule un jeu de cartes qui doit sécher au soleil.*

Les nains parlaient si vite les uns à la suite des autres que j'avais du mal à suivre. Chacun disait une phrase, plus absurde l'une que l'autre. Certains la disaient en chuchotant, d'autres en riant, certains avec grandiloquence, comme s'ils récitaient un poème, et d'autres sanglotaient ou pleuraient. L'impression d'ensemble – si tant est qu'on puisse employer un tel terme pour quelque chose d'aussi décousu et confus que toutes ces déclarations –, c'était qu'il était impossible de comprendre le sens particulier de chaque phrase et encore moins la signification générale. Mais le Joker s'appliquait à noter chaque parole et sa place dans la succession de toutes ces déclarations.

Tout à la fin, le Roi de Pique décocha un regard perçant au Joker en disant :

– *Celui qui dévoilera le destin devra y survivre.*

Il était le dernier à parler. Cette phrase, je m'en souviens, me parut d'une extrême intelligence. Le Joker dut être de mon avis, car il applaudit à tout rompre en faisant tinter toutes ses petites clochettes. Je vis Frode secouer tristement la tête. Ensuite nous nous sommes levés de nos chaises pour nous mêler aux nains qui se promenaient à présent entre les tables.

L'espace d'un instant, je crus à nouveau être dans une résidence surveillée pour débiles mentaux. Peut-être que Frode, qui devait prendre soin d'eux, avait fini par devenir fou lui aussi.

Tout ce qu'il m'avait raconté sur le naufrage et le jeu de cartes, ou encore sur ces personnages nés de son imagination et qui soudain avaient pris vie, pouvait fort bien être les hallucinations d'un esprit malade. Je n'avais qu'un seul repère : le prénom de ma grand-mère était effectivement Stine et ma mère et mon père m'avaient en effet dit que mon grand-père était tombé du mât et s'était blessé au bras.

◇

Peut-être que Frode avait vraiment vécu sur l'île plus de cinquante ans ; j'avais déjà entendu dire que certains survivants après un naufrage vivaient aussi vieux. Il pouvait très bien avoir gardé un jeu de cartes sur lui. Par contre je ne voyais pas comment des cartes avaient pu prendre vie par la seule force de son imagination.

Il y avait bien entendu une autre explication : tout cela pouvait n'avoir lieu que dans ma propre imagination. Qui sait si je n'étais pas devenu fou à mon tour ? Peut-être y avait-il quelque chose dans les baies que j'avais mangées près du lac rempli de poissons rouges ? De toute façon, je n'étais pas plus avancé...

Je fus tiré de mes pensées par un bruit qui me rappela la cloche d'un navire. Au même moment, je sentis quelqu'un me tirer par la manche. C'était le Joker. La cloche du bateau n'était en fait que le tintement de grelots de son costume de Polichinelle.

– A propos, comment juge-t-on qu'on a une bonne donne en cartes ?

Il resta immobile à me dévisager avec une expression qui indiquait clairement qu'il en savait plus long que moi là-dessus. Je m'abstins de répondre.

– Dis-moi, poursuivit le bouffon, ne trouverais-tu pas ça complètement fou si quelque chose que l'on *pensait* devenait soudain réel ?

– Oh, bien sûr que si. Mais comme c'est impossible...

– Impossible, tu as raison, admit le Joker. Cependant il faut bien reconnaître que c'est un fait.

– Qu'est-ce que tu veux dire ?

– Je te l'ai déjà dit. Nous sommes là tous les deux à nous regarder. A l'air libre, pour ainsi dire... en chair et en os. Comment avons-nous réussi à sortir « de la prison de la conscience » ? Quel genre d'échelle faut-il pour ce genre d'exercice ?

– Nous avons peut-être toujours vécu ici, dis-je dans l'espoir de le décourager à poursuivre cette conversation.

– Naturellement. Mais la question reste posée. Qui sommes-nous, marin ? D'où venons-nous ?

Je n'aimais pas qu'il m'entraîne dans ces considérations philosophiques. Mais je devais reconnaître que j'étais bien incapable de répondre aux questions qu'il posait.

◇

– Nous sommes sortis de la manche du prestidigitateur et nous sommes retrouvés d'un seul coup bien vivants, s'écria-t-il. Étrange, non ? Qu'en pense le marin ?

Je m'aperçus alors de la disparition de Frode.

– Où est Frode ? demandai-je.

– Il faut d'abord répondre aux questions des autres avant de poser sa propre question, dit-il avant de faire entendre un beau rire perlé.

– Qu'est-il arrivé à Frode ? demandai-je une deuxième fois.

– Il a eu envie de prendre l'air. Il ressent toujours un besoin pressant à ce stade du jeu. Ce qu'il entend lui fait tellement peur qu'il fait parfois dans son pantalon ! Alors autant sortir, déclara le Joker.

Je me sentis affreusement seul au milieu de ces nains dans cette grande salle des fêtes. La plupart avaient quitté leurs places et ces personnages bariolés s'agitaient en tous sens comme des enfants à un trop grand goûter d'anniversaire. Fallait-il vraiment inviter tout le village ? me demandai-je.

Mais il suffisait de les regarder d'un peu plus près pour voir qu'il ne s'agissait aucunement d'un goûter d'anniversaire. Cela ressemblait davantage à un grand carnaval où les invités avaient eu pour consigne de se déguiser en cartes à jouer. A l'entrée chacun avait dû boire quelques gorgées d'une boisson rapetissante afin qu'il y ait de la place pour tout le monde, et j'avais dû arriver trop tard pour avoir droit à ce mystérieux apéritif.

– Cela vous dirait-il de goûter un peu à cette boisson scintillante ? demanda malicieusement le Joker.

Il sortit une fiole et j'étais si troublé que j'en bus une petite gorgée. Cela ne pouvait pas me faire de mal…

J'avais à peine trempé mes lèvres et avalé quelques gouttes, mais l'effet fut radical. Toutes les saveurs que j'avais pu rencontrer jusqu'ici dans ma vie – et beaucoup d'autres encore – envahirent mon corps, le parcoururent comme une vague de volupté. Dans un de mes orteils, je retrouvai le goût de la fraise, dans une boucle de cheveux le goût de la pêche ou de la banane, sous mon coude gauche c'était le jus de poire et mon nez respirait les vapeurs d'un parfum enivrant. C'était si merveilleusement bon que je restai comme pétrifié de plaisir. En ouvrant les yeux et en voyant la foule des nains, j'eus l'impression qu'ils sortaient à présent de ma propre imagination. Pour une fois, c'était moi qui ne savais plus du tout où j'en étais. J'en venais même à penser que tous ces personnages étaient sortis de ma tête uniquement pour protester contre les limites que leur imposaient mes propres pensées.

J'eus ainsi toutes sortes d'idées plus bizarres et subtiles les unes que les autres. Comme si mon esprit avait été chatouillé et se débattait à sa façon. Je décidai de ne plus rendre la fiole et de tout faire pour la remplir dès qu'elle serait vide. Rien, dès lors, ne me parut plus important au monde que cette boisson scintillante.

– Alors… c'était bon ou mauvais ? demanda le Joker en ricanant.

Pour la première fois, je vis ses dents. Même quand il riait, les clochettes de son costume tintaient doucement. C'était comme si chacune de ses petites dents était liée à un grelot.

– J'en reprendrais bien une gorgée, dis-je.

A cet instant, Frode revint en courant de la rue. Il trébucha sur le Dix et le Roi de Pique avant d'arriver à arracher la fiole des mains du Joker.

– Espèce d'ordure ! hurla-t-il.

Tous les nains relevèrent la tête un court instant, puis continuèrent à faire la fête.

Soudain je vis de la fumée s'échapper du Livre de la brioche. Un de mes doigts me faisait aussi mal que si je m'étais brûlé. Je jetai le Livre et la loupe et les gens qui passaient crurent que je venais d'être mordu par un serpent venimeux.

– *No problem !* lançai-je en ramassant le Livre et la loupe.

C'était la loupe qui avait servi de foyer et avait mis le feu. La dernière page que je venais de lire avait commencé à s'enflammer, et sentait le roussi.

Mais autre chose s'était mis à brûler aussi : je commençai à voir qu'il y avait décidément plus que des coïncidences entre le Livre et mes propres aventures.

Je me répétai mentalement quelques-unes des phrases que

◇

les nains avaient dites : « Le père et le fils cherchent la jolie femme qui ne se trouve pas elle-même… La loupe correspond à un morceau de verre du bocal à poissons rouges… Le poisson rouge ne trahit pas le secret de l'île mais le Livre de la brioche, oui… Le jeu de la patience est la malédiction d'une famille… »

Plus aucun doute n'était possible. Il existait vraiment un lien plus que troublant entre ma propre vie et le Livre. Mais comment l'expliquer, c'était une autre paire de manches ! L'île de Frode n'était pas la seule à être enchantée. Le petit Livre était à lui seul un morceau d'écriture magique.

J'en vins un instant à me demander si le Livre ne s'écrivait pas tout seul au fur et à mesure du déroulement de mes propres expériences. Mais, en le feuilletant, je vis que tout était déjà écrit.

Malgré la chaleur, j'en eus des frissons dans le dos.

Quand mon père revint, je sautai de mon rocher et lui posai tout de suite trois ou quatre questions sur l'Acropole et les Grecs de l'Antiquité. Il fallait que je me change les idées.

HUIT DE CARREAU

*... on nous fait apparaître et disparaître
comme par magie...*

Nous sommes encore passés sous le portique d'entrée de l'Acropole. Mon père regarda une dernière fois la ville à ses pieds et m'indiqua une colline qui s'appelait l'Aréopage. C'est là, il y a fort longtemps, que l'apôtre Paul fit un long discours aux Athéniens en leur parlant d'un dieu inconnu qui n'habitait pas dans les temples construits par les hommes.

Sous l'Aréopage se trouvait le vieux marché d'Athènes, dit l'agora. C'est là que se promenaient les grands philosophes en méditant sous les colonnades. Mais à l'endroit où se trouvaient autrefois des temples grandioses, des monuments et des palais de justice, il n'y avait plus que des ruines. Il ne restait plus que l'ancien temple en marbre dédié à Héphaïstos, le dieu forgeron, sur une petite colline à part.

– Allez, il est temps de descendre, dit mon père. Tu sais, être ici, pour moi, c'est comme être à La Mecque pour un musulman. A la seule différence que ma Mecque à moi est en ruine.

Je crois qu'il craignait presque d'être déçu par l'agora. Mais une fois en bas, déambulant parmi les derniers blocs de marbre encore debout, il réussit en un tournemain à rendre vivante toute la culture de l'ancienne cité. Ça aide parfois de lire !

Il n'y avait pas grand-monde. Autant ça grouillait de touristes sur l'Acropole, autant ici c'était désert, mis à part un ou deux jokers de notre espèce.

Je me rappelle m'être dit que s'il était vrai, comme certains le prétendent, que nous ayons plusieurs vies, alors mon père avait certainement dû traîner sur cette place deux mille ans plus tôt. Il parlait de la vie quotidienne dans l'ancienne cité comme s'il y avait lui-même vécu et « se souvenait » comment c'était.

◊

Mon soupçon se trouva encore confirmé par un grand discours qu'il me tint dans ces ruines :

– Imagine un petit enfant qui construit un château dans un bac à sable. Il n'arrête pas de construire quelque chose qu'il admire un bref instant avant de le détruire aussitôt après et de recommencer. Le temps a la planète entière pour faire joujou comme cet enfant avec le sable. Eh bien, c'est ici que s'est écrite l'histoire du monde, des événements importants ont été gravés dans la pierre puis effacés à nouveau. La vie sur cette terre est en ébullition comme dans un chaudron de sorcière et un jour, nous aussi, nous avons pris forme sur le modèle de nos ancêtres. Le vent de l'histoire a soufflé, nous en sommes devenus l'incarnation même, puis le vent retombera et nous avec. On nous fait apparaître et disparaître comme par magie. Il y a toujours quelque chose en germe qui attend pour prendre notre place. Nous n'avons pas de terre ferme sous les pieds, même pas de sable. C'est nous qui *sommes* sable.

Ses paroles me firent frémir. Ce n'était pas seulement ce qu'il disait, mais le ton passionné de sa voix qui me fit peur.

Il poursuivit :

– Nous ne pouvons pas échapper au temps en nous cachant quelque part. On peut échapper aux rois, aux empereurs, peut-être même à Dieu. Mais on n'échappe pas au temps. Le temps nous voit partout, car tout ce qui nous entoure est inscrit dans cet élément qui ne connaît pas l'immobilité.

Je hochai gravement la tête, mais mon père était reparti dans ses grandes envolées lyriques sur les ravages du temps :

– Le temps ne passe pas, Hans-Thomas, et le temps ne fait pas tic-tac. C'est nous qui passons et ce sont les horloges qui font tic-tac. Aussi sûrement et implacablement que le soleil se lève à l'est pour se coucher à l'ouest, le temps se dévore lui-même à travers l'histoire. Il renverse les grandes civilisations, ronge les vieux monuments et engloutit les générations les unes après les autres. C'est pourquoi nous parlons de la « marque du temps », car le temps dévore et dévore et c'est *nous* qu'il marque d'un coup de dents.

◇

– C'est de ça dont discutaient les anciens philosophes? demandai-je.

Il me fit signe que oui et reprit aussitôt :

– Pour un court instant, nous faisons partie de ce tourbillon extraordinaire. Nous parcourons la terre en tous sens, comme si c'était la chose la plus naturelle qui soit. Tu as vu tous ces gens qui s'agitaient comme des fourmis là-haut sur l'Acropole! Mais tout cela est appelé à disparaître. Cela disparaîtra et sera remplacé par de nouvelles foules grouillantes. Il y en a déjà qui attendent pour prendre la relève. De nouveaux masques, de nouvelles formes viendront et disparaîtront à leur tour. De nouvelles idées verront le jour, car chaque thème est renouvelé, aucune invention ne se répète... Rien n'est plus compliqué et plus précieux qu'un être humain, mon garçon. Et pourtant nous sommes traités comme de la vulgaire camelote!

Je trouvai son exposé si pessimiste que je finis par oser une petite réplique :

– C'est vraiment si désespéré que ça? demandai-je. Nous...

– Tais-toi maintenant! dit-il en me coupant la parole. Nous errons sur la terre comme les héros d'une aventure passionnante. Nous nous saluons et sourions. C'est une façon de dire : Eh! vous aussi vous êtes là? Nous vivons dans la même réalité ou le même conte... N'est-ce pas une pensée incroyable, Hans-Thomas? Nous vivons sur une planète dans l'univers, mais bientôt nous serons écartés. Un coup de baguette magique et hop! plus personne.

Je regardai mon père de côté. Il était la personne que je connaissais le mieux au monde. La personne que j'aimais le plus, aussi. Mais il m'apparaissait aujourd'hui comme quelqu'un de différent, de presque étranger. Ce n'était plus mon père qui parlait. J'avais l'impression que c'était Apollon ou une autre divinité qui parlait par sa bouche.

– Aujourd'hui, nous nous contentons de lancer un « Bonjour, ça va? », ce qui signifie en réalité que nous trouvons incroyable de vivre ensemble à la même époque. J'ouvre une porte et je crie à l'intérieur : « Salut, âme! »

◇

Et il me montra avec ses deux mains comment il ouvrait la porte qui mène à l'âme.

– Nous vivons, tu entends. Mais nous ne vivons qu'à l'instant présent. Nous écartons nos bras et disons que nous existons. Puis nous sommes poussés sur le côté et rejetés dans l'obscurité. Car nous n'existons qu'une seule fois. Nous participons à une éternelle mascarade où les masques vont et viennent... Nous aurions mérité mieux, Hans-Thomas. Nous aurions dû avoir au moins nos noms gravés pour l'éternité, qu'ils ne disparaissent pas dans le grand bac à sable du monde.

Il s'assit sur un bloc de marbre pour reprendre son souffle et je compris qu'il avait préparé depuis longtemps le discours qu'il voulait tenir sur l'ancienne place du marché d'Athènes. D'ailleurs, il ne s'adressait pas seulement à moi mais à tous les philosophes grecs qui l'avaient précédé en ce haut lieu de la pensée. C'était donc plutôt une manière de se rattacher à la tradition philosophique, mais ses propos s'adressaient à une époque bien révolue.

Quant à moi, je savais que je n'étais pas encore un vrai philosophe, mais je jugeai que j'avais quand même le droit à la parole.

– Tu ne crois pas qu'il existe quelque chose qui ne disparaît jamais dans ce fameux bac à sable ?

Il eut soudain l'air de se rendre compte de ma présence. C'était comme s'il sortait d'un état de transe.

– *Ici*, dit-il en pointant un doigt sur sa tête, ici il y a quelque chose que rien ne peut faire disparaître.

Je craignis qu'il ne fût devenu complètement mégalomane, mais il voulait juste montrer son propre cerveau.

– Les pensées ne flottent pas, Hans-Thomas. Je n'ai jusqu'ici chanté que le premier vers, tu comprends. Les philosophes grecs pensaient eux aussi que quelque chose ne se perd jamais. Platon appelait cela « le monde des idées ». Ce n'est pas en effet ce château de sable qui est le plus important. Le plus important, c'est l'*image* du château de sable qu'a un enfant avant de commencer à le construire. Pourquoi crois-tu sinon que l'enfant détruise son château à peine son œuvre achevée ?

◇

Je comprenais mieux cette deuxième partie de son exposé.

— Est-ce que cela ne t'est jamais arrivé d'être mécontent d'un dessin ou d'un bricolage ? Tu t'y prends à plusieurs fois, tu ne laisses pas tomber. Car l'image que tu as en toi est plus parfaite que les copies que tu produis de tes mains. Il en va de même avec tout ce que nous voyons autour de nous. Nous avons en nous des représentations qui nous font voir comment tout pourrait être *mieux*. Et sais-tu pourquoi nous faisons cela ?

Je secouai la tête. Il était dans un tel état d'excitation qu'il se mit à chuchoter :

— C'est parce que toutes les images que nous avons en nous viennent du monde des idées. C'est là qu'est notre vraie patrie, tu comprends — et non ce bac à sable ici-bas où le temps dévore tout ce que nous aimons.

— Il existe donc un autre monde ?

Mon père fit oui de la tête d'un air mystérieux.

— C'était là où était notre âme avant qu'elle ne s'incarne dans un corps. Et c'est là qu'elle retournera quand le corps rendra les armes.

— Vraiment ?

— C'était en tout cas l'avis de Platon. Nos corps ont le même destin que les châteaux de sable, et nous n'y pouvons rien changer. Mais nous avons quelque chose en nous sur quoi le temps n'a pas de prise. Justement parce qu'il n'est pas de ce monde. Il s'agit de détacher notre regard de ce qui nous entoure et de voir plus loin, ce qui fait que tout autour de nous n'est qu'imitation.

Je n'avais pas tout compris, mais j'avais du moins saisi que la philosophie n'était pas une mince affaire et que mon père était un vrai philosophe. Au fond, j'avais malgré tout appris deux ou trois choses sur les Grecs de l'Antiquité. Il en restait peut-être seulement quelques vestiges, mais leurs pensées, elles, étaient encore bien vivantes.

Pour finir, mon père me montra où Socrate avait été emprisonné, avant de boire la ciguë et de mourir. On l'accusait de corrompre la jeunesse, alors qu'en vérité son unique tort avait été d'être le seul Joker de son époque.

... nous descendons tous de la même famille...

Après avoir visité l'Acropole et l'agora, nous avons fait une promenade à travers des rues commerçantes très étroites pour rejoindre la place Syntagma, devant le grand bâtiment du Parlement. En chemin, mon père acheta un jeu de cartes qu'il jugea intéressant et dont il prit le joker avant de me donner le restant.

Puis nous avons déjeuné dans une des nombreuses tavernes bordant la grand-place. Mon père déclara qu'il allait commencer ses recherches pour retrouver la trace de Maman. J'avais les pieds en compote d'avoir marché toute la matinée, aussi était-il entendu que je resterais là à l'attendre, le temps qu'il passe quelques coups de fil et rende visite à une agence de mannequins située non loin de là.

Une fois mon père parti, je restai donc seul sur la grand-place fourmillant de Grecs. Je m'empressai d'étaler les cartes une à une sur la table et essayai de trouver pour chacune une courte phrase, mais sans crayon ni papier je finis par tout confondre et laisser tomber.

Alors je sortis la loupe et le Livre et repris ma lecture où je l'avais interrompue. Je sentais que j'étais à un tournant décisif dans l'histoire, car le Joker allait à présent relier les différentes phrases entre elles pour constituer un ensemble cohérent. Peut-être allais-je enfin comprendre quel lien il y avait entre moi et toutes les aventures inouïes que Hans le boulanger racontait à Albert, il y a bien, bien longtemps.

Ce que j'avais bu était si délicieux que le sol semblait se dérober sous mes pieds. Je me serais cru tanguer à nouveau en pleine mer.

— Comment as-tu osé lui faire goûter de cette bouteille ? demanda Frode.

◇

Et j'entendis le Joker répondre :

– Oh, c'est lui qui voulait essayer, juste comme ça pour voir !

Je ne suis plus très sûr de ses paroles car je m'endormis aussitôt après. Quand j'ouvris les yeux, Frode était penché au-dessus de moi et me donnait doucement des coups dans les côtes.

– Allez, il faut que tu te réveilles maintenant ! disait-il. Le Joker va résoudre la grande énigme d'une minute à l'autre !

Je sursautai.

– Quelle énigme ?

– Le jeu de Joker, voyons ! Il va mettre toutes les phrases bout à bout pour en faire une histoire.

Quand je me levai, je vis que le Joker demandait aux nains de se ranger dans un certain ordre. Ils formaient toujours un cercle mais les couleurs étaient à présent toutes mélangées. Je remarquai que les nombres identiques se retrouvaient les uns à côté des autres.

Le Joker regagna sa chaise haute ; Frode et moi firent de même.

– Les Valets ! cria le Joker. Placez-vous entre les Rois et les Dix. Quant aux Dames, mettez-vous entre les Rois et les As !

Il se gratta la tête avant de poursuivre :

– Le Neuf de Trèfle et le Neuf de Carreau échangent leurs places !

L'indolent Neuf de Trèfle accepta en rechignant de se déplacer tandis que le Neuf de Carreau vint gaiement prendre sa place.

Le Joker procéda encore à quelques réajustements avant de s'avouer satisfait.

– C'est ce qu'on appelle une dispersion, me chuchota Frode à l'oreille. D'abord toutes les cartes reçoivent une signification, puis on les mélange et on les redistribue.

Je ne compris pas grand-chose à ce qu'il me racontait, car je pensais surtout au goût du citron qui avait gagné une de mes jambes tandis qu'un parfum suave de lilas flottait autour de mon oreille gauche.

– Chacun répète maintenant sa phrase, expliqua le Joker. Mais il faudra attendre que chacun ait dit la sienne pour que la patience prenne tout son sens. Car nous descendons tous de la même famille.

◇

Il régna pendant quelques secondes un grand silence. Enfin le Roi de Pique prit la parole :

— Qui de nous doit commencer ?

— C'est chaque fois la même chose avec lui, il est tellement impatient ! murmura Frode.

Le Joker ouvrit les bras.

— Naturellement, c'est le début de l'histoire qui détermine toute la suite, reconnut-il. Et notre histoire commence avec... le Valet de Carreau. Je vous en prie, monseigneur de verre, vous avez la parole !

— *Le vaisseau d'argent fait naufrage sur la mer déchaînée,* dit le Valet de Carreau.

A sa droite, il y avait le Roi de Pique qui dit maintenant :

— *Celui qui dévoilera le destin devra y survivre.*

— Non, non ! s'emporta le Joker. Ce jeu suit le mouvement du soleil. Le Roi de Pique est le tout dernier !

Je vis les traits de Frode se contracter.

— C'est bien ce que je craignais, murmura-t-il.

— Quoi donc ?

— Que le Roi de Pique parle en dernier.

Je n'eus pas le loisir de réagir, car au même instant un intense goût de crème anglaise m'envahit toute la tête. Je n'avais pas été habitué à ce genre de dessert chez moi à Lubeck.

— On recommence tout depuis le début, dit le Joker. D'abord tous les Valets, puis tous les Dix et ainsi de suite dans le sens du mouvement du soleil. Les valets, c'est à vous !

Et chacun d'eux de dire sa phrase :

— *Le vaisseau d'argent fait naufrage dans la mer déchaînée. Le marin échoue sur une île qui ne cesse de grandir. La poche de la veste dissimule un jeu de cartes qui doit sécher au soleil. Cinquante-trois personnages tiennent compagnie au fils du maître verrier pendant de longues années.*

— Ah, ça c'était mieux, commenta le Joker. Ainsi commence notre histoire. Rien de bien extraordinaire pour l'instant, mais ce n'est qu'un début. A vous, les Dix !

Et les Dix poursuivirent :

— *Avant que les couleurs ne pâlissent, cinquante-trois nains naissent*

◇

et prennent forme dans l'imagination du marin solitaire. D'étranges personnages dansent dans la conscience du Maître. Quand le Maître dort, les nains vivent leur propre vie. Un beau matin, le Roi et le Valet s'évadent de la prison de la conscience.

– Bravo! Cela a été dit de manière très efficace et succincte! Au tour des Neuf!

– Les personnages jaillissent de l'imagination créatrice dans un espace créé lui aussi. Les personnages sortent de la manche du prestidigitateur et se pincent pour voir s'ils sont bien vivants. Les personnages sortis de l'imagination sont beaux à voir, mais tous, sauf un, ont perdu la raison. Seul un unique Joker dans le jeu de cartes perce à jour le mystère.

– Ça, c'est bien vrai! Car la vérité est une affaire solitaire. Aux Huit à présent!

– La boisson scintillante paralyse les sens du Joker. Le Joker recrache la boisson scintillante. Sans le sérum de mensonge, le petit bouffon voit plus clair. Après cinquante-deux ans, le petit-fils du naufragé arrive au village.

Le Joker confirma cette dernière affirmation en me regardant.

– Les Sept! ordonna-t-il.

– La vérité est dans les cartes. La vérité est que le fils du maître verrier n'a pas voulu croire en la force de son imagination. Les personnages fomentent une terrible rébellion contre le Maître. Bientôt le Maître meurt, et ce sont les nains qui l'ont assassiné!

– Oh, oh! Les Six!

– La princesse du soleil retrouve le chemin de l'océan. L'île enchantée se brise de l'intérieur. Les nains redeviennent de simples cartes. Le fils du boulanger réchappe à l'aventure avant qu'elle ne se referme sur elle-même.

– Voilà qui est mieux. Les Cinq, c'est à vous. Veuillez parler fort et distinctement! La moindre erreur de prononciation peut être ici lourde de conséquences.

Cette dernière remarque provoqua chez moi un tel trouble que je laissai passer la première phrase.

– Le fils du boulanger s'enfuit dans la montagne et s'installe dans un petit village perdu. Le boulanger cache les trésors de l'île enchantée. Dans les cartes est inscrit ce qui doit arriver.

◇

Le Joker se mit à applaudir frénétiquement;
– Eh, chacun en prend pour son grade, non? dit-il. L'avantage de ce jeu, c'est qu'il ne dévoile pas seulement ce qui a eu lieu, mais il promet ce qui va arriver. Et nous n'en sommes qu'à la moitié de la patience!

Je me retournai vers Frode. Il me passa un bras autour des épaules en murmurant d'une voix quasi inaudible:
– Il a raison, mon fils!
– Qu'est-ce que tu veux dire?
– Je n'ai plus longtemps à vivre.
– Mais non! m'exclamai-je irrité. Ne me dis pas que tu prends au sérieux ce jeu de société idiot!
– Ce n'est pas juste un jeu, mon garçon.
– Je ne veux pas que tu meures! m'écriai-je d'une voix si forte que plusieurs personnages levèrent les yeux vers nous.
– Toutes les personnes âgées ont le droit de mourir un jour, mon garçon. Mais ça fait plaisir de savoir que quelqu'un poursuivra le travail là où on l'a laissé.
– Alors je mourrai moi aussi sur cette île, dis-je.

D'une voix très douce, le vieil homme dit:
– Mais n'as-tu pas entendu? «Le fils du boulanger s'enfuit dans la montagne et s'installe dans un village perdu.» N'est-ce pas de toi qu'il s'agit?

Le Joker se mit à applaudir à nouveau et toute la pièce résonna du tintement de ses clochettes.
– Silence! cria-t-il. On continue avec les Quatre!

J'étais si préoccupé à l'idée que Frode allait mourir que je n'entendis que le Cinq de Trèfle et le Quatre de Carreau.
– *Le village abrite le garçon abandonné qui, enfant, a perdu sa mère de maladie. Le boulanger lui fait goûter la boisson scintillante et lui montre les beaux poissons.*
– Aux Trois à présent! Je vous écoute!

Là encore mon esprit était ailleurs et je n'entendis que deux phrases:
– *Le marin se marie avec une belle femme qui donne naissance à un fils avant de partir pour le pays du Sud dans l'espoir de se trouver elle-*

◇

même. Le père et le fils recherchent la jolie femme qui ne se trouve pas elle-même.

A peine les Trois avaient-ils fini de dire leur phrase que le Joker interrompit encore le jeu :

– Ça, c'était une bonne levée ! s'exclama-t-il. Nous sommes en train de naviguer tout droit vers le Levant !

Je me tournai vers Frode et vis qu'il avait les larmes aux yeux.

– Je ne comprends rien à tout ce charabia, dis-je un peu exaspéré.

– Chut ! Il faut que tu écoutes l'histoire, mon fils ! me chuchota-t-il.

– L'histoire ?

– Ou l'avenir, si tu préfères. Lui aussi appartient à l'histoire. Ce jeu nous projette plusieurs générations en avant. C'est ce que le Joker appelle le Levant. Nous ne comprenons pas tout ce qui est dans les cartes, mais d'autres hommes après nous le comprendront.

– Les Deux ! dit le Joker.

J'essayai de me souvenir de tout ce qui avait été dit, mais ne retins que trois phrases sur quatre :

– *Le nain aux mains froides indique le chemin du village perdu et donne au garçon du pays du Nord une loupe pour son voyage. La loupe correspond à un morceau de verre du bocal à poissons rouges. Le poisson rouge ne trahit pas le secret de l'île, mais le Livre de la brioche, oui.*

– Quel style ! s'écria le Joker. Je savais bien que cette loupe et le bocal à poisson rouge faisaient partie des éléments clés de toute l'histoire... Bon ! Au tour des As ! Si vous voulez vous donner la peine, mes princesses !

De nouveau, je ne retins que trois phrases sur quatre :

– *Le destin est un serpent qui a si faim qu'il se dévore lui-même. La boîte intérieure contient la boîte extérieure de même que la boîte extérieure contient la boîte intérieure. Le destin est une tête de chou-fleur qui pousse de manière égale dans toutes les directions.*

– Les Dames !

Je finissais par ne plus pouvoir me concentrer du tout. Je n'entendis que deux phrases :

◊

– *L'homme aux brioches appelle dans un tuyau magique, de sorte que sa voix porte à des centaines de kilomètres de là. Le marin recrache la boisson forte.*

– Les Rois vont maintenant mettre un terme à toute la patience en énonçant quelques vérités bien fondées, dit le Joker. Allez, les Rois ! Nous sommes tout ouïe.

Cette fois je parvins à suivre, sauf la phrase du Roi de Trèfle qui m'échappa :

– *Le jeu de la patience est la malédiction d'une famille. Il y aura toujours un Joker pour percer le mystère. Celui qui dévoilera le destin devra y survivre.*

C'était la troisième fois que le Roi de Pique parlait de « survivre » au destin. Puis le Joker et tous les nains applaudirent à tout rompre.

– Bravo ! criait le Joker. Nous pouvons tous être fiers de cette patience, car chacun y a mis du sien pour que ce soit un succès.

Les nains accueillirent cette dernière phrase avec de nouveaux applaudissements ; le Joker se frappa à présent la poitrine :

– Gloire soit rendue au Joker le jour du Joker ! cria-t-il. Car l'avenir lui appartient !

*... un drôle de petit bonhomme qui pointait son nez
derrière un des kiosques à journaux...*

En levant les yeux du Livre, j'étais assailli par mille pensées.
Ici, sur la place Syntagma – où les petits Grecs s'affairaient
avec leurs journaux et leurs attachés-cases – il m'apparut avec
une effarante évidence que c'était une sorte de livre-oracle qui
rattachait mon propre voyage aux événements qui s'étaient
déroulés sur l'île enchantée cent cinquante ans plus tôt.

Je parcourus rapidement les pages que je venais de lire.

Même si Hans le boulanger n'avait pas saisi toutes les
prédictions, un sens général se dégageait de la plupart des
phrases :

« Le fils du boulanger s'enfuit dans la montagne et s'installe
dans un petit village perdu... Le boulanger cache les trésors
de l'île enchantée... Dans les cartes est inscrit ce qui doit arriver... Le village abrite le garçon abandonné qui, enfant, a
perdu sa mère de maladie... Le boulanger lui fait goûter la
boisson scintillante et lui montre les beaux poissons... »

Il était clair que le fils du boulanger était Hans le boulanger,
Frode aussi l'avait compris tout de suite. Le village perdu,
c'était Dorf, et le garçon dont la mère était morte de maladie
ne pouvait être qu'Albert.

Puis Hans le boulanger avait laissé passer deux phrases des
Trois. Mais en rattachant ce qu'il avait entendu aux déclarations des Deux, le sens devenait clair :

« Le marin se marie avec une belle femme qui donne naissance à un fils avant de partir pour le pays du Sud dans l'espoir
de se trouver elle-même... Le nain aux mains froides indique
le chemin du village perdu et donne au garçon du pays du
Nord une loupe pour son voyage... La loupe correspond à un
morceau de verre du bocal à poissons rouges... Le poisson

◇

rouge ne trahit pas le secret de l'île, mais le Livre de la brioche, oui... »

Je comprenais tout cela, mais certaines phrases restaient énigmatiques :

« La boîte intérieure contient la boîte extérieure de même que la boîte extérieure contient la boîte intérieure... L'homme aux brioches appelle dans un tuyau magique de sorte que sa voix porte à des centaines de kilomètres... Le marin recrache la boisson forte... »

Si cette dernière phrase signifiait que mon père allait cesser de boire tous les soirs, je serais autant impressionné par le résultat que par la prédiction proprement dite !

Le problème, c'était que Hans le boulanger n'avait finalement écouté que quarante-deux cartes sur l'ensemble. Surtout, vers la fin, il avait perdu toute concentration ; somme toute, ce n'était pas si étonnant, puisque plus on avançait dans le jeu de Joker, plus on s'éloignait de son temps à lui. Pour Frode comme pour lui-même, tout cela devait paraître assez fumeux, et l'on a toujours plus de mal à se rappeler quelque chose qu'on ne comprend pas.

Toutes ces vieilles prophéties paraîtraient aussi de nos jours des discours brumeux pour tout autre que moi. Car j'étais le seul à savoir qui était le nain aux mains froides. Qui d'autre que moi tenait la loupe à la main ? Qui pourrait comprendre comment le Livre révélait le mystère de l'île enchantée ?

J'en voulais malgré tout à Hans le boulanger de ne pas avoir noté toutes les phrases. Pour un stupide problème de mémoire, une partie de la prophétie resterait un trésor perdu à jamais, et comme par hasard il s'agissait de ce qui nous concernait directement, mon père et moi. J'étais prêt à jurer qu'un des nains avait dit que nous allions retrouver Maman et qu'elle rentrerait avec nous en Norvège...

Tandis que je feuilletais le Livre, j'aperçus soudain un drôle de petit bonhomme qui pointait son nez derrière un des kiosques à journaux. Tout d'abord je crus qu'il s'agissait d'un enfant qui s'amusait à m'espionner, ayant remarqué que j'étais

◊

tout seul, mais je compris soudain que c'était à nouveau le nain de la station-service. J'eus à peine le temps de l'apercevoir qu'il avait déjà disparu.

Je restai quelques secondes complètement sous le choc, puis j'essayai de réfléchir : pourquoi avais-je si peur du nain ? Il était clair qu'il me poursuivait, mais rien ne me permettait d'affirmer qu'il me voulait du mal. Peut-être connaissait-il lui aussi le secret de l'île enchantée ? Qui sait s'il ne m'avait pas donné la loupe et envoyé à Dorf dans le seul but de découvrir le Livre ? Dans ce cas, il n'y avait rien d'étonnant à ce qu'il s'intéresse à moi. Car ce genre de livres ne courait pas les rues.

Je revis la façon avec laquelle mon père s'était moqué de moi en prétendant que le nain était un être artificiel qui avait été créé par un magicien juif, il y a plusieurs siècles. Ce n'était bien sûr qu'une plaisanterie, mais si cela avait été vrai, il aurait peut-être pu rencontrer Albert et Hans le boulanger. J'en étais là dans mes réflexions quand mon père surgit enfin. Il avait une bonne tête de plus que tous les autres. J'eus juste le temps de fourrer le Livre dans ma poche.

— Tu ne t'es pas trop ennuyé ? demanda-t-il essoufflé.

Je fis non de la tête. Autant ne pas mentionner la réapparition du nain. Qu'un nain traîne ses guêtres en Europe tout comme nous, au fond quand on y réfléchit, c'était presque de la rigolade à côté de tout ce qui se passait dans le Livre.

— Qu'as-tu fait pendant tout ce temps ? reprit-il.

Je lui montrai les cartes en disant que j'avais fait des patiences.

A cet instant le serveur demanda à encaisser pour le dernier Coca-Cola que j'avais commandé.

— *It's very small !* dit-il.

Mon père s'étonna de cette remarque, mais moi je savais que le serveur faisait allusion au Livre de la brioche. Je craignis d'avoir à donner des explications, aussi je ressortis la loupe de ma poche et, le regardant à travers elle, je déclarai :

— *It's very smart.*

— *Yes, yes !* répondit-il, me permettant ainsi de sortir de ce mauvais pas.

◇

En quittant le café, je dis :

— J'ai essayé de regarder les cartes de plus près pour essayer de découvrir si l'on ne pouvait pas voir à la loupe des indications invisibles à l'œil nu.

— Et alors, qu'en as-tu conclu ? demanda mon père.

— Ah, si tu savais… dis-je d'un ton mystérieux.

VALET DE CARREAU

... toute la vanité de mon père était
de se considérer comme un joker...

Q uand nous fûmes rentrés, je demandai à mon père si, s'agissant de retrouver Maman, nous étions un peu plus avancés.

Il commença par dire :

— J'ai rendu visite à une agence de mannequins et le responsable m'a assuré qu'il n'y avait aucun mannequin travaillant à Athènes sous le nom de Anita Tørå. Il a été catégorique sur ce point, disant qu'il connaissait tous les mannequins ici, en tout cas toutes les étrangères.

J'eus du mal à cacher ma déception, pour moi c'était comme si le soleil ne devait plus jamais se lever ; pour compléter le tableau, il ne manquait plus que la pluie et je sentais que je ne pourrais plus bientôt retenir mes larmes. Mon père dut s'en rendre compte, car il s'empressa d 'ajouter :

— Alors j'ai montré la photo du magazine de mode et il m'a dit aussitôt qu'elle s'appelait Sol Strand et qu'elle avait dû prendre ce pseudonyme. Enfin il m'a révélé qu'elle avait été un des mannequins les plus en vogue à Athènes ces dernières années.

— Bon, et ensuite ? demandai-je en fixant mon père.

Il ouvrit les bras en disant :

— Il m'a dit de l'appeler demain après le déjeuner.

— C'est tout ?

— Eh oui ! Il ne nous reste plus qu'à attendre, Hans-Thomas. Nous allons passer la soirée sur la terrasse et demain nous irons au Pirée. On trouvera bien un téléphone là-bas.

En entendant le mot de terrasse, j'eus une idée. Je pris mon courage à deux mains et dis :

— Il y a autre chose que je voulais te dire.

Mon père eut l'air surpris, mais au fond je crois qu'il se doutait de ce que j'allais dire.

◊

– Tu te rappelles, on s'était mis d'accord. Il fallait que tu prennes une décision et que tu la prennes rapidement.

Il eut un rire forcé.

– Oh, cette histoire-là! Comme je te l'ai déjà dit, Hans-Thomas, je vais y penser. Mais j'ai vraiment autre chose en tête aujourd'hui.

J'eus alors une idée de génie : je me précipitai sur son sac de voyage, trouvai une demi-bouteille d'alcool parmi ses chaussettes et ses tee-shirts et allai à la salle de bains où je vidai toute cette saloperie dans les toilettes.

Quand mon père comprit ce que j'avais fait, il resta interdit devant la cuvette des W.-C. Peut-être se demandait-il s'il n'allait pas se pencher pour boire ce qui restait avant que je ne tire la chasse d'eau? Mais il n'était quand même pas tombé aussi bas... En se retournant vers moi, il n'avait pas encore décidé s'il allait me tomber dessus comme un tigre ou s'il allait remuer la queue comme un chiot. Il finit par dire :

– D'accord, Hans-Thomas! Tu as gagné!

Assis devant la fenêtre, je regardai mon père tandis que lui regardait l'Acropole.

– « La boisson scintillante paralyse les sens du Joker », dis-je.

Mon père me regarda, éberlué :

– Qu'est-ce que tu racontes, Hans-Thomas? C'est encore le Martini d'hier soir?

– Mais non! Je veux simplement dire qu'un vrai joker n'est pas amateur de boissons fortes. Car, sans excitants, le joker a les idées beaucoup plus claires.

– Tu es vraiment devenu fou, toi! s'écria-t-il. Ça doit être de famille.

Je savais que j'avais touché une corde sensible, car toute la vanité de mon père était de se considérer comme un joker.

Comme je n'étais pas tout à fait sûr qu'il eût oublié l'épisode de la salle de bains, je dis :

– Allons sur la terrasse et on va goûter tout ce qu'ils ont comme boissons rafraîchissantes, du Coca-Cola, du Seven Up, du jus d'orange ou de tomate, de la limonade au goût de

◊

poire... A moins que tu ne veuilles avoir toutes ces saveurs à la fois ? Tu pourrais remplir un grand verre, ajouter des glaçons et tout mélanger avec une grande cuillère...

— Non merci, ça ira comme ça, m'interrompit-il.

— Mais on a un accord tous les deux, hein ? voulus-je m'assurer une dernière fois.

— *Yes, sir.* Et un ancien marin tient toujours parole.

— Chouette alors ! En échange, je te raconterai une aventure absolument incroyable.

Sur la terrasse nous nous sommes assis à la même table que la veille et avons eu droit au même serveur.

Je lui demandai en anglais ce qu'il avait comme boissons gazeuses ou rafraîchissantes pour commander deux verres et quatre boissons différentes. Le garçon secoua la tête en grommelant qu'un soir le père et le fils s'enivraient tous deux au vin et au Martini et le lendemain tentaient d'obtenir le même résultat avec de la limonade ! Mon père s'en sortit en expliquant que l'un compensait l'autre.

Une fois le serveur parti, mon père dit :

— Avoue que c'est assez incroyable : nous nous trouvons dans une métropole où vivent plusieurs millions de personnes, et dans toute cette fourmilière nous essayons de retrouver une fourmi bien précise !

— Tu oublies de dire que c'est la reine, ajoutai-je.

Je n'étais pas peu fier de ma réplique. Mon père eut l'air de l'apprécier lui aussi, en tout cas il sourit en disant :

— Mais cette fourmilière est si bien organisée qu'il est en réalité possible de trouver la fourmi numéro trois millions deux cent trente-huit mille neuf cent cinq.

Il réfléchit quelques minutes avant de poursuivre de manière plus philosophique :

— Athènes n'est en fait qu'une annexe d'une fourmilière beaucoup plus importante qui, elle, compte plus de cinq milliards de fourmis. Et pourtant il est presque toujours possible de retrouver telle ou telle fourmi parmi ces cinq milliards. Il

◇

suffit de brancher une prise téléphonique dans un mur et de composer un numéro. Il y a sur cette planète plusieurs milliards de téléphones, Hans-Thomas. Tu en trouveras aussi bien dans les Alpes que dans les profondeurs de la jungle africaine, en Alaska ou au Tibet – et tu peux joindre tous ces endroits à partir du poste qui se trouve chez toi dans ton salon.

Une phrase me revint en mémoire et je sursautai :

– « L'homme aux brioches appelle dans un tuyau magique de sorte que sa voix porte à des centaines de kilomètres », chuchotai-je tout excité.

Je venais enfin de comprendre ce que signifiait cette phrase du jeu de Joker.

Mon père soupira.

– Qu'est-ce que c'est encore ? demanda-t-il.

Je ne savais pas trop quoi dire, mais il fallait vite trouver quelque chose.

– Quand tu as mentionné les Alpes, j'ai repensé à ce boulanger qui m'avait donné des brioches et de la limonade, tu sais, dans ce petit village où on s'était arrêtés. J'ai remarqué qu'il avait aussi le téléphone qui lui permet de se mettre en contact avec des gens du monde entier. Il n'a qu'à téléphoner aux renseignements pour obtenir le numéro de téléphone de chaque personne sur cette terre.

Mon père ne parut pas se satisfaire de cette réponse, car il ne fit aucun commentaire et resta longtemps à contempler en silence l'Acropole.

– En tout cas, on ne peut pas dire que tu ne supportes pas de philosopher, finit-il par lâcher.

Je secouai la tête. La vérité, c'était que j'étais si plein du Livre que je n'arrivais plus à tout garder pour moi.

Entre-temps, la nuit était tombée et l'Acropole était illuminée.

– J'avais promis de te raconter une aventure, dis-je.

– Bon, je t'écoute, dit mon père.

Je commençai par raconter toutes sortes de choses que j'avais lues dans le Livre de la brioche à propos d'Albert, de Hans le boulanger, de Frode et de son jeu de cartes sur l'île enchantée.

◊

Je n'eus pas l'impression de manquer à ma parole envers le vieux boulanger de Dorf, puisque je faisais semblant de tout inventer au fur et à mesure. Je pris soin de broder ici et là, et en tout cas de ne jamais mentionner le Livre.

Mon père fut visiblement très impressionné.

– Tu as une imagination débordante, Hans-Thomas, dit-il. Peut-être qu'au fond tu ne devrais pas devenir un philosophe mais plutôt un écrivain ?

De nouveau je récoltais illégitimement les lauriers.

En allant nous coucher ce soir-là, c'est moi qui pour une fois m'endormis le premier. Je restai pourtant éveillé longtemps avant de sombrer dans le sommeil, mais mon père veilla encore plus longtemps. Je le vis se lever et rester à la fenêtre.

A mon réveil le lendemain matin, il dormait encore. Je trouvai qu'il ressemblait à un ours en hibernation.

Je sortis la loupe et le Livre et lus ce qui s'était passé sur l'île enchantée après le grand jeu de Joker.

DAME DE CARREAU

... le petit clown éclata alors en sanglots...

Le grand cercle se brisa dès que le Joker se frappa la poitrine en se félicitant de sa perspicacité. Le carnaval reprit : des nains se servaient des fruits, d'autres se versaient de la boisson scintillante en disant à haute voix le nom des saveurs que leur donnait cet étrange breuvage.

– Miel !

– Lavande !

– Baies de cure !

– Carotte en anneau !

– Graminées !

Frode me regarda. Bien qu'il fût un vieil homme aux cheveux blancs et au visage ridé, ses yeux avaient gardé leur éclat de pierres précieuses. On dit souvent que les yeux sont le miroir de l'âme, et cette phrase me parut prendre soudain tout son sens.

Puis le Joker frappa une nouvelle fois dans ses mains.

– Reconnaît-on la profondeur du jeu de Joker ? cria-t-il dans la salle.

Comme personne ne répondait, il s'impatienta en faisant de grands moulinets avec les bras.

– Comprend-on maintenant que Frode est ce marin avec le jeu de cartes et que nous sommes les cartes de ce jeu-là ? Ou s'est-on trop joué de vous pour que vous puissiez réagir ?

Il suffisait de regarder l'expression des nains dans la salle pour savoir qu'ils ne comprenaient pas un traître mot de ce que venait de leur dire le petit bouffon. Cela ne semblait leur faire ni chaud ni froid.

– Oh, ce qu'il peut être casse-pieds, celui-là ! s'écria la Dame de Carreau.

– Oui, il est vraiment insupportable, lança un Pique.

◊

Le petit Joker prit quelques secondes un air très malheureux.

– N'y a-t-il personne pour comprendre? répéta-t-il.

Il était si tendu que toutes ses clochettes tintaient alors qu'il essayait de rester complètement immobile.

– Non, crièrent tous les nains en chœur.

– Comprend-on maintenant que Frode s'est moqué de nous? Qu'il s'est amusé à nous traiter en bouffons mais que c'est moi le bouffon?

Beaucoup se bouchaient les oreilles, d'autres mettaient leurs mains devant les yeux. D'autres encore se dépêchaient de boire de la limonade pourpre. A croire qu'ils faisaient tous leurs efforts pour ne pas comprendre ce que le Joker essayait de leur dire.

Le Roi de Pique alla chercher une bouteille de la boisson scintillante sur une table et la tendit au Joker en disant:

– Sommes-nous venus ici pour jouer aux devinettes, ou bien pour boire de la limonade pourpre?

– Nous sommes venus pour entendre la vérité, dit le Joker.

Frode me prit par le bras et me chuchota quelques mots à l'oreille:

– C'est difficile de dire ce qui restera de tout ce que j'ai créé sur l'île une fois que ce jeu sera terminé.

– Veux-tu que j'essaye de l'arrêter? lui demandai-je.

Frode secoua la tête.

– Non, ce n'est pas la peine. Cette patience doit suivre ses propres règles.

L'instant suivant, le Valet de Pique bondit devant le Joker et l'arracha de sa chaise haute. Les autres Valets vinrent lui prêter main forte en maintenant le pauvre bouffon par terre et le forçant à ouvrir la bouche pour avaler quelques gouttes de limonade pourpre. Mais le Joker se débattait comme un beau diable et recrachait ce qu'ils essayaient de lui faire boire. Il parvint enfin à se dégager.

– Le Joker recrache la boisson scintillante! cria-t-il en s'essuyant autour de la bouche. Sans le sérum de mensonge le petit bouffon voit plus clair!

En disant ces derniers mots, il arracha des mains la bouteille et la jeta par terre en la brisant en mille morceaux. Puis il sauta sur

◇

toutes les tables et jeta à terre toutes les bouteilles et les carafes, les faisant voler en éclats. Il y avait des débris de verre qui partaient dans tous les sens, mais curieusement aucun nain ne fut blessé. Frode eut une légère égratignure à la main et je vis perler une goutte de sang.

Le liquide scintillant formait à présent par terre de grosses flaques gluantes. Quelques Deux et Trois essayèrent d'en lécher une partie malgré les morceaux de verre qui jonchaient le sol. Ils ne cessaient d'en avoir à la bouche, mais se contentaient de les recracher, comme si de rien n'était. D'autres les regardaient, hébétés.

Le Roi de Pique prit alors la parole.

– Valets! cria-t-il. Je vous ordonne de décapiter ce fou sur-le-champ!

Il eut à peine prononcé ces mots que les quatre Valets dégainèrent leurs épées et se dirigèrent vers le Joker.

C'en était trop pour moi et je résolus d'agir, mais au moment où je m'apprêtais à intervenir, je sentis une main ferme me retenir.

Le Joker avait une expression tout à fait désespérée.

– C'est seulement le Joker... murmura-t-il. Il n'y a personne d'autre, absolument personne...

Le petit clown éclata alors en sanglots.

Les Valets reculèrent, et même les nains qui jusque-là s'étaient bouché les oreilles ou les yeux regardèrent, consternés. Au cours des ans, ils avaient assisté à toutes sortes de pitreries de la part du bouffon, mais ils ne l'avaient encore jamais vu pleurer.

Les yeux de Frode étaient baignés de larmes et je compris tout d'un coup qu'aucun personnage ne lui était aussi cher que ce petit trouble-fête. Il essaya de passer affectueusement un bras autour des épaules du Joker.

– Allez, ce n'est rien... le consola-t-il.

Mais le Joker repoussa son bras.

C'est alors que le Roi de Cœur prit la parole à son tour :

– Je dois vous rappeler qu'il est interdit de décapiter une tête qui pleure.

– Tuz te tuz! s'écria le Valet de Pique.

Et le Roi de Cœur de poursuivre :

– Une ancienne règle stipule en outre qu'il faut attendre pour décapiter une tête que cette dernière ait fini de parler. Toutes les cartes n'ont pas été retournées sur la table. J'ordonne par conséquent de retourner le Joker sur la table avant de lui couper la tête.

– Oh merci, cher Roi ! hoqueta le Joker. Tu es le seul dans cette patience à avoir treize bons Cœurs.

Les quatre Valets s'empressèrent de porter le Joker pour l'allonger sur une table, les mains croisées sous la nuque. Il croisa une jambe sur l'autre et c'est dans cette position qu'il tint un long discours tandis que tous les nains faisaient cercle autour de lui.

– Je suis arrivé le dernier dans ce village, commença-t-il, et vous savez tous que je ne suis pas comme vous. Aussi me suis-je souvent tenu à l'écart.

Par un fait étrange, les nains l'écoutaient à présent avec la plus grande attention. Ils avaient sans doute envie de savoir pourquoi il avait toujours été si différent d'eux.

– Je n'ai pas de patrie, pas de famille, poursuivit-il. Je ne suis ni Cœur, ni Carreau, ni Trèfle, ni Pique non plus. Je ne suis ni Roi ni Valet pas plus que je ne suis Huit ou As. Je suis le Joker, et j'ai dû trouver par moi-même ce que cela veut dire. Au moindre mouvement de la tête, mes clochettes tintent pour me rappeler que je ne suis de nulle part. Je n'ai pas de chiffre, pas de métier non plus. Je ne connais ni l'art du verre des Carreaux, maîtres verriers, ni l'art de la pâtisserie des Cœurs, je n'ai pas non plus les doigts de fée des Trèfles ni la force musculaire des Piques. J'ai passé mon temps à vous observer de loin vaquer à vos occupations. Mais par contre, j'ai eu tout loisir de remarquer ce que personne ne semblait voir.

Tout en parlant, le Joker balançait une de ses jambes, ce qui causait un faible tintement de clochettes.

– Chaque jour vous aviez vos occupations bien précises, mais vous n'étiez jamais vraiment réveillés. Certes, vous avez vu le soleil et la lune, les étoiles dans le ciel et tout ce qui bouge sur terre, mais vous n'avez jamais vu comment tout ceci existe vraiment. Le Joker, lui, est venu au monde avec ce travers de voir trop loin et trop bien.

◇

Il fut interrompu par la Dame de Carreau.

— Allez, crache le morceau, espèce de pitre! Dis-nous tout de suite ce que tu prétends avoir vu et pas nous!

— *Je me suis vu moi-même!* cria le Joker. Je me suis vu ramper parmi les arbustes et les arbres dans un vaste jardin.

— Tu peux te voir d'en haut? demanda le Deux de Cœur, inter-loqué. Est-ce que tes yeux ont des ailes pour voler comme les oiseaux?

— En quelque sorte, oui. Car ça ne suffit pas de se regarder dans un petit miroir qu'on tire de sa poche comme le font à tout bout de champ les quatre Dames du village. Elles sont tellement occupées à se regarder qu'elles en oublient de vivre.

— Je n'ai jamais entendu pareille insolence, se récria la Dame de Carreau. Va-t-on laisser encore longtemps parler ce malotru?

— Ce n'est pas seulement ce que je vois... continua le Joker. C'est aussi ce que je ressens à l'intérieur. Je sens que je suis vivant, bien vivant, une créature étrange avec une peau, des cheveux et des ongles et tout le reste... une sorte de marionnette en chair et en os... qu'on peut prendre en main comme du caoutchouc. Mais d'où vient ce bonhomme de caoutchouc? Voilà la question que se pose le Joker.

— Allons-nous vraiment le laisser poursuivre? demanda à son tour le Roi de Pique.

Le Roi de Cœur fit signe que oui.

— Nous vivons! s'écria le Joker en agitant ses deux bras et faisant tinter frénétiquement toutes ses clochettes. Nous sommes projetés dans le monde pour vivre une aventure mystérieuse. Très étrange même, dit le Joker. Il faut se pincer sans cesse le bras pour vérifier qu'on n'est pas en train de rêver.

— Est-ce que ça fait mal? demanda le Trois de Cœur.

— Maintenant je sens que j'existe chaque fois que j'entends tinter une clochette — ce qui se produit dès que je fais le moindre geste.

En disant ces mots, il leva un bras et le secoua aussi fort qu'il put, ce qui fit reculer plusieurs nains.

Le Roi de Cœur s'éclaircit la voix et dit:

— As-tu fini par trouver d'où vient l'homme de caoutchouc?

◇

– Vous l'avez peut-être deviné tout seuls, répondit le Joker. Mais chacun d'entre vous n'a résolu qu'une partie de l'énigme. Il faut dire que vous n'avez pas grand-chose dans la cervelle et qu'il faut vous mettre tous ensemble pour parvenir à une seule pensée cohérente. Le Joker dit qu'il est une étrange marionnette et que vous, vous êtes tout aussi étranges que lui. Mais vous n'en êtes pas conscients, parce que vous avez abusé de la limonade pourpre et avez la bouche remplie de goût de lavande, de miel, de baies de cure, de carottes en anneau et de graminées. Vous ne faites plus qu'un avec le jardin dans lequel vous *vivez*. Car celui qui a le monde entier dans sa tête finit par oublier qu'il a une bouche. Celui qui ressent toutes les saveurs du monde entier dans ses bras et ses jambes oublie qu'il est une marionnette mystérieuse. Le Joker a toujours essayé de dire la vérité, vous ne vouliez pas m'écouter. Vos conduits auditifs étaient bouchés par des pommes, des poires, des fraises et des bananes. Bien sûr vous avez des yeux, mais à quoi servent-ils quand ils ne font que chercher partout quelque bouteille à vider ? Il en est ainsi, dit le Joker, et seul le Joker connaît la vérité.

Les nains se regardèrent, étonnés.

– D'où vient l'homme de caoutchouc ? répéta le Roi de Cœur.

– Nous sommes les créatures de l'imagination de Frode, déclara le Joker en écartant les bras. Un jour ses rêves sont devenus si vivants qu'ils ont pris leur indépendance. Impossible ! dit le Joker. Mais pas plus que ne le sont le soleil et la lune, ajouta-t-il. Et le soleil et la lune sont aussi vrais.

Les nains tournèrent tous leur regard vers Frode et le vieil homme me saisit par le poignet.

– Mais ce n'est pas tout, reprit le Joker. En effet, qui est Frode ? Il est une drôle de marionnette lui-même, dit le Joker. Bien vivant sous le ciel, dit-il. Il était avant le seul sur cette île, mais en réalité il fait partie d'un autre jeu de cartes. Combien de cartes il y a dans cet autre jeu, je n'en ai aucune idée. De même que je ne sais pas qui distribue les cartes. Le Joker ne sait qu'une chose : Frode aussi est une marionnette qui un jour a fait son apparition dans le monde. De quelle tête est-il sorti ? Voilà ce qu'aimerait bien savoir

◊

le Joker. Et il s'interroge – jusqu'à ce qu'il trouve un jour la réponse.

On aurait dit que les nains se réveillaient d'un long sommeil. Le Deux et le Trois de Cœur avaient tous deux trouvé des balais et avaient commencé à faire le ménage.

Les quatre Rois se concertèrent en formant un cercle et en se tenant par les épaules. Ils restèrent longtemps à discuter à voix basse jusqu'à ce qu'enfin le Roi de Cœur se retourne vers le Joker en disant :

– C'est avec une profonde tristesse que les Rois de ce village doivent reconnaître que le petit Joker a dit vrai.

– Et pourquoi avec une profonde tristesse ? demanda le Joker, qui se redressa sur un coude pour mieux voir le Roi de Cœur.

Cette fois, le Roi de Carreau prit la parole :

– C'est profondément regrettable que le Joker nous ait raconté la vérité, car cela signifie que le maître doit mourir.

– Et pourquoi faudrait-il que le maître meure ? demanda le Joker. Il faut toujours pouvoir se référer à une règle avant de frapper.

Le Roi de Carreau lui répondit :

– Aussi longtemps que Frode se promènera librement dans ce village, sa seule présence nous rappellera que nous sommes des êtres artificiels. C'est pourquoi il faut qu'il meure par l'épée des Valets.

Le Joker sauta à terre et se mit à ramper sur le sol. Il montra du doigt Frode, mais s'adressa encore aux Rois en disant :

– Il n'est sans doute pas très bon que le créateur vive en trop grande intimité avec son œuvre, car ses créatures finissent forcément un jour ou l'autre par ne plus le supporter. D'un autre côté, il paraît injuste de rendre Frode responsable du pouvoir créateur de son imagination débordante, dans tous les sens du terme.

Le Roi de Trèfle remit sa petite couronne bien droit sur sa tête avant de dire :

– Chacun a le droit d'imaginer ce que bon lui semble. Mais il est de son devoir de ne pas laisser croire aux créatures sorties de son imagination qu'elles sont autre chose que des projections

◇

de son esprit. Sinon, cela revient à dire qu'il les considère comme des imbéciles et dans ce cas, les personnages qu'il a lui-même créés ont le droit de l'assassiner.

Le soleil disparut soudain derrière un nuage. La salle des fêtes fut quelques instants plongée dans une lumière crépusculaire.

– Eh, Valets ! entendez-vous ce que nous disons ? cria le Roi de Pique. Allez, coupez la tête du maître !

Je sautai à bas de ma chaise, mais au même instant le Valet de Trèfle déclara :

– Ce n'est pas la peine, sire, car maître Frode est déjà mort.

Je me retournai. Frode avait glissé de sa chaise et était étendu sans vie sur le sol. Ce n'était pas la première fois que je voyais un mort – mais je savais que Frode ne poserait plus jamais son regard lumineux sur moi.

J'éprouvai une terrible sensation de vide et de solitude. D'un seul coup, je me retrouvai seul sur cette île étrange. Autour de moi s'agitaient des figures de cartes, mais aucune d'elles n'était un être humain comme moi.

Les nains firent cercle autour de Frode. Leurs visages ne trahissaient aucune émotion – ils paraissaient encore plus vides que la veille, le jour de mon arrivée au village.

Je remarquai que l'As de Cœur chuchotait quelques mots à l'oreille du Roi de Cœur. Puis elle courut à la porte et disparut.

– Désormais nous voilà livrés à nous-mêmes, finit par dire le Joker. Car Frode est mort à présent et ce sont les personnages sortis de sa propre imagination qui l'ont assassiné.

J'étais si triste, mais aussi si furieux que j'allai droit vers le Joker et, le soulevant de terre, le secouai comme un prunier en faisant tinter toutes ses clochettes.

– C'est toi qui l'as assassiné, dis-je. C'est toi qui as volé la limonade pourpre cachée dans l'armoire du chalet de Frode et qui as trahi le mystère de la patience !

Je le reposai sur le sol et le Roi de Pique dit :

– Notre invité a raison, et c'est pourquoi c'est notre plein droit de décapiter le bouffon. Nous ne serons jamais débarrassés de celui qui si longtemps s'est joué de nous si nous ne tuons pas

◇

son bouffon! Valets! Tranchez immédiatement la tête de ce pitre!

Mais le Joker fila comme une flèche. Il repoussa d'un revers de la main quelques Sept et Huit avant de parvenir à la porte et s'éclipser comme l'As de Cœur. Je compris que ma visite n'avait que trop duré et je me précipitai dehors. Entre les petites maisons du village le soleil couchant flottait en un long ruban jaune, mais je ne vis nulle trace du Joker ou de l'As de Cœur.

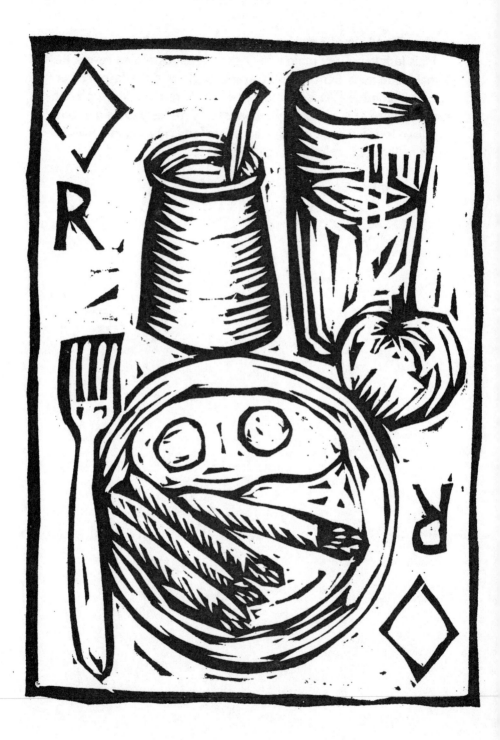

... on nous obligeait à porter une cloche autour du cou...

Bien avant la mort de Frode, mon père avait commencé à bouger dans son lit, mais je voulais absolument connaître le dénouement de la fête du Joker. Il fallut qu'il se mette à pousser ses premiers grognements pour que je me décide à interrompre ma lecture et à cacher le Livre.

– Tu as bien dormi ? lui demandai-je quand il se leva.

– Merveilleusement bien, répondit-il en étouffant un bâillement et en écarquillant les yeux. J'ai fait de drôles de rêves...

– Raconte ! dis-je.

Il resta assis dans son lit. Peut-être craignait-il de voir s'échapper les dernières images de son rêve en se levant ?

– J'ai rêvé que les hommes étaient comme les nains dont tu parlais hier sur la terrasse. Mais ils avaient beau être vivants, seuls toi et moi étions étonnés d'être en vie. Il y avait aussi un vieux médecin qui découvrait un jour que tous les nains avaient une petite étiquette sous leur gros orteil. Il fallait une loupe ou un microscope pour s'en apercevoir. Sur chaque étiquette, il y avait une couleur de cartes à jouer et un chiffre allant de un à plusieurs millions. Un nain par exemple avait un cœur et le chiffre 72 8964, un autre un carreau et le chiffre 60 143, un troisième un carreau aussi et le chiffre 2 659. Personne n'avait le même numéro. De cette façon, l'humanité tout entière n'était plus qu'une gigantesque patience. Mais – c'est là où je veux en arriver – deux d'entre eux ne portaient pas le moindre signe distinctif. Et devine qui c'était ? Hans-Thomas et son père ! Les autres nains commencèrent à se méfier de nous et on nous obligeait à porter une cloche autour du cou pour signaler à chaque instant où nous étions.

Ce rêve était, je l'avoue, plus que bizarre, mais je me dis

◇

que mon père avait dû broder à partir de ce que je lui avais raconté la veille au soir.

— C'est incroyable, tu sais, toutes les pensées que l'on peut engranger, continua-t-il. Ce sont sans doute les idées les plus enfouies qui remontent à la surface quand on dort.

— Du moins si l'on n'a pas trop emmagasiné d'alcool…

Pour une fois il me regarda en souriant et, fait encore plus rare, sans se croire obligé d'en placer une à son tour. Nous sommes descendus déjeuner sans qu'il ait fumé une seule cigarette !

Le petit déjeuner de l'hôtel Titania était au choix : soit on acceptait quelque chose de tout à fait quelconque compris dans le prix de la chambre, soit on se servait soi-même à un immense buffet tout à fait royal. Il suffisait d'y mettre le prix…

Mon père n'avait jamais été un gros mangeur, mais ce matin-là il voulut un jus de fruits, un yaourt, des œufs, des tomates, du jambon et des asperges ! Quand je vis tout ce qu'il avait pris, je ne voulus pas être en reste non plus.

— Tu avais raison, tu sais, pour ce qui est de picoler, m'avoua-t-il en s'attaquant à son œuf. J'avais oublié à quel point le monde peut être clair.

— Mais j'espère que tu ne laisses pas tomber la philosophie pour autant, hein ? m'exclamai-je.

J'avais toujours craint que ses pensées philosophiques ne soient qu'une conséquence de ses beuveries et qu'il redevienne comme tout le monde dès qu'il aurait cessé de boire.

Il me jeta un regard étonné et dit :

— Bien sûr que non, quelle idée ! Au contraire, c'est maintenant que je vais devenir un philosophe *dangereux* !

Je poussai un soupir de soulagement.

— Est-ce que tu sais pourquoi la plupart des gens mènent tranquillement leur petite vie sans s'étonner de ce qu'ils voient ? me demanda-t-il.

Je secouai la tête.

— Parce que le monde est devenu une simple habitude !

◊

Il versa un peu de sel sur son œuf et reprit :

— Il nous faut à tous de très longues années avant de nous habituer au monde. Il suffit pour s'en convaincre d'observer de petits enfants : tout ce qu'ils voient leur fait une si forte impression qu'ils n'en croient pas leurs yeux. Ils n'arrêtent pas de montrer du doigt telle ou telle chose et de poser des questions. Il n'en va pas de même pour nous autres adultes : nous avons fini par nous habituer à tout ce qui nous entoure et sommes tellement blasés que plus rien ne nous étonne.

Nous sommes restés encore un bon moment à table à déguster le jambon et le fromage. Quand nos assiettes furent enfin vides, mon père dit encore :

— Veux-tu que nous nous promettions mutuellement une chose, Hans-Thomas ?

— Euh, ça dépend... répondis-je.

— Nous allons nous promettre de ne pas quitter cette planète avant de savoir un peu plus qui nous sommes et d'où nous venons.

— Marché conclu ! dis-je en lui tendant la main. Mais d'abord il faut retrouver Maman, ajoutai-je. Car sans elle, on n'y arrivera jamais.

C Œ U R

AS DE CŒUR

... en la retournant, je vis que c'était l'As de Cœur...

Dans la voiture pour aller au Pirée, mon père me parut assez tendu.

Je n'arrivais pas à savoir s'il était nerveux à l'idée de voir Le Pirée ou parce qu'il devait appeler vers midi cette agence de mannequins qui saurait peut-être où était Maman.

La voiture garée en plein centre-ville, nous nous sommes dirigés vers le grand port international.

– C'est ici que nous étions amarrés, il y a dix-sept ans, fit mon père en indiquant l'endroit où se trouvait un cargo russe.

Puis il m'expliqua encore une fois que la vie n'était qu'une infinie succession de cycles.

– Dis, tu devais rappeler vers quelle heure ? demandai-je.

– Après trois heures.

On a regardé tous les deux l'heure : il était à peine midi et demi.

– « Le destin est une tête de chou-fleur qui pousse de manière égale dans toutes les directions », dis-je.

Mon père fit un geste excédé de la main.

– Arrête un peu avec tes histoires !

Je compris qu'il appréhendait le moment où il reverrait Maman.

– J'ai faim, dis-je.

C'était complètement faux, mais il fallait bien trouver quelque chose qui eût un rapport avec un chou-fleur. Finalement nous sommes allés manger dans le célèbre port de Mikrolimano.

En marchant nous sommes passés devant un bateau qui se

♡

rendait à une île du nom de Santorin. Mon père me raconta qu'elle avait été autrefois beaucoup plus grande qu'aujourd'hui ; la majeure partie de l'île avait sombré dans la mer à la suite d'une importante éruption volcanique.

En mangeant de la moussaka, mon père ne put s'empêcher de faire quelques remarques sur les pêcheurs qui réparaient leurs filets juste devant le restaurant. Sinon, le repas fut plutôt silencieux. Par contre, chacun de nous deux regarda au moins trois ou quatre fois sa montre. Certes, le plus discrètement possible, mais il faut reconnaître qu'on n'était pas plus doués l'un que l'autre...

Mon père enfin se décida à aller appeler. Il était trois heures moins le quart. Avant de quitter la table, il commanda une grosse portion de glace pour moi. Mais je n'avais pas attendu qu'elle me soit servie pour sortir la loupe et le Livre. Cependant, je veillai cette fois-ci à lire sous la table pour ne pas attirer l'attention.

Je regagnai le chalet de Frode en grimpant la colline. Tout en courant, je croyais entendre de vagues bruits sourds monter de la terre, comme si le sol allait d'un instant à l'autre s'affaisser sous moi.

Une fois là-haut je me retournai et jetai un coup d'œil sur le village. De nombreux nains avaient quitté la salle des fêtes et couraient entre les maisons. L'un d'eux cria :

– Tuez-le !

– Nous allons les tuer tous les deux ! cria un autre.

Je m'engouffrai dans le chalet. Il me parut désespérément vide maintenant que je savais que Frode n'y remettrait plus jamais les pieds. Je me laissai tomber sur un banc et repris mon souffle. Mais il fallait faire vite. Je regardai autour de moi : sur la table devant moi, il y avait un poisson rouge qui nageait dans un grand bocal, sur le rebord de la fenêtre et dans un coin de la pièce un sac blanc, sans doute fabriqué à partir de la peau d'un de ces animaux à six pattes. Je versai l'eau du bocal dans une bouteille vide qui traînait sur le rebord d'une fenêtre et déposai avec précaution dans le sac blanc la bouteille et le bocal en verre. Sur une étagère au-dessus de

♡

la porte, je trouvai le coffret en bois, désormais vide, où Frode rangeait au début son jeu de cartes. A toute allure, je fourrai tout ce qui me tomba sous la main dans le sac. J'étais en train de prendre une sculpture en verre représentant un moluque quand j'entendis un tintement de clochettes. Le Joker fut d'un bond dans la pièce.

– Il nous faut déguerpir d'ici au plus vite et atteindre la mer ! dit-il hors d'haleine.

– Nous ? demandai-je étonné.

– Tous les deux, oui. Mais il n'y a pas une seconde à perdre, marin !

– Pourquoi ?

– « L'île enchantée se brise de l'intérieur », dit-il.

Et le jeu de Joker me revint à l'esprit.

Tandis que je refermais le sac, le Joker fouilla dans une armoire et prit une petite bouteille à moitié remplie d'un liquide scintillant : de la limonade pourpre.

– Eh, tu oublies ça ! lança-t-il.

Du pas de la porte, le spectacle était effrayant : toute une bande de nains montait à l'assaut de la colline, certains à pied, d'autres à dos de moluque. En tête, les quatre Valets, l'épée au poing.

– Par ici ! dit le Joker. Vite !

Nous avons filé derrière le chalet en prenant un sentier qui serpentait dans une forêt surplombant le village. Nous sommes parvenus à disparaître derrière des arbres juste au moment où les premiers nains atteignaient le chalet de Frode.

Le Joker avançait devant moi en sautillant comme une vraie chèvre de montagne, mais le problème était que ses clochettes n'allaient pas manquer de mettre le reste du troupeau, c'est-à-dire tous nos poursuivants, à nos trousses.

– C'est le fils du boulanger qui doit retrouver le chemin de la mer, dit-il sans ralentir sa course.

Je lui répondis que j'étais venu par une grande plaine avec les abeilles géantes et les moluques, avant que je ne rencontre le Deux et le Trois de Trèfle qui travaillaient dans les champs.

♡

– Alors, voilà le bon chemin! s'écria le Joker en indiquant un sentier qui partait sur la gauche.

Bientôt hors de la forêt, en haut d'une petite falaise, nous dominions la plaine où j'avais fait la connaissance des deux premiers nains.

Nous nous apprêtions à descendre cette falaise, lorsque le Joker trébucha et fit une chute sur les rochers escarpés. Toute la montagne résonna du bruit de ses clochettes, mais je craignais qu'il ne fût sérieusement blessé. Il se releva sans l'ombre d'une égratignure et éclata de rire.

Il n'en allait pas de même pour moi et je résolus de me montrer plus prudent. Parvenu au pied de la colline, je sentis à nouveau le sol trembler sous mes pieds.

La traversée de la plaine me parut prendre moins de temps qu'à l'aller. Bientôt, nous avons vu les fameuses abeilles. Bien sûr leur taille était plus grande que celles d'Allemagne, mais elles ne me parurent plus aussi impressionnantes que le jour de mon arrivée.

– Je crois que c'est par là, dis-je en montrant du doigt une haute montagne.

– De l'autre côté de la montagne? demanda le Joker tout étonné.

Je secouai la tête.

– Je suis arrivé par une ouverture dans une grotte.

– Alors nous n'avons pas le choix, marin!

En disant ces mots, il me montra du doigt les nains qui étaient tous lancés à notre poursuite. En tête venaient d'abord dix moluques montés par des cavaliers qui soulevaient des nuages de poussière sur leur passage.

J'entendis à nouveau un drôle de bruit, une sorte de faible craquement qui n'était dû à la résonance des sabots des moluques au galop. Je fus étonné de voir que la distance à parcourir par les nains était plus petite que la nôtre. Ils n'étaient plus qu'à quelques mètres de nous quand j'aperçus enfin la petite ouverture dans la montagne.

– C'est là! m'écriai-je.

Je parvins à me glisser par la fente et quand je fus dans la grotte,

♡

le Joker essaya de me suivre, mais je dus malgré sa petite taille le tirer par les bras de toutes mes forces pour le faire passer par le même trou que moi. J'étais en sueur alors que les bras du Joker étaient aussi froids que la roche de la montagne.

Nous avons entendu les premiers moluques s'arrêter devant la grotte et un visage apparut dans l'anfractuosité : c'était le Roi de Pique. Il jeta un bref coup d'œil à l'intérieur avant que le trou ne se referme ; il eut juste le temps de retirer le bras avec lequel il espérait nous toucher.

– Je crois que cette île est en train de rapetisser ! dis-je.

– Ou qu'elle s'autodétruit de l'intérieur, corrigea le Joker. Il s'agit pour nous de déguerpir avant qu'il ne soit trop tard.

En courant à travers la grotte, nous avons débouché à l'air libre dans l'étroite vallée que barrait cette haute paroi montagneuse. Je retrouvai les grenouilles et les lézards, mais ils n'avaient déjà plus la taille de lapins.

Nous avons traversé la vallée avec l'impression de franchir cent mètres à chaque pas et bientôt nous avons atteint les rosiers jaunes et les papillons siffleurs. Certes ils étaient toujours aussi nombreux et certains restaient énormes, mais les autres étaient soudain devenus beaucoup plus petits et je ne les entendais plus chanter, à moins que leur voix ne fût couverte par le tintement des clochettes du Joker ?

Nous fûmes bientôt sur le sommet de la montagne où j'avais assisté au lever de soleil le matin après le naufrage. Nous avions le sentiment de flotter au-dessus du paysage dès que nos semelles quittaient le sol. De l'autre côté, je retrouvai le lac où j'avais nagé parmi des bancs de poissons de toutes les couleurs de l'arc-en-ciel. Je ne me souvenais pas que le lac fût si petit... Et enfin, l'océan ! Loin loin là-bas, une frange d'écume léchait le rivage.

Le Joker sautillait de joie comme un enfant.

– Est-ce que c'est l'océan ? s'étonna-t-il. Allez, dis-moi, marin, c'est ça ?

Je n'eus pas le temps de répondre, car on entendit un fracas épouvantable venant de la montagne derrière nous, on aurait dit un géant qui broyait des pierres.

♡

– C'est la montagne qui se dévore elle-même, dit le Joker.

Nous sommes descendus en toute hâte du sommet. Le lac où j'avais nagé n'était plus qu'un vulgaire étang, seuls les poissons étaient aussi nombreux qu'avant. On aurait dit qu'un arc-en-ciel était tombé dans cette eau et restait là à bouillir.

Pendant que le Joker regardait autour de lui, je desserrai le sac blanc que je portais sur le dos. Je pris le grand bocal en verre et le remplis de poissons rouges. Mais, au moment de le soulever, je le renversai. Je n'avais pourtant pas fait de faux mouvement, c'était comme s'il était tombé de lui-même, entraîné par une force inconnue. Ou était-ce le fait des poissons ? Le bocal était désormais ébréché.

– Vite, marin ! cria le Joker.

Il m'aida à remplir une nouvelle fois le bocal de poissons. J'arrachai un bout de ma chemise et en enveloppai délicatement le bocal, puis je remis le sac sur mon dos en tenant le bocal bien droit et serré contre mon corps.

Un bruit terrible et perçant nous déchira presque les tympans. L'île semblait sur le point de craquer de toutes parts. En courant entre les palmiers, nous avons trouvé la lagune où j'avais échoué deux jours plus tôt. La première chose que j'aperçus fut le bateau. Bien à l'abri entre deux palmiers, il était exactement tel que je l'avais laissé. En me retournant à nouveau, je vis que l'île n'était plus qu'une colline rocheuse couverte de rares palmiers. L'océan était calme, mais l'écume qui baignait la côte laissait pressentir que l'île allait définitivement s'enfoncer dans la mer d'une minute à l'autre.

J'entrevis tout à coup au pied d'un palmier quelque chose de jaune qui brillait. Je mis un certain temps avant de comprendre que c'était l'As de Cœur. Je déposai le sac et le bocal dans le bateau et courus la rejoindre tandis que le Joker, ravi, dansait comme un enfant autour du bateau.

– As de Cœur ? chuchotai-je.

Elle se retourna et m'adressa un regard si plein de tendresse et de tristesse que je crus qu'elle allait se jeter à mon cou.

– J'ai fini par trouver le chemin pour sortir du labyrinthe, dit-elle en s'excusant. Je sais désormais que j'appartiens à un autre

♡

rivage. Entends-tu les vagues déferler sur cette plage à des kilomètres et à des années d'ici ?

– Je ne comprends pas ce que tu veux dire, dis-je.

– Il y a un petit garçon qui pense à moi, dit-elle. Je ne peux pas le trouver... mais peut-être que lui il peut me trouver. Je me suis laissé entraîner beaucoup trop loin de lui, tu comprends ? J'ai traversé les mers dans tous les sens, les chaînes de montagnes, et j'ai été assaillie par les pensées les plus terribles. Mais quelqu'un a brouillé les cartes...

– Ils arrivent ! cria soudain le Joker.

En me retournant, je vis les nains surgir de derrière les palmiers. Montant quatre moluques, les quatre Rois étaient à présent en tête.

– Saisissez-vous d'eux ! hurla le Roi de Pique. Qu'ils réintègrent la patience !

On entendit un bruit assourdissant venant de l'intérieur de l'île et je fus pendant quelques secondes plaqué au sol. Le temps de reprendre mes esprits, les nains et les moluques avaient disparu comme par enchantement. Je cherchai du regard l'As de Cœur, mais elle aussi s'était volatilisée. A sa place, au pied du palmier où elle s'était tenue il y avait à peine quelques instants, je trouvai une carte face contre terre. En la retournant, je vis que c'était l'As de Cœur.

J'avais les larmes aux yeux et sentais confusément une grande colère monter en moi. Je me précipitai à l'entrée de la palmeraie où étaient apparus les moluques et les nains. Une bourrasque fit voler en l'air des cartes. Je tenais déjà l'As de Cœur en main. Je pus compléter le jeu avec les cinquante et une autres cartes. Elles étaient toutes très usées avec des bords écornés, et on pouvait à peine reconnaître certaines d'entre elles. Je les fourrai dans ma poche. En ramassant la dernière, je vis quatre scarabées. Ils étaient blancs avec six pattes. Je voulus les toucher, mais ils filèrent se cacher sous une pierre.

Un nouveau bruit fracassant retentit et de grosses vagues vinrent déferler à mes pieds. Le Joker était déjà à bord du bateau et ramait pour s'éloigner de la côte. Je pataugeai, de l'eau jusqu'aux hanches, pour le rattraper et me hisser à bord.

♡

– Ainsi le fils du boulanger veut quand même venir avec moi ! dit le Joker. J'avais pourtant espéré partir tout seul d'ici.

Il me donna une rame et pendant que nous ramions de toutes nos forces, l'île sombra dans l'océan. L'eau s'était mise à bouillonner et tourbillonner autour des palmiers. Lorsque le dernier disparut dans les vagues, j'aperçus un minuscule oiseau s'envolant de la cime.

Il s'agissait de sauver nos vies et d'échapper à coups de rames au maelström infernal qui emportait l'île. Quand nous pûmes enfin rentrer les rames, j'avais les mains en sang. Le Joker avait ramé comme un adulte de taille normale, mais ses mains étaient aussi blanches et propres que la veille, lorsqu'il me les avait tendues devant le chalet de Frode.

Le soleil se couchait dans la mer. Nous avons dérivé toute la nuit et le lendemain, au gré du vent. Je tentai à plusieurs reprises d'engager la conversation avec mon compagnon de voyage, mais je ne pus guère en tirer un mot. Il restait là en silence, un sourire béat sur les lèvres.

Le lendemain, tard dans la soirée, une goélette d'Arendal nous repéra et nous fit monter à bord. Nous leur avons raconté que nous avions fait naufrage sur le *Maria* qui avait sombré corps et biens et que nous étions probablement les seuls survivants.

Le bateau faisait route vers Marseille et, pendant tout le temps de la traversée, le Joker garda le silence. Les marins le prenaient pour un original et le laissaient tranquille. A peine avions-nous accosté à Marseille que le petit bouffon sauta à terre et disparut dans une ruelle entre deux entrepôts. Il n'eut même pas un mot d'adieu pour moi.

Quelques mois plus tard, j'arrivai ici à Dorf. J'avais vécu des aventures si étranges qu'il me semblait que je n'aurais pas assez de toute ma vie pour y réfléchir. Dorf était l'endroit idéal pour moi. Voilà très exactement cinquante-deux ans que je suis venu ici, une drôle de coïncidence, non ?

Lorsque je vis qu'ils n'avaient pas de boulanger, je décidai de m'installer et d'ouvrir une petite boulangerie. J'avais été apprenti-pâtissier autrefois à Lubeck, avant de prendre la mer. Je me sens vraiment chez moi ici.

♡

Je n'ai jamais raconté à personne ce que j'ai vécu. De toute façon, personne ne m'aurait cru.

Bien sûr, j'ai moi aussi eu mes moments de doute sur toute cette histoire d'île enchantée, mais en débarquant à Marseille je portais encore sur l'épaule le sac blanc, et je l'ai précieusement gardé pendant toutes ces années. Son contenu aussi.

... elle se trouve sans doute sur une grande plage
à contempler la mer...

J e levai les yeux du Livre. Il était trois heures et demie. La glace qu'on m'avait servie avait largement eu le temps de fondre dans mon assiette.

Pour la première fois une pensée monstrueuse me traversa l'esprit : Frode avait dit que les nains sur l'île enchantée ne vieillissaient pas comme nous les êtres humains – et si tel était le cas, le Joker devait encore se trouver quelque part dans le monde.

Les paroles que mon père avait dites sur la place du marché d'Athènes à propos des ravages du temps me revinrent en mémoire. Mais le temps n'avait pas de prise sur les nains de l'île, car même s'ils avaient l'air d'être bien vivants, ils n'étaient pas des êtres en chair et en os comme nous, ils étaient invulnérables : personne n'avait été blessé par les éclats de verre des carafes et des bouteilles que le Joker avait brisées lors de la grande fête, le Joker lui-même ne s'était pas fait le moindre mal en dégringolant de la montagne et ses mains ne portaient pas la moindre trace de l'effort qu'il avait fourni en ramant de toutes ses forces pour s'éloigner de l'île. Et puis ce détail aussi : Hans le boulanger avait à un moment mentionné que les nains avaient toujours les mains froides...

J'en eus des frissons dans le dos.

Le nain ! pensai-je. Lui aussi avait les mains froides !

Était-ce possible que cet étrange nain rencontré à la station-service fût celui qui, il y a cent cinquante ans, s'était échappé dans les entrepôts à Marseille ? Était-ce le Joker en personne qui m'avait donné la loupe dont je me servais pour lire et qui m'avait montré le chemin du Livre ?

Était-ce le Joker qui m'était apparu au parc d'attractions à

♡

Côme, sur le pont à Venise, sur le ferry pour Patras et sur la place Syntagma d'Athènes ?

Cette pensée me dérangeait tellement que la seule vue de ma glace fondue me donna la nausée.

Je regardai autour de moi. Je n'aurais pas été le moins du monde étonné de voir surgir le nain ici au Pirée. Mais je n'aperçus que mon père, revenant au pas de course. Rien qu'à regarder sa tête, je compris qu'il avait bon espoir de retrouver Maman.

Je ne sais pas pourquoi, mais je repensai à l'As de Cœur qui était restée à contempler la mer en évoquant une autre plage à des années et des kilomètres de là – juste avant qu'elle ne redevienne une simple carte à jouer.

– J'ai pu savoir où elle se trouvait cet après-midi, dit mon père à bout de souffle.

Je hochai la tête. Enfin, nous allions être récompensés de tous nos efforts.

– Elle se trouve sans doute sur une grande plage à contempler la mer, c'est ça ? demandai-je.

Mon père s'était assis en face de moi.

– C'est fort possible, en effet. Comment le sais-tu ?

Je haussai les épaules.

Mon père me raconta alors qu'il avait appris qu'elle faisait des photos dans une baie de la mer Égée. L'endroit s'appelait le cap Sounion. Il se trouvait à la pointe sud de la péninsule grecque, à soixante-dix kilomètres d'Athènes.

– Tout à fait à l'extrémité de la baie se dressent de splendides ruines du temple de Poséidon, poursuivit-il. Poséidon était le dieu de la mer chez les Grecs. Anita allait justement poser devant le temple.

– « L'homme du pays lointain rencontre la belle femme près du vieux temple », dis-je.

Mon père soupira, résigné.

– Qu'est-ce que tu es encore en train de radoter ?

– L'oracle de Delphes, dis-je. C'est toi qui étais la Pythie !

– Ah, c'est vrai, crénom de nom ! Mais tu comprends, moi je pensais plutôt à l'Acropole en disant ça.

♡

– Toi, peut-être. Mais pas Apollon, nom d'un chien !
Il eut un petit rire forcé que j'eus du mal à interpréter.
– La Pythie devait être dans le brouillard et ne plus savoir
ce qu'elle disait, avoua-t-il enfin.

Il est bien des épisodes de ce long voyage dont je ne me
souviens pas, mais je n'oublierai jamais notre périple au cap
Sounion.
Après avoir laissé derrière nous toutes les plages au sud
d'Athènes, nous avons longé sur la droite la Méditerranée,
d'un beau bleu glacier.
Nous ne pouvions pas penser à autre chose qu'au choc que
cela allait être de retrouver Maman après toutes ces années.
Mon père essaya courageusement d'aborder d'autres sujets.
Il ne voulait sans doute pas que je me fasse tout un cinéma. Il
me demanda même si ces vacances m'avaient plu !
– J'aurais préféré t'emmener en bateau au cap Horn ou au
cap de Bonne-Espérance, mais bon, à défaut, nous voilà en
route pour le cap Sounion, ajouta-t-il.
Le trajet était juste assez long pour justifier une pause-
cigarette. Arrêtés sur une corniche dans un paysage lunaire et
désolé, nous entendions la mer en contrebas se briser contre les
rochers sur lesquels paressaient quelques naïades langoureuses,
telles des sirènes indolentes. La mer était d'un bleu si clair et
transparent que tant de beauté me faisait monter les larmes
aux yeux. J'avais l'impression de voir à vingt, trente mètres de
profondeur, mais mon père affirma qu'il ne pouvait s'agir que
de sept à huit mètres, tout au plus.
Voilà en gros à quoi se résuma notre conversation. Ce fut
sans conteste la pause la plus silencieuse de tout notre voyage.
De loin, très loin, nous avons aperçu sur notre droite les
ruines du temple de Poséidon, se dressant majestueusement
sur un promontoire.
– Alors qu'est-ce que tu crois ? demanda mon père.
– Tu me demandes si elle est là ou pas ?
– Oui, entre autres, ajouta-t-il.

♡

– Je sais qu'elle est là, répondis-je. Et je sais qu'elle rentrera avec nous en Norvège.

Il partit d'un grand éclat de rire.

– Ce ne sera pas si simple que ça, Hans-Thomas. On n'abandonne pas sa famille pour se laisser ramener tranquillement au bercail après huit ans d'absence.

– Elle n'a pas le choix, dis-je.

Nous avons fait le reste de la route en silence et nous avons garé la voiture un quart d'heure plus tard au pied du grand temple.

Nous avons dû nous frayer un chemin entre les autocars et un flot de touristes italiens. Après avoir fait semblant de vouloir visiter le temple comme les autres, nous avons payé les quelques centaines de drachmes de droit d'entrée. Quand nous sommes arrivés sur le plateau, mon père sortit un peigne et déplia le ridicule chapeau de paille qu'il avait acheté à Delphes.

... une dame très élégante qui portait un chapeau
à larges bords...

A partir de cet instant, les événements se précipitèrent à une telle allure que j'ai encore du mal à mettre de l'ordre dans toutes mes impressions. Nous avons découvert, mon père et moi, à l'extrémité du site, quelques photographes et un petit groupe de touristes. En nous approchant, nous avons remarqué plus précisément une dame très élégante qui portait un chapeau à larges bords, des lunettes de soleil et une robe longue couleur mirabelle. C'était elle qui provoquait tout cet attroupement.

– C'est elle, dit mon père.

Il s'immobilisa d'abord comme une statue, mais quand je voulus m'approcher d'elle, il se résolut malgré tout à me suivre.

– Allez, on fait une petite pause ! criai-je aux photographes qui se retournèrent immédiatement au son de ma voix, bien qu'ils n'aient rien compris à ce que je disais.

Je me souviens avoir été un peu en colère. Je trouvais que tous ces gens qui regardaient et photographiaient Maman sous toutes les coutures, ça commençait à bien faire. Nous, ça faisait huit ans que nous ne l'avions même pas entraperçue !

C'était au tour de Maman de rester interdite. Elle enleva ses lunettes de soleil et me regarda à une dizaine de mètres de distance. Elle tourna ses yeux vers mon père avant de les poser sur moi à nouveau.

Elle était tellement différente de tout ce que j'avais imaginé. Une étrangère. Et pourtant je savais que c'était ma maman. Un enfant sent intuitivement ce genre de choses et je la trouvai extraordinairement belle.

Le reste de la scène se déroula comme dans un film au ralenti. Bien qu'elle ait tout de suite reconnu mon père, elle

♡

courut vers moi et je fus quelques secondes attristé par la pensée que mon père puisse se sentir rejeté.

Quand elle fut près de moi, elle lança son chapeau au loin et me prit dans ses bras. Elle aurait bien aimé me faire sauter en l'air mais elle n'avait pas assez de force pour ça. Il s'en passe des choses en huit ans, et je n'étais plus un petit enfant. Aussi me prit-elle tout contre elle en me serrant très fort.

Je me souviens encore du bonheur de retrouver son odeur après tant d'années. J'étais plus heureux qu'un roi ! Rien à voir avec le bonheur que l'on ressent quand on boit ou mange quelque chose de délicieux, c'était une sensation de plaisir qui irradiait tout mon corps.

— Hans-Thomas... murmura-t-elle plusieurs fois avant que les sanglots ne l'étouffent.

C'est le moment que choisit mon père pour entrer en scène. Il fit quelques pas vers nous et dit :

— Nous avons traversé toute l'Europe pour te retrouver...

Il n'eut pas loisir d'achever que Maman se jetait à son cou en pleurant toutes les larmes de son corps.

Les photographes ainsi que les touristes qui assistaient, interloqués, à cette scène émouvante ne pouvaient deviner qu'il avait fallu des siècles pour aboutir à ces retrouvailles.

Au bout d'un moment, Maman se ressaisit et retourna faire le mannequin. Elle cria quelques mots en grec aux photographes qui haussèrent les épaules et lui répondirent sur un ton qui mit Maman hors d'elle. S'ensuivit alors une vive discussion, jusqu'à ce que les photographes comprennent qu'ils étaient sommés de dégager. Ils emballèrent leurs affaires et quittèrent les lieux. L'un deux emporta même le chapeau qu'elle avait lancé en courant à ma rencontre. Avant de partir définitivement, l'un d'eux invectiva Maman assez violemment en indiquant sa montre du doigt.

Enfin seuls tous les trois, nous étions un peu gênés. Passé le premier moment, il est difficile de savoir comment renouer après tant d'années.

Le soleil était déjà si bas à l'horizon qu'il brillait sous la

♡

voûte du vieux temple de Poséidon. Les ombres étirées des colonnes s'allongeaient sur le plateau. Je ne fus au fond nullement surpris de découvrir un petit cœur rouge brodé sur la robe de Maman.

Nous nous sommes promenés longtemps tous les trois sur le site, et je comprenais que Maman et moi n'étions pas les seuls à avoir besoin de temps pour mieux nous connaître. Pas évident non plus pour un ancien marin d'Arendal de trouver le ton juste pour converser avec un mannequin en vogue qui avait vécu de longues années en Grèce et parlait couramment grec! Pour elle non plus, ce ne devait pas être si facile. Maman parla du temple du demi-dieu et mon père parla de la mer, racontant qu'il était passé au large du cap Sounion pour rejoindre Istanbul.

Quand le soleil disparut à l'horizon, sculptant la silhouette du temple, nous avons décidé de nous en aller. Je restai un peu en arrière car c'était à mes parents, éloignés depuis si longtemps l'un de l'autre, de décider seuls s'il s'agissait de brèves retrouvailles ou si une page était définitivement tournée.

De toute façon Maman était bien obligée de rentrer en voiture avec nous à Athènes, puisque les photographes n'avaient pas daigné l'attendre sur le parking. Mon père ouvrit la porte de la Fiat comme s'il s'agissait d'une Rolls Royce destinée à la femme d'un président.

Avant que mon père ne démarre, nous avons parlé encore à bâtons rompus. Puis nous avons filé vers Athènes. Au premier village, mon père me demanda de prendre un peu les choses en main et de diriger le débat.

A Athènes, une fois la voiture dans le parking de l'hôtel, nous sommes restés un moment sur le trottoir sans rien dire. Il est vrai que nous avions parlé sans arrêt depuis que nous avions quitté le temple de Poséidon, mais ni mon père ni moi-même n'avions encore osé aborder le sujet qui nous tenait vraiment à cœur.

Je pris mon courage à deux mains et rompis le silence :

♡

– Bon, il serait peut-être temps de faire des plans pour l'avenir, dis-je.

Maman passa un bras autour de mes épaules et mon père parvint tout juste à débiter quelques banalités comme quoi il ne fallait rien bousculer, chaque chose en son temps...

Après quelques hésitations, il fut décidé qu'on irait fêter nos retrouvailles sur la terrasse de l'hôtel en buvant quelque chose de rafraîchissant. Mon père fit un signe au garçon et demanda une bouteille de limonade pour le fils et le père et une bouteille de champagne, le meilleur, pour madame.

Le serveur n'y comprenait vraiment plus rien :

– D'abord vous faites la fête, et maintenant vous voilà tous les deux raisonnables. Dois-je en déduire que ce soir ce sont les femmes qui sont à l'honneur ?

Comme personne ne daignait lui répondre, il se dirigea vers le bar avec sa commande. Maman, qui n'avait pas compris toutes les allusions, jeta un regard étonné à mon père. Mais elle eut l'air complètement perdue quand ce dernier prit son expression figée de Joker.

La conversation reprit et, pendant une heure, nous avons parlé de choses et d'autres sans réussir à livrer le fond de nos pensées. Finalement Maman proposa que j'aille me coucher et les laisse un peu seuls. J'y vis sa première contribution à mon éducation qu'elle avait – c'est le moins qu'on puisse dire – négligée pendant huit ans.

Mon père insista pour que je fasse « comme elle disait » et je compris enfin que ma présence les gênait. Au fond c'était à eux de régler leur problème, je ne faisais que compliquer la situation.

J'embrassai longuement Maman qui me chuchota à l'oreille qu'elle m'emmènerait demain matin chez le meilleur pâtissier de la ville. J'étais ravi de savoir que nous aurions des petits secrets, elle et moi...

Je me déshabillai et me précipitai aussitôt sur le Livre dont il ne me restait plus que quelques pages à lire.

... nous ne savons pas non plus qui distribue les cartes...

Hans le boulanger gardait les yeux dans le vague. Ses yeux étaient brillants tandis qu'il évoquait l'île enchantée, mais à présent, c'était comme si le feu s'était éteint.

La modeste pièce était à demi plongée dans la pénombre. Il faisait nuit depuis longtemps. Il ne restait plus que quelques braises dans l'âtre. Hans se leva pour attiser une dernière fois le feu qui, tôt dans la soirée, avait été si flamboyant. Un court instant, une vive lueur envahit la pièce, faisant briller les poissons rouges et tous les étranges objets entassés là.

Pendant tout le récit du vieux boulanger, j'étais resté parfaitement immobile sans perdre un mot de son histoire. Dès qu'il avait parlé du jeu de cartes de Frode, c'est tout juste si j'avais pu respirer. Je m'étais même surpris à l'écouter la bouche grande ouverte. Pas une seule fois je n'avais osé l'interrompre, car je savais que je n'aurais droit qu'une fois à ses confidences.

– C'est ainsi que Frode rentra en Europe malgré tout, conclut-il en regardant les dernières flammes du foyer.

Était-ce à moi qu'il s'adressait, ou est-ce qu'il se parlait à lui-même ? Je ne comprenais pas toujours le sens de ses phrases.

– Tu penses aux cartes ? demandai-je.

– Oui, à elles aussi.

– Car ce sont bien les cartes de Frode qui sont là-haut dans le grenier, n'est-ce pas ?

Le vieil homme fit signe que oui. Puis il alla dans sa chambre et revint avec le petit coffret à la main.

– Voici le jeu de cartes de Frode, Albert.

Il posa le coffret devant moi. Mon cœur se mit à battre à tout rompre quand je sortis doucement les cartes du coffret et les étalai sur la table. Tout en haut de la pile, il y avait le Quatre de Cœur.

♡

J'examinai attentivement chaque carte, les unes après les autres. Les couleurs étaient tellement passées que j'avais parfois du mal à les reconnaître. Certaines par contre étaient aisément reconnaissables, telles le Valet de Carreau, le Roi de Pique, le Deux de Trèfle et l'As de Cœur.

— Est-ce que c'était ces mêmes cartes... qui vivaient en liberté sur l'île ? murmurai-je.

Il me fit à nouveau signe que oui.

Je compris que chaque carte que je tenais en main était comme un personnage vivant. En regardant le Roi de Pique à la lumière du feu, je l'imaginai sous la forme d'un nain. Il se promenait dans un jardin au milieu des fleurs et des arbres. Quant à l'As de Cœur, n'avait-elle pas dit à un moment qu'elle ne faisait pas vraiment partie de ce jeu de patience ?

— Il ne manque que le Joker, dis-je, après avoir vérifié qu'il y avait cinquante-deux cartes dans le jeu.

Hans le boulanger acquiesça.

— Il m'a suivi dans la « grande patience ». Est-ce que tu comprends, mon fils ? Nous aussi nous ne sommes que des nains qui vivons à l'air libre. Et nous ne savons pas non plus qui distribue les cartes.

— Tu crois... qu'*il* vit encore de par le monde ?

— Bien sûr, mon fils. Rien ni personne au monde ne peut s'attaquer au Joker.

Hans le boulanger regardait toujours le feu. De dos, il projetait une ombre noire qui soudain me fit presque peur. Rappelle-toi, je venais juste d'avoir douze ans. Mon père était peut-être en train de m'attendre à la maison pour me passer un savon parce que j'avais passé la soirée chez Hans et rentrais tard, même si cela faisait des lustres qu'il ne faisait plus vraiment attention à moi. Il devait sans doute cuver son vin quelque part dans le village. Hans le boulanger était la seule personne sur qui je puisse compter dans la vie.

— Il ne doit plus être tout jeune ! objectai-je.

Hans secoua la tête :

— Mais as-tu oublié ce que je t'ai dit ? Le Joker ne vieillit pas comme nous.

♡

– Mais... est-ce que tu l'as revu depuis que vous êtes rentrés en Europe? demandai-je.

Hans le boulanger fit un léger signe de tête.

– Une seule fois... c'était il y a six mois à peine. J'ai vu sa petite silhouette surgir dans la rue juste devant la boulangerie. Mais le temps de sortir de ma boutique, c'était comme si la terre l'avait englouti. C'est là que tu interviens dans l'histoire, Albert. Cet après-midi-là j'eus le plaisir de prendre ta défense et de corriger quelques vilains garnements qui t'empoisonnaient la vie. C'était un jour bien particulier, cela faisait en effet exactement cinquante-deux ans que l'île de Frode avait sombré dans la mer... J'ai fait et refait le calcul... et j'ai acquis la conviction que nous nous sommes rencontrés pour la première fois un jour de Joker...

Je le regardai tout surpris.

– Le vieux calendrier est-il toujours en vigueur? demandai-je.

– On dirait bien que oui, mon fils. Ce jour-là, je compris que c'était toi, le garçon qui avait perdu sa mère. C'est pourquoi je t'ai fait goûter la boisson scintillante et je t'ai montré les poissons rouges...

J'étais muet de stupéfaction. Je comprenais seulement maintenant que certaines phrases des nains lors de la fête du Joker me concernaient directement.

Je dus avaler ma salive.

– Et... et quelle est la suite de l'histoire? demandai-je.

– Oh, je n'ai pas entendu toutes les phrases lors de la fête du Joker. Mais apparemment, nous autres hommes gardons dans notre conscience tout ce que nous entendons, même si nous ne croyons pas nous en souvenir. Tout peut surgir à un moment ou à un autre. Par exemple, tout à l'heure, alors que j'attisais le feu, je me suis souvenu de ce qu'avaient dit le Quatre de Cœur et le Quatre de Carreau à propos de ce boulanger qui montrait à un jeune garçon la boisson scintillante et les poissons rouges.

– Ah bon?

– « Le garçon vieillit et a les cheveux blancs mais, avant qu'il ne meure, le soldat malheureux arrive du pays du Nord », récita Hans le boulanger.

Je restai à mon tour devant le feu, le regard dans le vague. J'étais

♡

rempli de respect pour le mystère de la vie – et à cause d'une seule phrase, toute ma vie s'effondrait : je compris que Hans allait mourir et que je prendrais sa relève ici à Dorf. Je serais dorénavant le détenteur du secret de la limonade pourpre et de l'île enchantée. Je passerais toute ma vie dans ce chalet, j'apprendrais à m'occuper des poissons rouges jusqu'au jour où... un soldat malheureux viendrait d'un pays du Nord. Mais ce n'était pas demain la veille. Je compris qu'il me faudrait attendre cinquante-deux ans avant que le prochain boulanger ne vienne à Dorf...

– Les poissons rouges aussi forment une longue chaîne de générations. Elles remontent à ceux que j'ai ramenés de l'île, expliqua Hans le boulanger. Certains vivent seulement quelques mois, d'autres plusieurs années. C'est chaque fois aussi triste quand l'un d'entre eux cesse de s'agiter dans le bocal, car aucun ne ressemble à l'autre. Voilà le secret des poissons rouges, Albert : même un petit poisson est un être irremplaçable. C'est pourquoi je les enterre un à un dans la forêt. Et sur les tombes silencieuses, je pose un petit caillou blanc, car je trouve que chacun de ces poissons mérite une sorte de pierre tombale qui est d'un matériau plus résistant et durable qu'eux-mêmes.

Quelques années plus tard, Hans le boulanger s'éteignit. Mon père était mort l'année précédente, ce qui avait permis à Hans de m'adopter et de tout laisser à mon nom. Les derniers mots du vieil homme si cher à mon cœur furent :

– « Le soldat ne sait pas que la jeune femme couverte de honte a été tondue et a donné naissance à un beau petit garçon. »

Je sus que ce que j'entendais là était une des phrases manquantes du jeu de Joker. Elle avait soudain traversé sa conscience à l'instant de sa mort.

Je levai les yeux du Livre quand, vers minuit, mon père frappa à la porte de la chambre.

– Alors, elle rentre avec nous à Arendal ? lui lançai-je avant même qu'il ait passé le seuil de la porte.

– Nous verrons, se contenta-t-il de répondre avec un sourire énigmatique.

♡

– En tout cas, Maman m'emmène demain chez le pâtissier, glissai-je, histoire de m'assurer qu'elle n'allait pas nous filer entre les doigts comme un beau rêve.

Mon père prit un air entendu :

– Elle t'attendra en bas à la réception à onze heures, dit-il. Madame a accepté d'annuler tous ses autres engagements.

Cette nuit-là, mon père et moi, nous avons eu du mal à trouver le sommeil. La dernière chose que mon père me dit – à moins qu'il ne se parlât à lui-même – fut :

– Il faut du temps pour manœuvrer un bateau une fois qu'il est parti...

– C'est possible, dis-je. Mais le destin est de notre côté.

CINQ DE CŒUR

... il s'agissait de ne pas se laisser attendrir
et d'éviter toute effusion prématurée...

A mon réveil, j'essayai de me rappeler exactement la dernière phrase que Hans le boulanger avait prononcée, juste avant de mourir à propos de cette femme qu'on avait tondue. Mais mon père se mit à remuer dans le lit, bref une nouvelle journée commençait.

Après le petit déjeuner, nous avons retrouvé Maman à la réception ; mon père regagna la chambre, un peu penaud, car Maman avait insisté pour que nous allions sans lui à ce fameux salon de thé. Il était convenu que mon père nous y rejoindrait quelques heures plus tard.

Je lui fis un clin d'œil en partant, en souvenir de la journée d'hier et pour lui indiquer que je ferais le maximum pour ramener à la raison notre chère égarée.

Nous avons commandé quelque chose à boire et toutes sortes de douceurs. Maman me regarda alors au fond des yeux et dit :

— Je pense, Hans-Thomas, que tu ne sais toujours pas pourquoi je suis partie ?

Je ne me laissai pas démonter par une telle entrée en matière.

— Est-ce que cela signifie que tu le sais toi-même ? dis-je en retour.

— Enfin... pas tout à fait, admit-elle.

Mais je n'étais pas homme à me satisfaire d'un demi-aveu.

— On a du mal à comprendre comment on peut faire sa valise en laissant homme et enfant, tout ça pour quelques photos minables dans un magazine de mode grec...

On nous apporta le café, la limonade et tous les gâteaux, mais je résistai stoïquement et poursuivis :

— Si tu penses sérieusement être en mesure d'expliquer

♡

pourquoi pendant ces huit années tu n'as même pas envoyé une carte postale à ton propre fils, tu comprendras parfaitement que moi aussi je te dise « au revoir » et te plante là avec ton café.

Elle enleva ses lunettes de soleil et s'essuya les yeux. Pas une larme ne coulait mais peut-être faisait-elle semblant d'en avoir pour sauver les apparences.

— Les choses ne sont pas aussi simples, tu sais... dit-elle et sa voix était sur le point de se briser.

— Une année a trois cent soixante-cinq jours, dis-je. Ce qui fait pour huit ans deux mille neuf cent vingt jours, sans compter les années bissextiles. Mais même les vingt-neuf février, je n'ai pas eu le moindre signe de vie. Pour moi c'est aussi simple que ça et, crois-moi, les maths, ça me connaît.

Je crois que l'histoire des années bissextiles, ce fut le coup de grâce. D'avoir su si habilement glisser ma date d'anniversaire, c'en était trop pour elle : elle prit mes mains dans les siennes et se mit à pleurer comme une fontaine. Elle n'avait plus besoin de faire semblant, maintenant.

— Crois-tu que tu pourras un jour me pardonner, Hans-Thomas ? me demanda-t-elle.

— Ça dépend, répondis-je. Tu ne t'es jamais demandé combien de patiences un garçon a le temps de faire en huit ans ? Je n'ai pas le chiffre exact, mais crois-moi, ça en fait un sacré nombre ! A force de jouer et de classer les cartes par familles, celles-ci finissent par remplacer une vraie famille. Ainsi l'on pense par exemple à sa Maman dès que l'on voit l'As de Cœur, preuve qu'il y a vraiment quelque chose qui cloche.

J'avais dit ça à propos de l'As de Cœur juste pour voir si elle savait quelque chose à ce sujet. Mais elle semblait tomber des nues.

— L'As de Cœur ?

— Oui, l'As de Cœur. Est-ce que tu n'avais pas hier un cœur rouge brodé sur ta robe ? Toute la question est de savoir pour qui bat ce cœur.

— Hans-Thomas, je t'en prie !...

♡

Elle ne savait plus quoi dire. Peut-être s'imaginait-elle que j'étais devenu un peu fou en son absence ?

— Ce que je veux dire, c'est que Papa et moi on a eu du mal à réussir la patience avec les familles, tout ça parce que l'As de Cœur a fait des siennes pour essayer de se trouver et par conséquent n'était jamais à sa place...

Sa confusion était extrême.

— A la maison à Hisøy, nous avons un tiroir plein de jokers. Mais ça ne nous sert pas à grand-chose, puisque nous devons traverser toute l'Europe pour trouver l'As de Cœur !

La pensée de tous ces jokers ramena un sourire sur ses lèvres.

— Il fait toujours collection de jokers ? demanda-t-elle.

— Il en est un lui-même, dis-je. Je crois que tu ne le connais pas du tout. Il est quelqu'un de tout à fait à part, tu comprends ? Mais, ces derniers temps, il a fort à faire pour sortir l'As de Cœur d'une aventure dans le monde de la mode.

Elle se pencha pour me caresser la joue, mais j'eus un mouvement de recul. Il s'agissait de ne pas se laisser attendrir et d'éviter toute effusion prématurée.

— Je crois que j'ai compris ce que tu entends par « As de Cœur », dit-elle.

— Tant mieux, répliquai-je, mais ne me dis pas que tu sais pourquoi tu nous as quittés, car l'explication de ce mystère, c'est un étrange jeu de cartes, vieux de plus de cent ans, qui la détient.

— Qu'est-ce que tu veux dire ?

— Que c'était inscrit dans les cartes que tu partirais un jour à Athènes pour savoir qui tu es. Il s'agit en fait d'une sorte de malédiction qui pèse sur notre famille. Et là-dessus une voyante pourra aussi bien te renseigner que la spécialité de brioches d'une certaine boulangerie des Alpes.

— Oh, tu me fais marcher, Hans-Thomas...

Je fis signe que non et pris un air mystérieux. Je jetai un coup d'œil à la ronde, puis me penchai au-dessus de la table en chuchotant :

♡

– Le fait est que tu t'es embarquée dans une aventure très spéciale qui s'est déroulée en réalité il y a très longtemps, bien avant que Grand-Mère rencontre Grand-Père à Froland. D'ailleurs ce n'est pas surprenant que tu sois venue à Athènes : tu as été attirée par ton propre reflet.

– Tu as dit « reflet » ?

Je sortis un stylo et écrivis ANITA sur une serviette en papier.

– Lis maintenant le mot à l'envers, la priai-je, sachant qu'elle connaissait très bien le grec.

– ATINA... lit-elle. Oh, tu sais que tu m'effraies presque avec toutes tes histoires ? Je t'avoue que je n'y avais jamais songé.

– Bien sûr que non, dis-je d'un ton très assuré. Il y a pas mal de choses auxquelles tu n'as pas songé... Mais là n'est pas l'essentiel pour le moment.

– Mais qu'est-ce qui est alors l'essentiel, Hans-Thomas ?

– L'essentiel, c'est que tu fasses vite ta valise. Mon père et moi, ça fait presque plus de cent ans que nous t'attendons, si tu veux tout savoir, alors on commence à s'impatienter...

Juste à cet instant, mon père apparut à la porte. Ma mère leva les yeux vers lui et écarta les bras d'un air résigné.

– Qu'est-ce que tu as fait avec lui ? demanda-t-elle. Ce garçon ne parle que par énigmes !

– Tu sais bien qu'il a toujours eu beaucoup d'imagination, dit mon père en s'asseyant. A part ça, c'est un garçon très bien.

Je trouvais que mon père s'en sortait très bien ; il ne pouvait pas savoir quelle tactique j'avais adoptée pour convaincre Maman de rentrer avec nous.

– Elle n'a eu droit jusqu'ici qu'à un échantillon, dis-je. Je ne lui ai pas encore parlé du nain mystérieux qui est sur nos talons depuis que nous avons franchi la frontière suisse...

Maman et mon père se jetèrent un regard qui en disait long. Puis mon père ajouta :

– Je crois qu'il vaut mieux que tu gardes ça pour plus tard, Hans-Thomas.

♡

Ce matin-là, nous avons compris tous les trois que nous ne supporterions plus de vivre de longues années chacun de notre côté et que nous formions vraiment une famille. Visiblement, j'avais dû réussir à réveiller les instincts maternels de Maman.

Déjà dans ce salon de thé – mais surtout plus tard dans la journée –, Maman et mon père se tenaient par le cou comme deux jeunes amoureux. Avant que la nuit ne tombe, je remarquais qu'ils en étaient déjà à un flirt, disons… poussé. Cela n'avait rien d'extraordinaire en soi, puisqu'ils avaient huit ans à rattraper mais, par discrétion, je dus néanmoins plusieurs fois tourner la tête…

Que dire d'autre? Est-il vraiment utile de décrire comment Maman finit par monter dans notre Fiat?

Mon père, je crois, s'étonnait qu'elle ait pu se laisser persuader si vite. J'étais pour ma part convaincu qu'il suffisait de la retrouver pour chasser à jamais le souvenir des huit malheureuses années passées à l'attendre. Je dus reconnaître qu'elle était une championne de vitesse pour ce qui était de faire sa valise. Sans oublier qu'elle dut rompre un contrat, ce qui, au sud des Alpes, est véritablement un crime. Mon père l'assura qu'elle trouverait sans peine d'autres propositions une fois rentrée en Norvège.

Pendant quelques jours ce fut la course pour tout régler, puis nous nous sommes retrouvés enfin tous les trois pour refaire le trajet, en sens inverse cette fois, en traversant la Yougoslavie pour arriver directement en Italie du Nord. J'étais comme d'habitude assis à l'arrière, mais pour une fois il y avait deux adultes à l'avant. Impossible désormais de lire en cachette, car Maman n'arrêtait pas de se retourner et je n'osais pas imaginer quelle serait sa réaction en découvrant le Livre.

Quand nous sommes arrivés en Italie, tard dans la nuit, on me donna une chambre pour moi tout seul, ce qui me permit enfin de poursuivre ma lecture sans crainte d'être dérangé. Je lus jusqu'à ce que le Livre me tombe des mains.

SIX DE CŒUR

... aussi vrai que le soleil et la lune...

Albert avait passé toute la nuit à raconter son histoire. Plusieurs fois, au cours de son récit, je m'étais imaginé comment il était quand il avait à peine douze ans.

Il resta longtemps à regarder le feu qui s'éteignait doucement, comme fasciné par les dernières braises et les cendres. Je n'avais pas voulu l'interrompre pendant son récit – imitant en cela l'attitude qu'il avait eue cette nuit-là où Hans le boulanger lui avait parlé de Frode et de cette île étrange. Je pouvais à présent me lever et je regardai par la fenêtre qui donnait sur Dorf, en contrebas.

L'aube se levait. Un brouillard matinal flottait au-dessus du modeste village, on distinguait à peine le lac de Waldemar. Le soleil allait poindre d'un instant à l'autre derrière les montagnes.

Mon esprit était assailli de questions, mais, ne sachant par quoi commencer, je préférai garder le silence. Je revins m'asseoir à côté d'Albert qui m'avait si chaleureusement accueilli quand il m'avait trouvé épuisé devant son chalet.

Les dernières fumées qui s'échappaient du feu me faisaient penser au brouillard matinal au-dehors.

– Tu resteras ici au village, Ludwig, dit le vieux boulanger.

Il avait eu une telle façon de dire cette phrase que je ne savais pas si c'était une question ou un ordre. Peut-être les deux à la fois.

– Bien sûr, dis-je.

J'avais compris depuis un certain temps que je serais le prochain boulanger de Dorf. Et cela incluait qu'un jour je transmettrais à mon tour le secret de l'île enchantée.

– Mais je ne pensais pas à ça, ajoutai-je.

– A quoi pensais-tu alors, mon fils ?

– Je repensais au jeu de Joker. Car si je suis ce fameux soldat malheureux qui vient du pays du Nord...

♡

– Et bien ?

– Cela veut dire que j'ai... que j'ai laissé un fils là-haut, dis-je en cachant mon visage entre mes mains et en fondant en larmes.

Le vieux boulanger passa un bras autour de mes épaules.

– C'est la vérité, dit-il. « Le soldat ne sait pas que la jeune femme couverte de honte a été tondue et a donné naissance à un beau petit garçon. »

Il me laissa pleurer toutes les larmes de mon corps, puis me dit doucement :

– Mais il y a quelque chose que je n'ai jamais compris et que tu pourras peut-être m'expliquer.

– Ah, quoi donc ?

– Pourquoi la pauvre jeune femme a-t-elle été tondue ?

– Je ne le savais pas moi-même jusqu'à aujourd'hui, dis-je. Comment aurais-je pu savoir qu'ils lui avaient fait tant de mal ? J'avais entendu dire que ce genre de choses arrivaient parfois à la Libération. Les femmes qui avaient été avec des soldats ennemis perdaient leurs cheveux et leur honneur, comme on dit. Quand j'ai appris cela... oui, c'est pour cela que je n'ai pas cherché à la revoir. Elle finira peut-être par oublier, me disais-je. Je ne ferais qu'empirer les choses en essayant de la revoir. Je croyais que personne n'était au courant de notre histoire, ce qui était pourtant le cas. Mais quand on attend un enfant... cela devient impossible de dissimuler la vérité.

– Je comprends, dit Albert en regardant le feu éteint.

Je me levai et arpentai nerveusement la pièce. Tout cela pouvait-il être vrai ? pensai-je. Et si Albert était un peu *fêlé* comme le chuchotaient les mauvaises langues au *Schöner Waldemar* ? Au fond, je n'avais aucune preuve de la véracité de ses dires. Toutes les phrases qu'il avait mises dans la bouche de Frode et de Hans le boulanger pouvaient être les pures affabulations d'un homme à l'esprit dérangé. Personnellement, je n'avais goûté à aucune limonade pourpre ni vu nulle trace d'un vieux jeu de cartes. La seule chose à laquelle je pouvais me raccrocher, c'étaient ces quelques mots à propos du soldat du pays du Nord. Mais qui sait si Albert n'avait pas tout inventé ? Restait la jeune femme qu'on avait tondue en

♡

guise de représailles – dont il ne savait rien. A moins que je n'aie parlé en rêve et dit quelque chose à son sujet ? Je m'étais fait tant de souci au sujet de Line... et l'idée qu'elle pouvait être enceinte m'avait plus d'une fois effleuré... Il avait peut-être suffi à Albert de ces quelques bribes que j'avais laissé échapper dans mon sommeil pour mixer le tout et inventer toute son histoire. D'ailleurs il m'avait tout de suite demandé des précisions sur la femme qu'on avait tondue...

Mais je sentais bien qu'Albert n'avait pas passé toute la nuit à me raconter des histoires. Lui-même croyait dur comme fer à ce qu'il disait. Bien sûr, c'était peut-être justement la preuve de sa maladie. Les gens du village avaient peut-être raison, quand ils prétendaient qu'Albert était un homme un peu fou qui vivait dans son propre monde.

Depuis mon arrivée au village, il n'avait pas cessé de m'appeler son « fils ». Cela devait sans aucun doute être une des clés de son récit fantastique. Albert désirait un fils, un jeune homme, qui reprendrait après lui la boulangerie.

C'était sans doute la vraie raison pour laquelle il avait inventé cette histoire abracadabrante. J'avais déjà entendu parler de cas de ce genre, à savoir de malades qui se révélaient dans certains domaines bien précis de vrais génies. Albert devait pour sa part exceller en imagination dans les récits d'aventures.

Je marchai toujours en long et en large. Le soleil commençait à gagner les versants de la montagne.

– Tu es si inquiet, mon fils, dit le vieil homme.

Je retournai m'asseoir à ses côtés et il me revint en mémoire comment tout avait commencé cette nuit-là. La veille au soir, je m'étais attardé au *Schöner Waldemar*; Fritz André avait recommencé à parler des poissons rouges d'Albert. Moi, je n'en avais vu qu'un seul et je trouvais tout normal que le vieux boulanger veuille égayer son magasin et avoir un peu de compagnie. Mais une fois que j'étais rentré tard, j'avais entendu Albert marcher dans le grenier. Et quand je le lui avais dit, il s'était mis à tout me raconter...

– Tous ces poissons rouges..., dis-je à présent, tu m'as raconté que Hans le boulanger en avait ramené beaucoup de l'île enchan-

♡

tée. Est-ce qu'ils sont toujours à Dorf ? Ou est-ce que tu n'en as plus qu'un seul ?

Albert se tourna vers moi et me regarda droit dans les yeux.

– Tu as donc si peu confiance en moi, mon garçon ?

Ce furent ses propres mots. Une ombre passa sur son visage.

Mais j'étais trop impatient et pensais peut-être trop à Line. Aussi lui lançai-je avec une certaine véhémence :

– Et bien, réponds ! Que sont-ils devenus tous ces poissons rouges ?

– Viens avec moi ! dit-il.

Il se leva et alla dans sa chambre à coucher. Je le suivis et le vis déplier une échelle fixée au plafond, ce geste même que selon son récit Hans le boulanger avait fait devant lui lorsqu'il était encore petit garçon.

– Nous allons au grenier, Ludwig, murmura-t-il.

Il monta le premier et je le suivis. Si Albert avait inventé toute l'histoire de Frode et de l'île enchantée, il devait vraiment être très malade.

Mais dès que je pus jeter un coup d'œil dans le grenier, je compris que tout ce qu'Albert m'avait raconté était aussi vrai que le soleil et la lune. Le grenier regorgeait de bocaux remplis de poissons qui déclinaient toutes les couleurs de l'arc-en-ciel. Il y avait aussi toutes sortes d'objets plus insolites les uns que les autres. Je reconnus en vrac la statue de Bouddha, la sculpture en verre représentant un de ces fameux « moluques » à six pattes, des épées et des poignards et beaucoup d'autres choses qui se trouvaient autrefois dans le salon, lorsque Albert était encore un petit garçon.

– C'est... c'est... incroyable ! balbutiai-je quand je fis mes premiers pas au milieu de ce fabuleux bric-à-brac.

Je ne pensais pas seulement aux poissons rouges en disant cela, j'avais enfin la preuve que toute l'histoire de l'île enchantée était vraie.

La lumière bleutée du matin entrait par une lucarne. Le soleil ne brillait jamais vers midi de ce côté-ci de la vallée et pourtant les murs du grenier avaient des reflets dorés, et cette lumière ne venait pas de l'extérieur.

♡

– Là ! chuchota Albert en montrant du doigt un coin sous un mur mansardé.

Je vis alors une vieille bouteille qui irradiait une lumière si intense que tous les poissons et les objets de la pièce en étaient comme transfigurés.

– Voilà la limonade pourpre, mon fils. Cela va faire cinquante-deux ans que personne n'y a goûté, mais nous allons descendre et l'emmener avec nous au salon.

Il se pencha et souleva la bouteille. Comme il la penchait légère-ment, je trouvai si beau le liquide à l'intérieur que j'en eus les larmes aux yeux.

Nous étions sur le point de redescendre quand j'aperçus le vieux jeu de cartes dans un coffret en bois.

– Est-ce que je peux… le regarder ? demandai-je d'une voix tremblante.

Le vieil homme, très solennel, me fit signe que oui et je pris les vieilles cartes usées dans la main. Je vis le Six de Cœur, le Deux de Trèfle, la Dame de Pique et le Huit de Carreau. Fébrilement je comptai les cartes : il en manquait une.

– Il n'y en a que cinquante et une, dis-je.

Le vieil homme se retourna.

– Tiens, là ! dit-il en indiquant un vieux tabouret.

Je ramassai la carte qui s'était glissée dessous et la remis avec les autres. C'était l'As de Cœur.

– Elle n'arrête pas de se perdre. Mais je finis toujours par la retrouver.

Je remis les cartes dans le coffret et nous sommes redescendus par l'échelle. Arrivés dans le salon, Albert alla chercher un petit verre à alcool et le posa sur la table.

– Tu sais ce qui va arriver, dit-il.

J'acquiesçai.

J'étais le prochain homme à goûter à cet élixir divin. Il y a cinquante-deux ans, c'était Albert qui se trouvait à ma place et encore cinquante-deux ans avant lui, c'était Hans le boulanger qui y avait pour la première fois goûté sur l'île enchantée.

– Mais n'oublie pas, me rappela le vieil homme, que tu n'as droit qu'à une seule gorgée. Ensuite il faudra attendre que toute une patience soit terminée avant de déboucher une nouvelle fois la bouteille. Ainsi cette bouteille servira-t-elle à plusieurs générations.

Il remplit le fond de mon verre.

— Je t'en prie ! dit-il en me le tendant.

— Je ne sais pas... si j'ose, dis-je.

— Mais tu sais bien que tu es obligé de le faire, répliqua Albert. Car si les gouttes de cette boisson ne tiennent pas leurs promesses, le vieil Albert n'est qu'un vieux fou malade qui t'aura berné avec ses histoires à dormir debout et je ne veux pas avoir ça sur la conscience, tu comprends. Même si tu ne doutes pas sur le moment, un jour ou l'autre viendra le doute. C'est pourquoi il faut absolument que tu sentes pour ainsi dire le *goût* de cette histoire dans tout ton corps. C'est seulement à ce prix que tu peux devenir le futur boulanger de Dorf.

Je portai le verre à mes lèvres et laissai les gouttes glisser dans ma gorge... En l'espace de quelques secondes à peine, mon corps tout entier fut entraîné dans un tourbillon de sensations et de goûts. Je crus instantanément me retrouver sur toutes les places de marché du monde. A Hambourg je mordais dans une tomate, à Lubeck je croquais à pleines dents dans une poire juteuse, à Zurich je grignotais du raisin, à Rome je mangeais des figues, à Athènes des amandes et des noix et au Caire des dattes. Pour ne citer que ces goûts-là. Certaines saveurs m'étaient si inconnues que je crus un instant me trouver en chair et en os sur l'île enchantée et goûter à tous ces fruits exotiques à même les arbres. Ce doit être des fruits de tufa, pensai-je, ou bien des carottes en anneau ou des baies de cure. Et soudain je me crus revenu à Arendal, enveloppé de la saveur des airelles que Line avait cueillies et du parfum de ses cheveux...

Je ne saurais dire combien de temps je suis resté ainsi. Je ne crois pas non plus avoir dit un mot à Albert, mais le vieil homme finit par se lever et dire :

— Il est temps pour le vieux boulanger d'avoir un peu de sommeil. Je remets la bouteille à sa place dans le grenier et sache que je ferme toujours derrière moi la trappe à clé. Enfin, tu n'es plus un enfant. Les fruits et les légumes peuvent être délicieux et bons pour la santé mais ce n'est pas une raison pour devenir soi-même un légume.

Je ne sais plus très bien aujourd'hui si c'était l'image qu'il employa, mais je sais qu'il me mit en garde avant d'aller se coucher et que cela concernait la limonade pourpre et le jeu de cartes de Frode.

SEPT DE CŒUR

... l'homme aux brioches appelle
dans un tuyau magique...

A mon réveil, tard dans la matinée, je compris enfin que le vieux boulanger rencontré à Dorf était en fait mon grand-père paternel et la jeune femme tondue à la Libération ma grand-mère norvégienne.

Quelques doutes pouvaient subsister, puisque le jeu de Joker n'avait pas dit tout cela de manière aussi explicite, mais les jeunes femmes s'appelant Line qui s'étaient affichées avec un Allemand ne devaient pas être légion, à mon avis.

Toute la clarté n'était pas encore faite sur l'histoire. Certaines phrases du jeu de Joker avaient échappé à Hans le boulanger, de sorte qu'elles n'avaient pu être transmises à Albert ou à quelqu'un d'autre. Pourrait-on jamais les retrouver et avec les cinquante-deux phrases terminer enfin la patience ?

L'île enchantée n'avait laissé aucune trace derrière elle en sombrant dans la mer. Hans le boulanger était mort et ne pourrait plus rien révéler. Quant aux vieilles cartes de patience de Frode, il était improbable d'arriver à leur insuffler vie à nouveau dans l'espoir qu'elles se rappellent leurs phrases d'il y a cent cinquante ans.

Il ne restait qu'une seule possibilité : si le Joker était encore en vie, *lui* peut-être se souviendrait du jeu de Joker...

Il fallait faire en sorte que mes parents passent par Dorf, même si cela signifiait un grand détour et si les vacances de mon père se terminaient bientôt. Mais il fallait que j'y arrive sans avoir à leur montrer le Livre.

Je ne désirais qu'une chose : entrer dans la petite boulangerie et dire au vieux boulanger : coucou, c'est moi. Je suis revenu du pays du Sud. Et mon père est avec moi. C'est ton propre fils.

♡

Je fis en sorte que toute la conversation du petit déjeuner tourne autour de mon grand-père. Mais je voulais garder pour la fin du repas la révélation de toute la vérité. Je savais que ma crédibilité était sérieusement entamée après ce que j'avais déjà laissé échapper sur le Livre. Alors autant les laisser déjeuner en paix.

Quand Maman alla chercher une deuxième tasse de café, j'en profitai pour regarder mon père bien en face et lui dis en insistant sur chaque terme :

— C'est une bonne chose d'avoir retrouvé Maman à Athènes, mais il manque encore une carte pour que toute la patience réussisse et j'ai trouvé maintenant où elle est.

Mon père chercha Maman d'un regard inquiet. Puis il se retourna vers moi et dit :

— Mais qu'est-ce qui se passe, Hans-Thomas ? Est-ce que tu peux me le dire ?

— Tu te rappelles le boulanger qui m'avait donné une bouteille de limonade et quatre brioches, lorsque tu traînais au *Schöner Waldemar* avec les villageois et vidais verre après verre de leur eau-de-vie des Alpes ?

Il détourna les yeux.

— Ce boulanger est ton vrai père, dis-je.

— Quelles bêtises !

Il se rebiffa comme un cheval mal monté, mais il n'allait pas s'en tirer comme ça.

— Ce n'est pas la peine de parler de tout ça ici et maintenant, le rassurai-je. Mais je peux te garantir que la chose est sûre à cent pour cent.

Maman vint nous rejoindre et elle soupira quand elle comprit de quoi il était question. Mais mon père me connaissait et savait que je ne parlais jamais en l'air et qu'il devait forcément y avoir du vrai dans ce que je racontais. N'était-il pas lui-même un joker qui jusqu'ici avait toujours su prendre conscience de ce qui était vraiment essentiel ?

— Et qu'est-ce qui te fait dire que c'est mon père ? demanda-t-il.

♡

Je ne pouvais pas lui avouer que c'était marqué noir sur blanc dans le Livre. A la place, j'avançai un argument qui, la veille, m'avait traversé l'esprit :

— D'abord, il s'appelle Ludwig, commençai-je.

— Oh, c'est un prénom très courant en Suisse et en Allemagne, objecta mon père.

— C'est possible, mais ce boulanger m'a confié qu'il avait été à Grimstad pendant la guerre.

— Ah, il a dit ça ?

— Pas en norvégien bien sûr, mais quand je lui ai raconté que je venais d'Arendal, il m'a dit qu'il avait été, lui, dans la « *Grimme Stadt* », c'est-à-dire à mon avis Grimstad.

Mon père hocha la tête.

— « *Grimme Stadt* » ? Mais cela signifie en allemand la ville terrible, épouvantable… Autant parler d'Arendal dans ce cas ! Mais tu sais, il y avait beaucoup de soldats allemands stationnés en Norvège du Sud, Hans-Thomas.

— Je sais, dis-je. Mais un seul d'entre eux était mon grand-père. Et il est devenu le boulanger de Dorf. Ce sont des choses qui arrivent.

Pour en avoir le cœur net, mon père appela ma grand-mère au téléphone. Était-ce à cause de mon grand-père ou juste pour lui dire que nous avions retrouvé Maman à Athènes ? Toujours est-il qu'elle n'était pas à la maison et qu'il appela tante Ingrid. Elle lui apprit que Grand-Mère était partie faire un petit tour dans les Alpes.

En entendant cela, j'émis un sifflement admiratif.

— « L'homme aux brioches appelle dans un tuyau magique et sa voix porte à des centaines de kilomètres de là », dis-je.

Mon père éberlué prit l'expression de quelqu'un qui cherche à résoudre toutes les énigmes du monde à la fois.

— Tu as déjà prononcé cette phrase, ou je me trompe ?

— *Yes, sir,* répondis-je. Il n'est pas exclu que le vieux boulanger ait compris qu'il avait son propre petit-fils devant lui. D'ailleurs, il t'a aperçu toi aussi et le sang est plus épais que l'eau, à ce qu'on dit. Mais peut-être qu'il a juste envie de passer

♡

un petit coup de fil en Norvège après toutes ces années – ne venait-il pas d'avoir dans sa boutique la visite d'un garçon d'Arendal ? Et peut-être que ce coup de téléphone a suffi pour faire renaître un amour ancien à Dorf comme ce fut le cas à Athènes…

Et c'est ainsi que nous avons filé droit sur Dorf. Ni Maman ni mon père ne croyaient que le vieux boulanger fût réellement mon grand-père, mais ils savaient qu'ils n'auraient jamais la paix tant qu'ils n'auraient pas tiré cette histoire au clair.

En arrivant à Côme, nous avons passé la nuit comme à l'aller au Mini Hotel Baradello. La fête foraine avec la diseuse de bonne aventure et toutes les attractions avaient disparu. J'eus ici aussi droit à une chambre pour moi tout seul, ce qui me consola un peu. J'étais assez fatigué après toute cette route, mais je voulus terminer de lire le Livre avant de m'endormir.

HUIT DE CŒUR

...un miracle si fantastique qu'on ne sait pas trop
s'il faut en rire ou en pleurer...

Je me levai et sortis faire quelques pas devant la maison. Je ne marchais pas très droit, car dans mon corps toutes sortes de saveurs se livraient un combat acharné pour capter mon attention. Mon épaule gauche succombait au goût de la fraise tandis que la groseille et le citron se disputaient mon genou droit. Les saveurs défilaient à une telle allure que j'avais à peine le temps de mettre un nom sur toutes. Partout dans le monde, il y a quelqu'un qui a exactement ce goût dans la bouche, pensai-je. J'avais l'impression d'avoir été convié à tous les repas du monde à la fois et de tout goûter en même temps.

Je fis une petite promenade dans la forêt au-dessus du chalet. Quand la tempête de mes sens se calma, un sentiment m'envahit que je n'ai jamais perdu depuis.

En regardant le village perdu au fond de la vallée, je compris pour la première fois à quel point le monde était un miracle insondable. Comment expliquer que, nous autres hommes, nous avions le droit d'être où nous nous trouvions? Je découvrais quelque chose pour la première fois et pourtant j'avais eu cette chose sous les yeux depuis que j'étais petit. C'était comme si j'avais vécu jusqu'ici dans un état de torpeur et que j'étais enfin tiré d'une longue somnolence.

J'existe! pensai-je. Je suis une personne bien vivante sur cette planète. Il me semblait comprendre pour la première fois de ma vie ce qu'était une personne. Je savais aussi que si j'avais continué à boire de cet étrange élixir, toutes ces sensations auraient fini petit à petit par disparaître tout à fait. A force de goûter à toutes les saveurs du monde, je n'aurais plus fait qu'un avec lui et j'aurais perdu à jamais la sensation d'exister. Je serais devenu comme une tomate ou un prunier.

♡

Je m'assis sur une souche d'arbre et j'aperçus un chevreuil qui venait de la forêt. Cela n'avait en soi rien de surprenant, car il y avait toujours eu beaucoup de gibier dans les forêts autour de Dorf. Mais j'eus l'impression de n'avoir jamais *compris* auparavant ce qu'était une créature vivante. J'avais beau voir presque chaque jour de nombreux chevreuils, je n'avais encore jamais remarqué à quel point chacun d'entre eux était un être merveilleux et mystérieux. J'avais si souvent vu des chevreuils que je ne me posais plus, depuis longtemps, aucune question à leur sujet.

Voilà ce qui arrive, pensai-je, voilà ce qui arrive avec tout ce qui nous entoure, avec le monde entier. Tant que nous sommes enfants, nous avons la faculté de découvrir avec étonnement le monde. Puis nous finissons par nous y habituer. Grandir, c'était au fond comme s'enivrer de sensations au point de tout confondre et ne plus rien sentir du tout.

Je compris enfin ce qui était arrivé aux nains de l'île enchantée : quelque chose les avait empêchés de sentir le mystère de leur propre existence – peut-être parce qu'ils n'avaient jamais été enfants. Quand ils se sont mis à rattraper leur retard en buvant tous les jours de ce puissant breuvage, ils avaient tout simplement fini par ne plus faire qu'un avec le monde autour d'eux. Je compris quelle victoire cela avait dû être pour Frode et le Joker d'avoir réussi à résister à l'attrait de la limonade pourpre.

Le chevreuil me regarda une ou deux secondes seulement avant de s'enfuir. Un court instant, la profondeur du silence m'étonna. Puis un rossignol fit entendre son chant mélodieux. Qu'un corps si frêle puisse avoir une voix d'une telle puissance et d'une telle beauté, c'était troublant.

Ce monde, songeai-je, est un miracle si fantastique qu'on ne sait pas trop s'il faut en rire ou en pleurer. Sans doute les deux à la fois...

Quelques jours auparavant, je m'en souvenais maintenant, une jeune fermière du village était entrée dans la boulangerie avec une petite fille âgée de deux-trois semaines. Je n'avais jamais été spécialement intéressé par les bébés, mais, en jetant un coup d'œil dans le couffin, je lus un immense étonnement dans les yeux de la petite

♡

fille. Je n'y avais jamais repensé par la suite. Mais à présent que j'étais sur cette souche d'arbre à écouter le chant du rossignol tout en regardant le soleil baigner les collines de lumière – oui, je me dis que si ce bébé avait su parler, il aurait certainement exprimé son étonnement de venir au monde et qu'il trouvait ce monde bien étrange. J'avais eu la présence d'esprit de féliciter la jeune mère, mais, à bien y réfléchir, c'était plutôt l'enfant que j'aurais dû féliciter. On devrait saluer chaque nouveau citoyen du monde en disant : « Bienvenue au monde, l'ami ! Tu as vraiment de la chance d'avoir pu venir ici ! »

C'est triste que les hommes finissent par trouver tout naturel d'être en vie. Un jour, nous perdons cette faculté de nous étonner et la retrouvons juste quand nous sommes sur le point de quitter ce monde.

Un intense goût de fraise m'envahit le haut du corps. C'était loin d'être mauvais, mais c'était si fort que j'en eus presque la nausée. Je crois que j'avais vraiment eu ma dose de limonade pourpre et n'étais pas prêt à recommencer de sitôt. Les myrtilles des bois, le chant d'un rossignol et la visite d'un chevreuil suffisaient amplement à mon bonheur.

J'allais me lever quand j'entendis soudain une branche craquer. Je levai les yeux et aperçus derrière un arbre un drôle de lutin qui tendait le cou pour regarder dans ma direction.

Mon cœur ne fit qu'un bond : c'était le Joker !

Il s'approcha de moi et quand il ne fut plus qu'à une cinquantaine de mètres, il dit :

– Hum !...

Il s'essuya la bouche et continua :

– Alors, on a goûté à la délicieuse boisson, hein ? Miam, miam, dit le Joker.

J'avais encore toute l'histoire de l'île enchantée dans la tête, aussi n'eus-je pas vraiment peur, même si je dois avouer que je ne m'attendais pas à une telle apparition. Au fond, nous étions un peu semblables tous les deux. J'étais à présent moi aussi comme un joker dans un jeu de cartes.

♡

Je me levai et allai vers lui. Il ne portait plus son habit violet de clown avec toutes ses clochettes, mais un costume brun à rayures noires.

Je lui tendis la main en disant :

– Je sais qui tu es.

Il prit ma main et j'entendis faiblement tinter quelques clochettes sous son costume. Je compris alors qu'il avait juste passé un costume de ville par-dessus son habit de Joker. Sa main était aussi froide que la rosée du matin.

– On a le plaisir de serrer la main du soldat du Nord, dit-il en grimaçant.

Ses petites dents brillaient comme de la nacre et il ajouta :

– Car désormais c'est au tour de ce Valet de vivre ! Félicitations pour ton anniversaire, frère !

– Mais... mais ce n'est pas mon anniversaire ! balbutiai-je.

– Chut ! dit le Joker. Il ne suffit pas de naître une fois. Cette nuit, l'ami du boulanger naît une seconde fois. Le Joker sait cela et c'est pourquoi le Joker se permet de le féliciter.

Il parlait d'une petite voix haut perchée. Je lâchai sa main froide et dis :

– J'ai... j'ai entendu toute l'histoire... au sujet de Frode, de toi-même et de tous les autres...

– Naturellement, m'interrompit-il, car aujourd'hui c'est le jour du Joker, mon garçon, et demain commence une nouvelle patience. C'est reparti pour cinquante-deux ans ! Le garçon du pays du Nord sera alors un homme mûr. Il viendra une première fois à Dorf et il aura besoin d'une petite loupe au cours de son voyage. Pas n'importe quelle loupe ! déclare le Joker. Du meilleur verre de Carreau. Car on peut fourrer toutes sortes de choses dans ses poches quand un vieux bocal à poisson se casse. Le Joker est un homme qui fait bien les choses. Mais c'est ce Valet-ci qui aura la tâche la plus difficile.

Je ne comprenais pas bien ce que le nain entendait par là, mais il vint tout contre moi et me chuchota à l'oreille :

– Il ne faut pas oublier de consigner par écrit l'histoire du jeu de cartes de Frode dans un petit livre. Puis il faudra la glisser dans

♡

une brioche, car le poisson rouge ne trahit pas le secret de l'île, mais le Livre de la brioche, oui. Voilà ce que dit le Joker. C'est tout!

– Mais... l'histoire du jeu de cartes de Frode ne peut pas tenir dans une brioche! objectai-je.

Il rit de bon cœur.

– Ça dépend de la taille de la brioche, mon garçon. Ou bien de la taille du livre...

– L'histoire de l'île enchantée... et de tout le reste... mais c'est si long que cela fera forcément un gros livre, rétorquai-je. Et du coup une énorme brioche!

Il me regarda et dit posément:

– Il ne faut jamais affirmer sans savoir, dit le Joker. Quelle mauvaise habitude! La brioche ne sera pas nécessairement énorme si les lettres du Livre sont toutes petites.

– Je vois mal comment un homme pourrait former des lettres aussi minuscules! insistai-je. Quand bien même quelqu'un y parviendrait, qui pourrait ensuite les déchiffrer?

– Il s'agit d'abord d'écrire le Livre, dit le Joker. Autant se mettre au travail tout de suite. Il sera toujours temps de diminuer les lettres après. Et celui qui aura la loupe, pourra lire.

Je jetai un regard sur la vallée. La lumière du soleil commençait à étendre son tapis d'or sur le village.

Quand je tournai à nouveau la tête, le Joker n'était plus là. J'eus beau regarder dans toutes les directions, il avait disparu aussi vite que le chevreuil tout à l'heure.

Je me sentis épuisé quand je revins à la maison. Je faillis même trébucher parce qu'au moment de poser le pied sur une pierre, un intense goût de cerise m'élançait dans la jambe.

Je pensai à mes amis en bas dans le village. Si seulement ils savaient! Comme tous les soirs, attablés au *Schöner Waldemar*, ils devaient manquer de sujets de conversation, alors autant dire du mal du vieux boulanger qui vivait retiré dans un chalet, à l'écart du village. Ils l'avaient toujours trouvé bizarre et l'avaient catalogué comme un original sans trop se poser de questions. Mais savaient-ils seulement qu'ils faisaient partie eux aussi de la grande énigme? Elle était là juste sous leurs yeux, mais ils ne la voyaient même pas.

♡

Peut-être qu'Albert détenait un secret, mais le plus grand mystère, c'était avant tout le monde tel qu'il est.

Je savais que je ne pourrais plus jamais me joindre à eux et qu'un jour ce serait moi, leur sujet de conversation. Dans quelques années, je resterais le seul Joker ici au village.

Quand je tombai enfin sur mon lit, je dormis jusque tard dans l'après-midi.

NEUF DE CŒUR

... ils ne sont pas assez mûrs pour entendre parler du jeu de cartes de Frode...

J e sentais sous mes doigts qu'il ne me restait plus que quelques pages à lire, mais à ma grande surprise ces dernières pages étaient écrites avec des lettres de taille normale. Je pus poser la loupe sur la table de nuit et continuer à lire comme dans un livre normal.

Le temps approche où tu vas venir à Dorf chercher le secret du jeu de patience de Frode et de l'île enchantée, *mein Sohn*. J'ai écrit tout ce dont je me souviens encore des récits d'Albert. Deux mois seulement après cette *Nacht*-là, le vieux boulanger mourut et je pris sa relève.

J'écrivis tout de suite l'histoire de la limonade pourpre et je me décidai à l'écrire en norvégien. D'abord pour que tu puisses me *verstehen*, mais aussi pour que les habitants du village ne puissent pas la lire au cas où ils auraient un jour mis la main dessus. Aujourd'hui, j'ai pratiquement *alles* norvégien oublié.

Je trouve que je ne pouvais pas prendre contact avec vous en Norvège. Comment Line allait-elle réagir ? Je n'osais pas enfreindre la loi du silence et aller à l'encontre de la vieille prophétie. Car je savais qu'un jour tu viendrais à Dorf.

J'ai écrit le livre sur une vulgaire machine à écrire. C'était *ganz unmöglich* de taper des lettres plus petites. Mais il y a quelques semaines, j'ai entendu dire qu'à la banque ils avaient reçu une étrange machine qui copiait en réduction *so daß* une feuille de papier devenait de plus en plus petite. J'ai ainsi photocopié huit fois chaque feuille jusqu'à ce que je puisse les relier toutes en un minuscule livre. Quant à toi, *mein Sohn,* le Joker t'a bien donné une loupe, non ?

Lorsque j'ai voulu retranscrire toute l'histoire, je ne connaissais que les phrases dont s'était souvenu Hans le boulanger. Mais hier

♡

j'ai reçu *ein* lettre avec la règle du jeu de Joker, le tout écrit *natürlich* par le Joker.

Dès que tu seras passé à Dorf, je vais Line *telefonieren*. Et peut-être pourrons-nous tous un jour nous rencontrer.

Ach – nous autres boulangers de Dorf, nous sommes tous des Jokers qui transmettons une *fantastisch* histoire. Cette histoire ne pourra jamais voler de ses propres ailes comme les autres histoires. Mais nous devons, comme tous les Jokers – que ce soit dans des patiences « courtes » ou « longues » – rappeler aux hommes que le monde est l'aventure la plus belle et la plus inouïe qui soit. Ce n'est pas une mince affaire, car tant qu'ils n'auront pas compris que le monde dans lequel ils vivent est une énigme, ils ne sont pas assez mûrs pour entendre parler du jeu de cartes de Frode sur l'île enchantée.

Un jour – ce sera au pays du Levant –, le monde entier entendra parler de *mein* Livre. Mais jusque-là il faut que tous les cinquante-deux ans quelqu'un goûte la limonade pourpre.

Et n'oublie jamais une chose : le Joker ne peut jamais mourir. Même si toutes les cartes de la patience devaient devenir aveugles, le Joker, lui, ne se doutera jamais du fait qu'il est possible de dessiller les yeux de certaines personnes.

Eh bien, au revoir, *Sohn*. Peut-être as-tu déjà retrouvé ta Maman dans le pays du Sud. Tu reviendras à Dorf une fois devenu adulte toi aussi.

Les dernières pages du Livre sont les règles du fameux jeu de Joker auquel participèrent tous les nains de l'île enchantée, il y a maintenant bien, bien longtemps...

Le jeu de Joker

Le vaisseau d'argent fait naufrage dans la mer déchaînée. Le marin échoue sur une île qui ne cesse de grandir. La poche de la veste dissimule un jeu de cartes qui doit sécher au soleil. Cinquante-trois personnages

♡

tiennent compagnie au fils du maître verrier pendant de longues années.

Avant que les couleurs ne pâlissent, cinquante-trois nains naissent et prennent forme dans l'imagination du marin solitaire. D'étranges personnages dansent dans la conscience du Maître. Quand le Maître dort, les nains vivent leur propre vie. Un beau matin, le Roi et le Valet s'évadent de la prison de la conscience.

Les personnages jaillissent de l'imagination créatrice dans un espace créé lui aussi. Les personnages sortent de la manche du prestidigitateur et se pincent pour voir s'ils sont bien vivants. Les personnages sortis de l'imagination sont beaux à voir, mais tous sauf un ont perdu la raison. Seul un unique Joker dans le jeu de cartes perce à jour le mystère.

La boisson scintillante paralyse les sens du Joker. Le Joker recrache la boisson scintillante. Sans le sérum de mensonge, le petit bouffon voit plus clair. Après cinquante-deux ans, le petit-fils du naufragé arrive au village.

La vérité est dans les cartes. La vérité est que le fils du maître verrier n'a pas voulu croire en la force de son imagination. Les personnages fomentent une terrible rébellion contre le Maître. Bientôt le Maître meurt, et ce sont les nains qui l'ont assassiné !

La princesse du soleil retrouve le chemin de l'océan. L'île enchantée se brise de l'intérieur. Les nains redeviennent de simples cartes. Le fils du boulanger réchappe à l'aventure avant qu'elle ne se referme sur elle-même.

Une fois au pays natal, le bouffon disparaît derrière quelques entrepôts sales. Le fils du boulanger s'enfuit dans la montagne et s'installe dans un petit village perdu. Le boulanger cache les trésors de l'île enchantée. Dans les cartes est inscrit ce qui doit arriver.

Le village abrite le garçon abandonné qui, enfant, a perdu sa mère de maladie. Le boulanger lui fait goûter la boisson scintillante et lui montre les beaux poissons. Le garçon vieillit et a les cheveux blancs mais, avant qu'il ne meure, le soldat malheureux arrive du pays du Nord. Le soldat veille sur le secret de l'île enchantée.

Le soldat ne sait pas que la jeune femme couverte de honte a été tondue et a donné naissance à un beau petit garçon. Le garçon doit prendre la mer car il est le fils de l'ennemi. Le marin se marie avec une belle femme qui donne naissance à un fils avant de partir pour le pays

♡

du Sud dans l'espoir de se trouver elle-même. Le père et le fils recherchent la jolie femme qui ne se trouve pas elle-même.

Le nain aux mains froides indique le chemin du village perdu et donne au garçon du pays du Nord une loupe pour son voyage. La loupe correspond à un morceau de verre du bocal à poissons rouges. Le poisson rouge ne trahit pas le secret de l'île mais le Livre de la brioche, oui. L'homme aux brioches est le soldat du pays du Nord.

La vérité sur le grand-père est inscrite dans les cartes. Le destin est un serpent qui a si faim qu'il se dévore lui-même. La boîte intérieure contient la boîte extérieure de même que la boîte extérieure contient la boîte intérieure. Le destin est une tête de chou-fleur qui pousse de manière égale dans toutes les directions.

Le garçon comprend que l'homme aux brioches est son propre grand-père de même que l'homme aux brioches comprend que le garçon du pays du Nord est son propre petit-fils. L'homme aux brioches appelle dans un tuyau magique de sorte que sa voix porte à des centaines de kilomètres de là. Le marin recrache la boisson forte. La belle femme qui ne s'est pas trouvée elle-même trouve à la place son fils bien-aimé.

Le jeu de la patience est la malédiction d'une famille. Il y aura toujours un Joker pour percer le mystère. Les générations succéderont aux générations, mais il y aura toujours de par le monde un bouffon sur qui le temps n'a pas de prise. Celui qui dévoilera le destin devra y survivre.

DIX DE CŒUR

*... il y aura toujours de par le monde un bouffon
sur qui le temps n'a pas de prise...*

J'eus du mal à trouver le sommeil après avoir lu les dernières pages du Livre. Le Mini Hotel Baradello n'était soudain plus si petit que ça et se fondait avec toute la ville de Côme dans quelque chose d'infiniment plus grand.

Ainsi je ne m'étais pas trompé sur le Joker : le nain de la station-service était bel et bien celui qui s'était volatilisé derrière les entrepôts du port de Marseille et qui depuis lors errait de par le monde. De temps à autre, il apparaissait au boulanger de Dorf, sinon il parcourait le monde sans avoir d'attaches, un jour ici, un jour là. Seul un mince costume de ville dissimulait sa vraie nature que caractérisait son habit violet à grelots. Pas si simple avec un tel accoutrement de passer inaperçu dans une petite ville de banlieue! Les gens auraient aussi fini par trouver bizarre qu'il ne prenne jamais une ride en dix, vingt ou cent ans...

Je savais depuis le dénouement de l'île enchantée que le Joker pouvait courir et ramer sans ressentir la moindre fatigue, à la différence de nous autres mortels. N'était-il pas sur nos talons depuis la frontière suisse? On pouvait aussi imaginer qu'il avait sauté dans un train!

J'avais la certitude que le Joker s'était glissé dans la « grande patience » après avoir échappé à la « petite patience » de l'île enchantée. Mais, ici comme là-bas, son rôle restait le même : rappeler à intervalles réguliers à tous les nains, petits et grands, qu'ils devaient s'émerveiller d'être en vie.

Une année, on le vit en Alaska et au Caucase, l'année suivante en Afrique et au Tibet. Une semaine, il surgissait à Marseille et la semaine suivante sur la place Saint-Marc à Venise.

♡

Toutes les pièces du puzzle que constituait le jeu de Joker étaient dorénavant en place. Cela réjouissait autant le cœur que l'esprit de voir enfin l'ensemble achevé.

Je repensai à cette phrase d'un des Rois qui avait échappé à Hans le boulanger : « Les générations succéderont aux générations, mais il y aura toujours de par le monde un bouffon sur qui le temps n'aura pas de prise. » Comme j'aurais aimé que mon père la lise ! Il aurait compris que la description qu'il m'avait faite sur les ravages du temps était vraiment trop noire et que certaines choses résistaient à l'usure du temps, comme ce Joker entre autres qui pouvait traverser tous les siècles sans perdre une seule dent de lait.

Ah ! J'y voyais là un signe que les hommes ne cesseraient jamais de s'interroger sur leur existence. Certes ce don d'étonnement n'était pas donné à tous, mais en revanche jamais il ne pourrait disparaître complètement. Tant qu'il y aurait une histoire et des hommes auxquels le Joker pourrait se mêler, cette faculté d'émerveillement resurgirait. Dans l'Athènes antique, ce fut Socrate, à Arendal, mon père et moi. Ce n'était pas une liste exhaustive : bien sûr, il y en avait beaucoup d'autres à des époques et des lieux différents, mais nous ne devions malgré tout pas être légion.

La dernière phrase du jeu de Joker, Hans le boulanger l'avait bien retenue. Il faut dire que cela aurait été un comble, car le Roi de Pique, dans son impatience, l'avait répétée trois fois : « Celui qui dévoilera le destin devra y survivre. »

Cette phrase s'adressait-elle avant tout au Joker qui restait toujours en vie, siècle après siècle ? Moi aussi à présent, grâce à la longue histoire du Livre, j'avais compris et révélé le destin, et n'en allait-il pas de même pour tous les hommes ? Même si notre passage sur la terre ne dure qu'un court instant, nous nous inscrivons dans une histoire commune qui nous survivra tous. En effet, nous ne vivons pas seulement notre propre vie. Nous pouvons visiter des lieux tels que Delphes ou Athènes et sentir en nous y promenant la présence diffuse des hommes qui ont vécu sur cette terre avant nous...

♡

Je jetai par la fenêtre un regard sur la petite arrière-cour. Il faisait nuit noire, mais une étrange lueur brillait dans mon esprit. L'histoire de l'humanité m'apparaissait sous un jour si différent! C'était donc elle, «la grande patience»! Mais dans mon jeu de familles à moi, il manquait encore une dernière carte.

Allions-nous rencontrer Grand-Père à Dorf? Comment imaginer que Grand-Mère soit déjà là-bas auprès du vieux boulanger?

L'obscurité commençait à prendre les tonalités bleues du matin quand, tout habillé, je m'affalai sur le lit.

... un petit homme était en train de farfouiller
sur la banquette arrière...

Nous avions repris notre route et ne parlions plus de Grand-Père, lorsque Maman déclara qu'elle trouvait que la plaisanterie à propos du boulanger de Dorf avait assez duré.

Mon père ne jugea pas utile de dire qu'il prêtait plus de foi qu'elle à mes histoires, mais il prit malgré tout ma défense, ce que j'appréciai grandement.

– Nous allons prendre le même chemin qu'à l'aller, dit-il. Et nous nous arrêterons à Dorf pour acheter un grand sac de brioches. Comme ça au moins nous ne risquons pas de mourir de faim. Pour ce qui est des plaisanteries de Hans-Thomas, reconnais que tu n'as pas eu trop à t'en plaindre ces dernières années...

Maman, confuse, passa un bras autour des épaules de mon père.

– Tu sais bien que ce n'est pas ce que je voulais dire.

– Attention ! Je conduis... murmura-t-il.

Alors Maman se retourna vers moi :

– Je regrette, Hans-Thomas. Mais promets-moi de ne pas être trop déçu si ce boulanger n'en sait pas plus sur Grand-Père que nous.

L'orgie de brioches n'était donc pas pour tout de suite : il fallait d'abord arriver à Dorf, c'est-à-dire pas avant tard dans la soirée. D'ici là, il fallait bien avoir quelque chose dans le ventre, aussi mon père quitta l'autoroute à Bellinzona et s'arrêta dans une petite rue entre deux restaurants.

Nous étions en train de manger une escalope avec des pâtes, lorsque je commis la plus grosse gaffe de ma vie : je leur parlai du Livre. Et c'est sans doute pour me punir de ne pas avoir su tenir ma langue qu'il arriva ce qui arriva...

♡

J'eus l'imprudence de leur raconter que j'avais trouvé un tout petit livre imprimé avec des caractères minuscules dans une des brioches que m'avait données le vieux boulanger. Et ça tombait bien puisque le nain à la station-service m'avait justement donné une loupe. Ensuite j'entrepris de résumer dans les grandes lignes le contenu du Livre.

Je me suis depuis souvent demandé comment j'avais pu être assez bête pour rompre le serment solennel que j'avais fait au vieux boulanger, alors que nous n'étions plus qu'à quelques heures de route de Dorf. Je crois savoir pourquoi : je désirais si ardemment que ce vieil homme soit mon Grand-Père et j'espérais que Maman me croirait enfin. Mais à vouloir trop bien faire, je ne fis que compliquer les choses.

– C'est très bien d'avoir autant d'imagination, mon garçon, mais l'imagination aussi doit connaître ses limites, fut le seul commentaire de Maman.

– Est-ce que tu n'as pas déjà raconté une histoire de ce genre sur la terrasse de l'hôtel à Athènes ? intervint mon père. Je me souviens que j'avais admiré ton imagination débordante. Mais je dois reconnaître que cette fois ta mère a raison. Tu ne trouves pas que tu pousses le bouchon un peu loin, dis ?

Je ne sais pas ce qui me prit, mais je fondis en larmes. Cela m'avait tant coûté de tout garder pour moi et quand enfin je leur racontais tout, ils ne me croyaient pas.

– Attendez… sanglotai-je. Attendez un peu qu'on soit dans la voiture et je vous *montrerai* ce fameux Livre, même si j'ai promis à Grand-Père de n'en parler à personne !

Nous avons vite achevé notre repas. J'espérais que mon père n'avait pas tout à fait exclu la possibilité que je puisse dire la vérité. Il posa un billet de cent francs suisses sur la table et se leva sans attendre la monnaie.

En nous approchant de la voiture, nous avons vu qu'un petit homme était en train de farfouiller sur la banquette arrière.

– Eh, vous là-bas ! cria mon père. Arrêtez-vous !

Il fonça vers la Fiat rouge, mais l'inconnu bondit hors de la voiture et disparut à la vitesse de l'éclair au coin de la rue. Je

♡

crus entendre un très léger tintement de clochettes quand il se mit à courir. Mon père se lança à sa poursuite (je précise qu'il était loin d'être un piètre coureur). Maman et moi sommes restés presque une demi-heure à l'attendre. Enfin nous l'avons aperçu qui revenait vers nous avec une mine déconfite.

— Ma parole, c'est à croire que la terre l'a englouti! Ah, quel petit malin, celui-là!

Nous vérifiâmes les bagages un à un.

— Il ne me manque rien, dit Maman au bout d'un moment.

— A moi non plus, dit mon père, une main en train d'inspecter la boîte à gants. La carte grise, les passeports, le porte-monnaie et le carnet de chèques... Il n'a même pas touché à ma collection de jokers. Peut-être qu'il cherchait seulement de l'alcool?

Tous deux reprirent leurs places à l'avant et je montai à l'arrière.

Soudain je sentis mon estomac se nouer, car je me souvenais avoir caché le Livre sous un chandail... Bien sûr, il n'y était plus!

— Le Livre, m'écriai-je. Il a pris le Livre!

Je me remis à pleurer.

— C'était le nain, sanglotai-je. C'est le nain qui a volé le Livre parce que je n'ai pas réussi à garder le secret.

Maman passa à l'arrière de la voiture et me serra longtemps contre elle.

— Pauvre petit Hans-Thomas... répétait-elle. Tout ça, c'est de ma faute. Mais maintenant nous allons rentrer tous les trois bien sagement à Arendal. Si tu dormais un peu d'abord?

Je sursautai.

— Mais nous allons quand même à Dorf, hein? dis-je à mon père.

— Naturellement. Un marin n'a qu'une parole.

J'allais m'endormir quand je l'entendis chuchoter à Maman :

— C'est quand même bizarre, cette histoire. Toutes les portières étaient fermées à clé. Et tu avoueras que c'était un homme vraiment *petit*...

♡

– Le joker peut s'introduire où il veut, ce n'est pas une portière fermée qui l'effraie, dis-je. S'il est si petit, c'est parce que c'est un être artificiel.

Puis je m'endormis, la tête sur les genoux de Maman.

DAME DE CŒUR

... soudain une femme d'un certain âge
sortit de la vieille auberge...

Je me réveillai quelques heures plus tard et, en me redressant, je compris que nous étions déjà assez haut dans les Alpes.

– Ah, tu es réveillé ? fit mon père. Nous serons à Dorf dans une demi-heure. Nous passerons la nuit à l'auberge du *Schöner Waldemar.*

Dès notre arrivée à Dorf, mon père, qui ne connaissait pourtant pas aussi bien le village que moi, s'arrêta juste devant la boulangerie. Il adressa à ma mère un regard plein de sous-entendus, mais je n'étais pas dupe de leur petit jeu.

La boulangerie était vide. Le seul signe de vie était un petit poisson rouge qui tournait en rond dans un grand bocal ébréché. Moi aussi, je me sentais comme un poisson dans une cage en verre.

– Regardez, dis-je en tirant la petite loupe de ma poche de pantalon. Vous ne voyez pas qu'elle a exactement la taille du bout de verre qui manque ?

C'était la seule preuve que j'aie que je ne leur avais pas raconté n'importe quoi.

– Tonnerre de Brest ! s'écria mon père. Cela dit, aucune trace du boulanger...

Impossible de savoir s'il disait ça pour mettre un terme à la conversation ou si, tout compte fait, il m'avait cru et exprimait par ces mots sa déception de ne pas rencontrer son père tout de suite.

Nous avons laissé la voiture où elle était et nous nous sommes dirigés vers l'auberge du *Schöner Waldemar.* Maman voulut savoir en chemin qui étaient mes camarades de jeu à Arendal. Mais je refusai de répondre. L'histoire du boulanger de Dorf et du Livre, ce n'était pas pour rire !

♡

Soudain une femme d'un certain âge sortit de la vieille auberge. A notre vue, elle se précipita vers nous.

C'était Grand-Mère !

— Maman ! cria mon père stupéfait.

Même s'il avait été tout seul, les anges au ciel auraient entendu son cri tant il était poignant.

Grand-Mère se jeta à notre cou et nous couvrit de baisers. Maman était si troublée qu'elle ne savait plus où elle en était. Pour finir, Grand-Mère me prit dans ses bras et me serra très fort contre elle en pleurant.

— Ah mon garçon, dit-elle, mon petit garçon…

Et elle sanglota de plus belle.

— Mais… pourquoi… comment…. bégaya mon père.

— Il est mort cette nuit, dit gravement Grand-Mère en levant son visage baigné de larmes.

— Qui est mort ? demanda Maman.

— Ludwig, murmura Grand-Mère. Il m'a appelée il y a une semaine et nous avons pu passer quelques jours ensemble ici. Il m'a raconté qu'il avait eu la visite d'un jeune garçon dans sa boulangerie. Avant que ce garçon ne reparte, il avait eu forte-ment l'intuition qu'il devait être son propre petit-fils et l'homme avec lui dans la Fiat rouge, son propre fils. Oh, toute cette histoire est à la fois si incroyable et si triste… Je l'aurai au moins revu une dernière fois. Il a eu un infarctus et il… il est mort là, dans mes bras…

C'en était trop, je fondis en larmes. Mon malheur me paraissait incommensurable. Les trois adultes essayèrent de leur mieux de me consoler, mais j'étais inconsolable.

Ce n'était pas seulement Grand-Père que j'avais perdu mais tout un univers qu'il avait à jamais emporté avec lui. Il n'était plus là pour confirmer l'histoire de la limonade pourpre et de l'île enchantée. Peut-être n'était-ce plus son rôle… Grand-Père était un homme âgé, et j'avais juste eu le Livre entre mes mains à titre de prêt.

♡

Quelques heures plus tard, nous nous sommes retrouvés à l'auberge du *Schöner Waldemar* dans la petite salle de restaurant qui n'avait que quatre tables. De temps à autre, la grosse patronne qui m'avait reconnu venait vers moi en disant :

— Hans-Thomas ? *Nicht wahr ?*

— Mais qu'est-ce qui a bien pu lui faire comprendre que Hans-Thomas était son propre petit-fils ? Voilà qui restera toujours un mystère pour moi, dit Grand-Mère. Alors qu'il ne savait même pas qu'il avait un fils !

Maman opina :

— Oui, c'est incompréhensible.

Mais mon père voyait les choses autrement.

— Moi, je trouve que c'est plutôt incroyable que Hans-Thomas ait tout de suite compris qu'il était son grand-père.

Tous les regards se tournèrent vers moi.

— « Le garçon comprend que l'homme aux brioches est son propre grand-père de même que l'homme aux brioches comprend que le garçon du pays du Nord est son propre petit-fils », récitai-je.

Ils ouvrirent tous les trois de grands yeux et je vis qu'ils étaient à nouveau inquiets pour ma santé mentale.

— « L'homme aux brioches appelle dans un tuyau magique de sorte que sa voix porte à des centaines de kilomètres de là », poursuivis-je.

Je parvins ainsi définitivement à dissiper les doutes quant à ma prétendue « imagination débordante ». Je compris aussi que le Livre resterait à tout jamais mon grand secret.

ROI DE CŒUR

... les souvenirs s'éloignent chaque jour davantage
de ce qui les a fait naître...

En reprenant la route vers le nord, nous étions quatre dans la voiture, c'est-à-dire deux de plus qu'à l'aller. Je trouvai que cette dernière levée était plutôt réussie, mais il manquait le Roi de Cœur...

Nous nous sommes arrêtés à nouveau dans la petite station-service avec une seule pompe à essence ; je crois que mon père espérait en son for intérieur revoir l'étrange nain. Mais il restait invisible. Cela ne m'étonna guère, mais mon père lança un nombre impressionnant de jurons.

Nous eûmes beau prospecter dans les environs, les gens nous racontèrent seulement que la station-service était fermée depuis la crise pétrolière dans les années soixante-dix !

Notre grand voyage dans la patrie des philosophes touchait à sa fin. Nous avions retrouvé Maman à Athènes et rencontré Grand-Père dans le petit village alpin. Cependant, mon âme gardait une blessure secrète. Et cette blessure avait ses racines dans l'histoire de l'Europe.

Ce n'est qu'une fois à la maison que Grand-Mère me confia que Grand-Père avait eu le temps avant de mourir de me léguer tout ce qu'il possédait. Il avait même plaisanté en disant que je voudrais peut-être un jour reprendre la petite boulangerie à Dorf.

Cela fait maintenant des années que mon père et moi sommes revenus de ce long voyage. Je m'en souviens encore comme si c'était hier. Je me revois assis sur la banquette arrière de la vieille Fiat rouge. Je suis toujours prêt à jurer que c'était bien un nain, à la frontière suisse, qui m'a donné la loupe. Je l'ai toujours en ma possession et mon père du reste a bien

♡

vu le nain me la remettre en mains propres à la station-service.

Grand-Père avait bien un poisson rouge dans un bocal dans sa boulangerie de Dorf, car nous l'avons tous vu. Mon père et moi, nous nous souvenons aussi des petits cailloux blancs dans la forêt au-dessus du chalet. Rien ne pourra effacer non plus le souvenir des quatre brioches que me donna le vieux boulanger. Je n'ai pas oublié le goût de la limonade à la poire et me rappelle ce que Grand-Père disait à propos d'une limonade encore bien meilleure...

Mais y a-t-il jamais eu un petit livre dans une des brioches ? Ai-je vraiment lu, installé sur la banquette arrière, toute l'histoire de la limonade pourpre et de l'île enchantée ? Ou ai-je seulement rêvé ?

Plus le temps passe – et les souvenirs s'éloignent chaque jour davantage de ce qui les a fait naître – plus je doute de ma propre mémoire.

Parce que le Joker a volé le Livre, j'ai dû tout écrire à partir des souvenirs qui me restent. Seul l'oracle de Delphes pourrait faire la part du réel et de l'imagination.

Ce doit être la prophétie de l'île enchantée qui m'a fait comprendre que le vieux boulanger rencontré à Dorf n'était autre que mon grand-père. Mais il fallut d'abord retrouver Maman à Athènes pour que tout devienne clair. Mais *lui*, comment avait-il su ?

Je n'ai qu'une réponse : c'était Grand-Père qui avait rédigé le Livre. Il devait sans doute connaître la vieille prophétie depuis la dernière guerre.

Le plus grand des mystères, c'était que nous nous soyons tous retrouvés dans une petite boulangerie perdue quelque part dans les Alpes suisses. Car comment avions-nous atterri là ? Un nain aux mains froides nous avait sciemment fait faire le long détour.

Ou plutôt le plus grand des mystères n'était-il pas que nous rencontrions Grand-Mère sur le chemin du retour dans ce même village ? Ou était-ce simplement d'avoir réussi à enlever Maman à son monde de la mode ?

♡

L'amour est la seule chose qui compte. Le temps ne peut pas l'affadir aussi facilement qu'il pâlit les vieux souvenirs.

Nous vivons à présent tous les quatre heureux à Hisøy. Je dis tous les quatre, car depuis j'ai une petite sœur. C'était elle qui marchait dans les feuilles mortes en donnant des coups de pied dans les marrons tombés à terre. Elle s'appelle Tone Angelika et aura bientôt cinq ans. C'est un vrai moulin à paroles. Peut-être est-ce elle la plus grande philosophe de nous tous ?

Le temps fait qu'un jour nous devenons des adultes.

Le temps fait aussi que de vieux temples s'effondrent et que des îles encore plus anciennes s'enfoncent dans la mer…

Y a-t-il jamais eu un livre dans une des brioches ? Cette question ne cesse de me trotter dans la tête. J'ai envie de dire comme Socrate : « Je ne sais qu'une chose – c'est que je ne sais rien. »

Mais je suis sûr qu'il y aura toujours un Joker qui se balade de par le monde afin que les hommes ne s'endorment pas sur leurs certitudes. N'importe où, n'importe quand, il pourra surgir un petit bouffon portant un bonnet aux longues oreilles d'âne avec des clochettes tintinnabulantes. Il vous regardera droit dans les yeux et vous demandera : « Qui sommes-nous, d'où venons-nous ? »

RÉALISATION : PAO ÉDITIONS DU SEUIL
IMPRESSION : BUSSIÈRE CAMEDAN IMPRIMERIES
A SAINT-AMAND-MONTROND (CHER)
DÉPOT LÉGAL : MARS 1996. N° 25834 (4/185)